我的青春不凋零

墨柳 著

电子科技大学出版社

图书在版编目（CIP）数据

我的青春不凋零 / 墨柳著 .—成都：电子科技大学出版社，2018.3（2025.4 重印）
ISBN 978-7-5647-4696-4

Ⅰ.①我…　Ⅱ.①墨…　Ⅲ.①长篇小说—中国—当代
Ⅳ.① I247.5

中国版本图书馆 CIP 数据核字（2017）第 149117 号

我的青春不凋零
WODE QINGCHUN BUDIAOLING
墨　柳　著

策划编辑　杨仪玮
责任编辑　杨仪玮　于　兰

出版发行　电子科技大学出版社
　　　　　成都市一环路东一段 159 号电子信息产业大厦　邮编　610051
主　　页　www.uestcp.com.cn
服务电话　028-83203399
邮购电话　028-83201495

印　　刷　三河市天润建兴印务有限公司
成品尺寸　155mm × 230mm
印　　张　19.5
字　　数　241 千字
版　　次　2018 年 3 月第一版
印　　次　2025 年 4 月第二次印刷
书　　号　ISBN 978-7-5647-4696-4
定　　价　49.80 元

目　　录

第一章

一个女人似笑非笑地看着夏陌，咬牙切齿地说："你毁了我的一生，你就是魔鬼的化身，你要还债，用你的身体，我仅仅需要你的身体……"夏陌看着女人伸过来的干巴巴的手，惊叫着往后退。头顶，墨色的云，层层压下来，化作无数透明的利剑，硬生生地刺透夏陌柔软冰凉的躯体，她那双宝石般璀璨的眼眸，逐渐黯淡下来，变成一摊毫无色泽的水。夏陌颤抖着闭上眼睛，她被狠狠地抛向天空，又迅速地下坠，身后是无尽的黑洞……

夏陌死死地抓着被单，一滴液体顺着眼角滚落在浓密的长发里。她挣扎着坐起来，阳光透过窗帘的缝隙，在地上印出斑驳的影子，李小小坐在对面的床上，拿着指甲油在大拇指上拉出一道鲜亮的绿色。

"又做噩梦了？你睡觉前应该多想点美好的事情，比如说，天上突然掉下来一袋钱，狠狠地砸在你面前。"李小小咧开嘴露出两颗可爱的虎牙。

"恶俗。"夏陌说着伸手抚了抚肩上深青色的牙印。

已经很久远了，怎么还会痛呢？夏陌想着拉了拉白色的棉质睡衣。

"什么恶俗？这叫实际。"李小小跷起脚对着自己刚刚涂的指甲满意地嘟嘟嘴。

一只黑猫跳到夏陌怀里，转头对着李小小龇牙咧嘴地叫。

“好了，好了，Eva(黑猫的名字)。你和你主人一样，凶巴巴的，按你主人的说法叫货币行了吧？我们俩要在这个暑假赚足货币，你明白吗？死猫。”李小小吐了吐舌头。

夏陌穿上拖鞋抱起黑猫向门外走去。

“疯了，干吗宿舍只剩我们两个？没人和我说话，我会闷死的。”门被关上的那一刻，李小小大叫。

这是汉语言文学系2002级学生的第一个暑假，在系主任宣布放假的时候，大多数学生都飞速冲出了校园，真不知道考上大学奔来那会儿和这会儿的离去，哪一个更让他们激动。“一帮无知的小孩。”李小小这么骂道。

夏陌抱着黑猫Eva站在天台上，看着最后离校的学生背着鼓鼓囊囊的大包，在橙色的阳光下，轻快地迈动脚步。夏陌抬头对着蓝灰色的天空张口唱道：

每个人至少拥有一个梦想，
有一个理由去坚强，
感动了别人为我鼓掌，
再做自己的偶像，
每个人至少寻找一个梦想，
每一天都对得起夕阳……

背后突然传来了几声掌声，夏陌回头看见李小小穿着金色的细跟凉鞋、红色的背心连衣裙，站在自己身后。真是个性感的尤物。

“你要出去？”夏陌看着李小小精致得无懈可击的妆容，满是疑惑，脸上依旧毫无表情。

“你觉得我们谁更漂亮？”

“无聊。”夏陌扭过头去。

“你太冷了，其实你不必时时把自己放到冰窟窿里，你是有体温的动物，和我一样，也许我们可以做个朋友，好朋友？”

“我没说我们不是朋友。”

“崩溃！我走了，今晚有约，你的钥匙我给你拿来了，我把门锁了。”李小小把钥匙放下，转身离去。

“我知道这个暑假你也有自己的目标，比比看，看谁这个暑假赚的‘米’多。哦，对了，应该是货币……”李小小说着消失在楼道中。

夏陌突然觉得心口有些隐隐作痛，空荡荡的校园，看起来像废弃的城堡，美丽、落寞。夕阳在这座城堡拉出一个金黄色的横截面，只有色泽，没有声音。

夏陌正发呆，口袋里的电话响了，一个陌生的号码。

“您好。”

“你是冰姬？”

“是。”夏陌冷冷地说。

“礼服已经为你准备好了，明天五点学校门口有人接你。”打电话的是在网络上自称“a”的人，听不出是男是女。

“知道了！”夏陌转身下楼。

黑猫Eva喵喵地叫了两声，一阵风吹过，树叶哗哗地响。

第　二　章

李小小看着巨大的水晶吊灯，璀璨梦幻的光线，高调的奢华，让她的脚步不由得飘起来。李小小觉得自己进入了一座宫殿，米色的抛光大理石地面，咖啡色的纹样，欧式雕花立柱，铁艺的壁灯，一切都耀眼、富丽堂皇却又不庸俗。

李小小欢快地跳了一下，她确定王子在这里等她，绅士、帅气。她没有水晶鞋，但有信心得到。

“晚上好，请问有预约吗？”穿着蓝色制服的迎宾笑盈盈地走过来。

她慌忙掏出手机翻出一条短信说：“芬瑟岛。”

“请您这边走。”

李小小跟着“蓝制服”小心地走过欧式长廊，到了一个包间，“蓝制服”关上门后，李小小迅速掏出镜子，补了一下妆，又伸手拨了拨胸部，让若隐若现的乳沟更加诱人。然后对着镜子绽放了一个自己练了很久自认为迷死人不偿命的微笑。

李小小跷着腿轻轻地用食指敲着桌子，看着对面空空的座位说：

“‘海阔天空’你来吧，看看姑奶奶是怎么把你搞定的。”

“海阔天空”是李小小前一段时间认识的网友，说起来李小小有些不好意思，这是她第一次见网友。高中时，当班上的同学和外地的网友发生恋情，在外面偷偷租房子的时候，她对网络还一无所知，她那时唯一的目标就是顶着妈妈铺天盖地的唠叨，拼命地学习。她那时每日顶着乱糟糟的头发，弯腰驼背地抱着一大堆书，往返于学校和自己家那条狭窄的胡同之间。邋遢，神情萎靡。

她每日都得听妈妈大声地责骂：“死丫头，你给我好好学习，我辛辛苦苦养了你20年，你要拿不出点成绩，还不如撞墙去死，听见没……”

“我才18岁！”李小小没好气地喊着迅速逃离，身后妈妈敞亮的笑声让李小小觉得浑身战栗。整个高三的天空都是灰蒙蒙的，阳光好像从未明亮过，黑色的七月像一个巨大暗影笼罩在校园上空，印在李小小身上怎么抖也抖不掉。

“您好？请问现在需要点菜吗？或者听一段《舒伯特小夜曲》？我们这里有最好的小提琴演奏家，Very good（挺棒的）！”

李小小回头对穿黑色套装，戴着耳麦，妆容精致的服务员摇了摇头。

“稍等，人还没来。”她小心翼翼地在脸上挂着微笑，“请问洗手间在哪儿？”

“出门右转。”

“谢谢。”

李小小按着洗手池藏青色的大理石台面，看着镜子中自己白皙的面孔，粉嘟嘟、亮晶晶的唇彩，绽放了一个甜美的微笑，特别是眼珠外覆盖的蓝色美瞳，她喜欢极了。

“大眼睛，小秘密。”李小小对着镜子眨了眨眼睛，频率为上千万赫兹的电波便在她和镜子之间闪动。

我比她漂亮！李小小想着服务员精致的面孔，捋了捋头发。这时手机响起，是网友“海阔天空”。她用手拍了拍胸腔内狂跳不已的小心脏，接了电话。

“‘火姬’美女，不好意思，临时出了点小状况，加拿大公司那边有点小问题需要解决，今晚恐怕……真对不起。”电话里传来毫无美感的男中音。

“没关系，没关系，工作重要。”

李小小扫兴地向外走去，巨大的玻璃旋转门，很快就把她推出了那个豪华气派的地方，像是在纸上画了一座漂亮的金色城堡，当你欢喜异常时，那张纸却被扯碎了，城堡依然存在，但不在你的世界里。

李小小甩着金色的手包，走在灰突突的柏油路上，路边卖羊肉串的摊位，亮着一盏鸭梨形的灯泡。她在维吾尔族大叔的热情招呼下，要了六串羊肉串，两串板筋和一瓶啤酒。

她在摊位旁边的桌子前坐下，看着脚边透明的黑色树影在灰色的路面上晃动。错失了今晚，什么时候才能见面呢？我没有太多时间，我得争分夺秒地行动，可是没有对象，就算我再勤快也没有用。李小小想着，噘了噘嘴。一个帅气的钻石王老五虽不是她的终极梦想，却是她的短期目标。

“‘海阔天空’，你敢闪本姑娘，本姑娘会让你加倍偿还。”李小小自言自语。

“海阔天空”好像怕李小小似的，很知趣地打来了电话，并且火速赶到了。

李小小看着眼前的人，眼睛发直，双腿发虚，张大嘴巴，好像下巴随时要掉下来：“你真是‘海阔天空’？”

“正是在下。”

“可是，你的照片不是这样子的。”

“那是我十几年前的照片。”男人满脸堆笑，“实在不好意思，让‘火姬’美女久等了。”

“没关系。”李小小把刚刚含在嘴里的一小块羊肉费力地咽下，眼前秃顶、满脸肥肉的老男人竟然是“海阔天空”，天底下有这么荒诞的事吗？他在网上发给李小小的那张帅得掉渣的照片和这张无比真实的脸，让李小小哭笑不得。

她在心里大叫，神啊，十几年前，就算是十几年前也不至于差距这么大吧？这时光哪儿是一把刻刀啊，简直就是一把斧头，顷刻间就把人砍得毫无人样了。

李小小拍了拍受到强烈刺激的胸口，端起杯子喝了一大口啤酒，自我安慰道，忍忍吧，也就视觉冲击力有点强，陌生人嘛，看习惯就好了，再说了，又有钱又帅的钻石王老五哪能满大街都是呢，出门就让你撞上一个？外形差点就差点，你又不是要找男朋友，至于那么矫情吗？

李小小心里狂乱挣扎的时候，男人却毫无愧色，乐滋滋地做着自我介绍：“我叫阎东山，‘60后’，你叫我名字就行。”

李小小在心里幻想了一下自己呕吐的画面，然后使劲咽了口唾液，磕磕巴巴地说：“阎——东山？不太好吧叔叔，我怎能直接叫你名字呢？”

“我有那么老吗？叫哥！”

她在心里把阎东山狠狠地鄙视了一通，又安慰自己说，鱼和熊掌不能兼得，先顾全大局吧。

李小小吸了口气，又挂上应聘似的笑容。

“噢，对了，我该道歉，第一次见面我就迟到了，要不我们现在回酒店吃吧。”

李小小正准备站起来，阎东山却猛地拍了一下脑袋：“你看我这脑子，那家酒店得提前预订的，我们的包间恐怕现在已经退了，你喜欢吃羊肉串？”阎东山说，“我也喜欢，随性，自在，比酒店更有一番风味。”

“嗯。”李小小点头，心里却恨不得一路狂奔回那家豪华的酒店。

阎东山又要了些羊肉串和两盘凉菜，端起酒杯和她碰了一下，便开始了热情洋溢的对话。

“像小妹这么漂亮可人的女孩子，在学校一定很多人追吧？”

“还行。”李小小笑着眯起眼睛。

“那小妹的男朋友想来也是很帅的吧？”阎东山伸着头笑得让人有些心慌。

“我没男朋友的。”李小小嘴上这么说着，脑子里却浮现出王子轩俊美的面容，于是又补充道，“以后会有的。”

“那是，回头哥给妹妹介绍个好的。”阎东山说着伸手拍了拍她的手，李小小觉得背部一凉，脊背僵直，连忙把手缩了回来。

“那多谢哥了。”李小小说着又要了一瓶白酒，两个一次性杯子，“今天初见哥哥高兴，怎么说也得敬哥哥一杯。”

李小小端起杯子一饮而尽。阎东山犹豫了一下，面部的横肉动了动，便灌了下去。

李小小的酒量很好，高中时唯一做过与学习无关的事，大概就是买一瓶二锅头藏在书桌下面，看书郁闷了就拧开盖子喝两口，辣辣的，感觉很刺激。

那时，她的世界里到处都是课本、习题，黑压压的，铺天盖地。从早上5：00到晚上22：00都像被学习绑架了，老师和父母就是苛刻的监工。

“你们的统一战线倒是搞得默契，可我呢，没有一点自由，你们就拉你们那张大网吧，越大越好，越密越好，我认栽了，谁让我是高中生。”李小小郁闷地嘟囔着。

妈妈却一边给她热牛奶，一边高兴地大笑：“哟，这学还真没白上，说起来还一套一套的，你要真想要网，我赶明儿找线编一个。”

“别介。”李小小顿了顿，又提高声音喊道：“真是的，干吗学生这么多，大学那么少，这不是坑害我们这些祖国的花朵吗？”

“还花朵呢，马上成花秆了，考不上就直接沤粪变化肥了，快进屋学习去。”

李小小在父母的催促下，又趴在书桌前翻开习题，眯着眼睛无精打采地“啃”起来。

晚上23：00以后，才获得彻底解放。李小小把门反锁上，塞上耳机听着音乐，从柜子底下拿出一瓶二锅头，美滋滋地喝上一口，那股子又辣又热的劲，忒过瘾，好像猛地在黑漆漆、密不透风的天上捅了一个洞，呼吸顿时清爽、顺畅了许多。

李小小带着这种快活，从开始的一口，到最后两口三口，一瓶两瓶都毫无问题。

高考完的那个晚上，李小小喝了五瓶，然后猛地推开窗子，把所有的酒瓶都狠狠地砸下去，噼里啪啦的声音解恨地撕破了宁静的夜。

李小小回过神来，阎东山已经微微有些醉意。虽然这个男人给不了人很好的视觉享受，但他有另外一些实实在在的东西，他的跨国公司、他的身价、财富。

李小小对自己说，我只要一点点，芝麻大的一点点就好。

“你说，上大学光知道在学校啃书的那些书呆子有什么用，毕业后不是依然一无所有，从零开始。你听哥的，早下手，早做准备，有台阶就上，甭管什么方式，什么手段，现在社会不流行老实人了，老实人只能说不是坏人，仅此而已……”阎东山兴奋地挥舞着两只手。

“也是，有时候结果比过程更重要，过程甚至可以省略。”李小小边说边想着自己可以直接拿到自己想要的东西，而不必对着面前的这个人浪费青春。

“就是嘛，所以很多事。自己要放得开，想得开，付出才有回报嘛。”阎东山说着身子略略前倾，拍了拍李小小的肩膀。

李小小慌乱起来，面前的男人，双目暴突，红红的，那种炙热却让人浑身发抖，从未见过如此裸露的眼神，感觉他一口就能把你吞下去。李小小浑身冰凉。

“我不会亏待你的。”阎东山说着握住李小小的手，“我有你想要的东西……”

李小小甩开他站了起来。

第 三 章

夏陌靠在宿舍的床上心不在焉地翻着从图书馆借来的卡夫卡的《城堡》，黑猫Eva伸着爪子抓着淡蓝色的床帷子，累了就跳到夏陌怀里，撒娇地蹭着她的手，夏陌拍拍它的小脑袋，黑猫Eva高兴地叫了一声。

“夏陌！夏陌！”楼下传来喊声。

夏陌拉开窗帘探出头，见王子轩穿着紫色的短袖衬衣站在路灯下。

“很烦，是不是？”夏陌抱起黑猫Eva下楼。黑猫Eva仰着脸喵喵地叫着，像是在询问。

夏陌站在王子轩对面，他古铜色的脸上浮现出小小的酒窝。

“你怎么没回家？”

“太远了，坐车很麻烦，我过两天想去西宁玩一圈，一块去？”

“我不去，没别的事，我先上去了。”夏陌面无表情，准备离去。

“等一下。”王子轩情急之下伸手抓住夏陌的胳膊，黑猫Eva从夏陌怀里猛地伸出爪子在他手上抓出一道红红的血印。

“Eva美女，你怎么可以这样，我上次还给你买香肠来着。”王子轩抬手把血迹抹掉。

“走，去校医那里。”夏陌依旧面无表情。

“不用，这点小伤算什么，对吧——Eva。”

黑猫Eva很配合地叫了一声。

“那我走了。”夏陌在王子轩的喊声中转身上楼。王子轩追了两步，便被女生宿舍的“门神”李嬷嬷拦在了门外。

“夏陌！我不会让任何人得到你！”王子轩对着她的背影，脸上浮出淡淡的微笑，美好、纯净。

“我也不会！因为我只属于我自己。”夏陌回头，黑色瀑布般的长发，琥珀色的眼睛，桃红色的唇，美得令人窒息。

“你还真拿自己当‘冰’了。” 王子轩突然仰起头提高声音喊道，“你不敢让我靠近你，你害怕融化，是吗？我会让你融化的，早晚的事！”

夏陌冷冷地挑了挑嘴角，“哗”地拉上了宿舍的窗帘。

校园的夜，漆黑、宁静。橘黄色的路灯散发着柔和的光，窗外隐隐传来吉他声和一个男孩的低声吟唱。夏陌仰面躺在床上，绸缎般的长发在粉色的枕巾上铺散开来。黑猫Eva蜷在她旁边，如同一团黑色虚幻的阴影。夏陌琥珀色的眼睛在透明的夜色中一点点亮起来，1000！1000元钱！半天！如果这个暑假能有四五单这样的活，那大二的学费就有着落了。那伸手不见五指的夜，那个小小的让人心痛的村庄，最亲的人那魔鬼般的诅咒，都将远去……

她想着嘴角露出一丝冷笑，眼里泛起潮湿的雾气。窗外，吉他声和王子轩的歌声不知疲倦地流淌着。

“大晚上的，吼什么吼，还让不让人睡觉？”李嬷嬷打着呵欠，拉开女生宿舍的大门对着在楼下唱歌的王子轩喊道。

“我说要弹给你听吗？如果你听到了，那很抱歉，你可以把耳朵堵上。”王子轩抓着吉他站起来。

“你，你是哪个年级，哪个班的？看我回头不报到教务处给你处分！”李嬷嬷蹦着叫起来。

“教务处好像不是你家开的哈。”王子轩邪邪地一笑，抬头向楼上喊道：“亲爱的，晚安！做个好梦。”

夏陌身边淡淡的黑色雾气猛地被这声音打散。

夏陌双手抱着头，她和王子轩根本就是两个世界的人，他们是不同的物种。就像学校里所有的人，都有自己温热的气息，而她没有，从出生那天起，她就与所有温暖的带有体温的东西绝缘。

“我是冰，冻得太久、太深，刀枪剑戟斧钺钩叉都不能奈何，何况是你那颗散发着微弱热量的小心脏。”夏陌想着。听见楼上楼下有几扇窗子推开，接着传来欣喜的有些失控的声音。

“子轩，晚安！”

“子轩，你唱得太棒了！”

“哇！王子轩看起来好帅啊，你看那背影，你看那高挑性感的身材，简直让人窒息。”

“你看他的眼睛好亮啊，像天空的星辰。”

夏陌翻了个身用手支起下巴。她不否认，王子轩有一双漆黑亮如翡翠美丽异常的眼睛，可在黑夜里发光，如此一来，他真像是个修炼千年的“猫精”。

黑猫Eva抬起毛茸茸的脑袋对着夏陌叫了一声，似乎对她脑海中“猫精”这个比喻不满。黑猫Eva叫完就把脑袋埋在爪子下面睡了，大概找它梦中的“猫精”去了。

楼下的王子轩在一帮女生的喊声中，回头抛了个飞吻，换来了一声声陶醉的尖叫。

“你们反了！我记着你们，明天统统处分！”李嬷嬷舞动着四肢在楼下叫嚷着。

“喂，李嬷嬷，哦，不，李老师，现在是放假，你讲点人道行不行。我们谈情说爱，那是为了祖国的未来。你没前途了，老了，但不能阻碍我们这颗年轻充满活力的小心脏跳动。”

“晚安，李嬷嬷，好梦噢。”

在李嬷嬷气急败坏的咒骂声中，那些女生嬉笑着啪啪地关上了窗子。

夜静下来，李小小还没回来，夏陌坐起来，缩在角落里抱着膝盖，长长的睫毛在眼睛上投下淡淡的阴影，她瞟了一眼肩膀上淡青色的牙印，心紧紧地皱成一团，撕裂般地疼痛着。

当时关于这个牙印在汉语言文学系2002级掀起了不小的风波。那是入校的一个月后，军训刚刚结束。明媚的阳光洒在校园里翠玉般的枝叶和绚烂妩媚的花朵上。夏陌坐在第二排中间，第一排和第三排空无一人。上初中、高中的时候大家都抢前面的座位，但进入大学，形势一片大好，为了获得更大限度的自由，大家纷纷把目光投向了后三排，一来离老师的视线较远，便于发呆、看MP4播放器、听歌；二来便于随时逃课。所以阶梯教室前三排一般都是空着的。夏陌却一直坐在第二排，她绸缎般的长发，温润如白玉的肌肤，常常让身后大片的男生失神。

夏陌抬头，讲台上站着一个扎着马尾辫，扑着厚厚脂粉的女代课老师，正板着脸讲课。

据大二、大三的师哥师姐们讲，此代课老师容貌虽一般，但手段了得，她刚来两个月，就锁定了目标，且在三个月后暑假的下乡支教活动中，成功地拿下了大二一个帅得让人嫉妒的男孩。她利用带队老师的职务便利，把男孩和他交往多年的女友分开，在一个月黑风高的夜晚，两人同时失踪。第二天大家在半人高的草丛里发现了一片被压平的草，大大的一个“人”字形。

回来后，该男生就宣告和女友分手，并和女老师在外租房同居。

不知道谁无意中看到了夏陌肩膀上的牙印，一张白色的字条就在教室的男生中迅速地传开。

他们想着冷冰冰的夏陌，肯定也有非同一般的手段，比女老师更甚，但每个人都期望着自己被选中成为她的猎物。

一个胖男孩拿到这纸条的时候，李小小一把把纸条抢过来，纸上已经写满了各种字体。

“牙印！好疯狂啊！”

“没想到冰姬，还有这么热情喷发的时候，想想，她对我笑着，简直太美妙了。”

“她一定有男朋友，那么深的牙印，他男朋友一定是黑社会的。”

“或者是个有变态倾向的大款。”

“好心疼啊，真想抱抱她。”

“我纯洁美好的精灵，怎么会找那么龌龊的男人，也许是什么时候不小心挂的。”

“哈哈，弱智了吧，你有本事也去挂个牙印样的伤疤回来。”

……

李小小皱了皱眉头，一抬手把纸条扔到夏陌桌子上。

夏陌展开纸条看了看，把纸条扯碎揉成一团，纸团在空中划了一个漂亮的弧线后落进纸篓。肩膀上的牙印突然针扎般疼痛起来。夏陌瞟了一眼窗外刺目的阳光，又低头拿笔在笔记本上画着，满纸的藤蔓，藤蔓中间蜷缩着一个女孩，长长的头发在肩上扑散开来。

那个女孩的姿势和夏陌此时的姿势一模一样。

都已经过去了，一切都会好起来的。还是向前看吧，如果身后是炼狱，前面就是一个属于自己的天堂。夏陌想着眨了眨长长的睫毛，困意肆虐地袭来。

早上5：00，夏陌在闹铃声中翻身起来，端着水盆，向水房走去。黑猫Eva叫了一声，伸了个懒腰，舔了舔爪子在脸上蹭了两下，就追着她出了宿舍。

东方微微泛曙，月亮孤寂地挂在天边。淡淡的白色。

一辆黑色的奔驰“嗤”的一声停在校园门口，年轻男人对着后视镜理了理头发，又喷了点啫喱，便叼着烟开始打电话。

李嬷嬷披着衣服，打着呵欠，不满地拉开宿舍门。

早上微凉的风抚着夏陌及腰的长发，洗发水淡淡的清香，随风隐入空气中，夏陌穿着粉色T恤、发白的牛仔裤、白色的细跟凉鞋往前走。

医学院旁边的墙上，繁盛浓密的绿，爬山虎傲慢地占领着整面墙。墙下花坛边竟然有一团鲜艳的红。

“小小。”夏陌向那团红走去。

李小小抬起头，满脸的疲惫：“这么早就出去？”

“你昨晚去哪了，怎么在这儿？”

“和一个朋友喝酒，太晚了，回不了宿舍，就去门口的网吧包夜。

里面空气实在糟糕透了，就提前回来了。”李小小揉了揉满头黄色、毫无生机的发丝，“宿舍开门了吗？”

“嗯。”夏陌面无表情地说，“你快回去睡觉吧。”

“你去哪？”

夏陌愣了愣，没有说话，转身走了。她去当伴娘，没必要让李小小知道。

头发跟刺猬一样竖着的男人，叼着烟按了按喇叭。

“你是冰姬？”男人看着夏陌，愣了半天才磕磕巴巴地问道。

“嗯，您是a先生？”夏陌毫无表情地说。

“我是他朋友。”

夏陌拉开车门坐进去。

东方泛起橘色的光亮。

第 四 章

李小小甩开阎东山的手站起来，脸颊发烫。烤羊肉串的师傅依旧边吆喝边麻利地忙活着十几串羊肉，李小小身后的一帮人，说笑着喝着啤酒。没有人注意她。

她看了看阎东山，他坐在桌前的小凳子上，似笑非笑的神情让她头皮一阵发麻。

“我得回去了，宿舍要锁门了。”李小小慌慌张张地说。

“你害怕我？”

“没有。”

“那为什么着急走？去酒吧坐一会儿？”

“好！”李小小吸了口气，点了点头。只要不单独和他相处，他不能拿她怎么样。李小小想着，坐上阎东山的奥迪车，风驰电掣地向张掖路开去。

酒吧是李小小选的，叫“一了百了”。李小小很喜欢这个名字，让人觉得有些颓废的美。

酒吧内灯光昏暗，坐满了客人。调酒师玩出许多花样，调出各种鸡尾酒。舞池上面的激光灯不停地变换色彩，人们忘情地扭动着身躯。

李小小和阎东山在舞池旁边的一张桌子坐下，要了两杯“尼克罗尼”，情不自禁地随着强劲的音乐晃动手臂。

李小小的视线穿过人群，看着调酒师把冰块倒入杯中，然后用量杯加入金酒、金巴利酒和甜味美思，搅拌，最后削了一片长柠檬片，轻扭成90度角，垂入杯中。

李小小端起酒杯和阎东山碰一下，抿了一小口，然后环视了一下周围。

两米外昏暗的角落里，一对恋人正忘情地热吻。旁边有三四个女孩，穿着粉色、白色的连衣裙，留着长长的披肩发，一副清纯的学生模样，正喝着一瓶XO。

“现在的‘小姐’都打扮得像大学生，大学生都把自己打扮得像‘小姐’。”李小小不屑地努努嘴。拿起透明的酒杯晃了晃，低头把那片柠檬片含在嘴里。喝XO的那帮女孩，她在慢摇吧见过。王子轩说她们是“小姐”，当时李小小和几个同学很吃惊，怎么看她们都像很乖巧的学生。

“真恶心！”李小小当时撇着嘴说。

“今天晚上，你回不了宿舍怎么办？”

“啊？”李小小在阎东山的喊声中回过神来，“哥哥安排呗，总不会让我睡大街吧。”

阎东山满脸通红，双眼微眯，笑得很傻：“好！哥安排！黄河边有个不错的宾馆，今晚先……”

酒吧里又换了更加劲爆的音乐，阎东山的声音被震耳欲聋的音乐声吞噬。

李小小举起杯子和阎东山碰了一下，一饮而尽，然后把杯子倒过来在阎东山面前晃了晃。

阎东山摇摇晃晃地冲李小小伸了伸大拇指，也扬起头咽了下去，只不过他放下杯子时，身子也随之重重地栽倒在了桌子上。

李小小站起来一阵欢快的笑，她对着阎东山摆了摆手，跳进了舞池。

这么快就想打我的主意，就你那点酒量。李小小挑了挑眉毛更加疯狂地扭动起身子。

李小小在细碎的嘈噪声和浓重的烟味中睁开眼睛，头昏昏沉沉的。她抓起电脑前面的矿泉水喝了两口，醒过神来。

这是网吧。早上5：00。空气中流淌着疲惫、困顿的气息，除了几个十来岁的男孩依旧聚精会神地打着游戏，大多数都昏昏欲睡。浓重的烟味和发酵的酸味，让李小小透不过气来。

她伸手抓了抓头发，伸了个懒腰。不知道阎东山醒了没？昨夜，李小小在舞池里跳了一阵，重新回到桌子前，阎东山依然趴在桌子上，传出毫无美感的呼噜声，肩膀还不时轻微地抖动，像是被困在了噩梦里。

李小小冲阎东山伸了伸舌头，从包里拿出粉色的便签本，刷刷地写道："刚才同学来电话说今晚突击检查寝室，我得赶快赶回去，又叫不醒哥哥。"

李小小想了想，又从阎东山口袋里掏出他的钱包，钱包皱巴巴的毫无美感，里面除了几张银行卡，只有三百元钱的现金。

“就这点钱啊，不会吧？对了，现在有钱人到哪都刷卡，不带现金。”李小小抽出一张100元，“就当本姑娘今晚陪你花天酒地的酬劳吧。”

李小小想着就又在便笺纸后面加了一句：“借100元钱打车用。”然后写上自己的名字，又在后面画了个笑脸，就拎起包出了酒吧。

夜清清凉凉的，街道上有飞驰而过的车辆，一帮带着酒气、刚刚聚会完的朋友勾肩搭背地从李小小身旁走过。对面按摩店，彩色的霓虹牌子下，两个穿着暴露的女子叼着烟，倚在门上，注视着路上寥寥无几的行人。

李小小手里攥着那张粉红的票子，慢慢地向前走。

交换，世界就是一个大的生意场所吧。

就像校园门口贴的征婚启事，某公务员想找一个漂亮的女大学生做老婆，要求身高1.65米以上，长发——未曾烫染过，没有谈过朋友，皮肤白皙，胸围大于90厘米，小于100厘米，体重55千克。确定关系后保证女方毕业后直接安排公务员编制。

当时几个女孩把那张纸撕了个稀烂，狠狠地骂道：“什么货色，他这辈子活该打光棍！”

那个公务员李小小见过，一天下午她出校门的时候，见那个子矮小的公务员在和夏陌说着什么，夏陌的脸上看不出任何表情。

想获得就要付出一些东西吧。阎东山的话又回响在耳边，他有她想要的东西，但她不知道这笔交易该不该继续。

李小小回到学校，校门和宿舍门都锁了，李小小只能去学校门口的网吧了。晚上包夜的人很多，白天一个小时要2元钱，晚上八个小时才6元钱，何况现在快早上1：00了，还可以和老板再压压价。

她让老板开了台机器，又要了一瓶矿泉水。

……

李小小回过神来，电脑屏幕上依旧是“大话西游”的界面。李小小是个级别很低的“魔”，她本来想练个“仙”的号，但同学说练“仙”太费钱。

不管游戏怎么虚幻，和现实都有微妙的链接。我没Money（钱），所以我只能做“魔”。李小小想着，离开了网吧。宿舍还没有开门，李小小在医学院那面生机勃勃满是爬山虎的墙下坐着，她想要在早上微凉的空气中清醒。

一抬头，她看见一个熟悉的身影向自己走来。

夏陌。李小小在心里轻轻地惊呼，手机响起，屏幕上是阎东山的号码，李小小挂断，抬头露出微笑：“这么早出去？”

第五章

夏陌穿过喜悦、忙碌的人群，在新娘的卧室，换上淡粉色的绸缎面料礼服，一个扎马尾辫的女孩帮她整理了腰间硕大的蝴蝶结。夏陌的手不安地握在一起，面对如此喜庆、热闹的场景，她有些无所适从。她望着新娘洁白的婚纱，层层白纱鼓鼓地绽开，如同满满的幸福。

夏陌嘴角突然滑过淡淡的笑意。在金黄的光线下，她的皮肤呈晶莹剔透的淡粉色，像一块莹润未经雕琢的天然粉晶。新娘芭比娃娃般梦幻的美丽，头上银色的皇冠，在夏陌面前都黯然失色。

“你太漂亮了，不化妆就已经美得脱俗了，你应该去当模特或者演员。”化妆师说着把她绸缎般的长发松松地盘起，插上镶着蓝色亮钻的头饰。

“哇哦！太靓了，我们学校那个特漂亮的小妞，到你面前就是小菜一碟，姐姐怎么称呼？”新娘的表妹惊叹道，她嚼着口香糖，化着与自己的年龄不符合的烟熏妆。

新娘收起脸上幸福的微笑，走过去一把扯掉夏陌的头饰，扔在桌子上：“她不需要这个，她今天只是陪衬，既然她这么漂亮还化什么妆啊。”

夏陌看了新娘一眼，面无表情地站起来，化妆师拿着粉刷尴尬地站在那儿。

“女人真是爱嫉妒！”新娘的表妹不屑地努努嘴。

“我说的是实话，自然才是最美好的，干吗弄得花里胡哨的。”新娘说着又去扯夏陌脖子里的配饰，“我是为她好。”

夏陌抬手抓住新娘的手腕，对化妆师说：“麻烦帮我把项链去掉。”

“你记住！你才是幸福的，而我只是幸福的陪衬！”她松开新娘的手，直视新娘的眼睛。

新娘愣在原地，外面噼里啪啦的鞭炮声、喧嚣声和说笑声一起涌进来。

“迎亲的来了！”大家喊着，连忙关门，慌乱地藏鞋，化妆师忙着帮新娘整理衣服。

夏陌看着金黄色的阳光透过窗子，柔和地铺在地上，空气中细微的颗粒在光束中飞舞，一切都像不真实的幻境。

新娘新郎挽着手，坐在加长林肯车的后排，夏陌坐在司机旁边。车上缀满粉色的玫瑰花，车头中间是一个红艳艳的“心”形，两只可爱的泰迪熊紧紧地偎依在一起。夏陌突然想起夏小月，甜蜜幸福的婚礼，一个可以依靠的男人，也许是这个女人这辈子全部的追求吧，可是因为自己的存在她永远都得不到，她们之间永远都在互相伤害。

夏陌闭上眼睛，把夏小月的面容从脑海中挥去。现在不是流行选择性记忆吗？那么就把关于她的记忆暂时封存吧。

车停下来，抢红包的人拥过来，车窗打开15厘米的空当，夏陌把红包塞给那一只只拼命往里挤的手里。

车外的人大喊："把车窗打开！"

司机只是笑笑说："走嘞！别误了吉时。"

他们只好败兴地把手缩回去。车窗升起，夏陌对着司机笑了笑，又回头看了看一对甜蜜的新人。她想，这种喜庆的氛围，自己也应高兴才是，虽然只是为了利益的一种交换。

"你是学生吧。"看起来30来岁的司机问。

"是啊。"夏陌挂上自己很不适应的笑意。

司机看了看夏陌，猛地有些愣神。夏陌淡淡的微笑，像一朵绽放在早上的纯洁清透的花朵，足以夺取周围一切事物的光泽。他失神的空当车甩了一下，他连忙拽了下方向盘。

"喂！开车专心点行不？"新娘在后面大叫。

夏陌看着前面金色的阳光，新娘在后面狠狠地说出两个字——妖精！

只是妖精而已！夏小月天天都叫我魔鬼。夏陌想着脸上划过一丝冷笑。

黑色的加长林肯车停在"兰苑会所"门前，噼里啪啦的鞭炮升腾起浓重的烟雾，红色的炮纸铺就一地的喜气。

涌过来的人群拉开车门。夏陌看着一个穿咖啡色蕾丝短袖的女人帮着新娘换了鞋，然后在人们的簇拥下，沿着红得有些刺眼、带着些许污渍的地毯走向酒店大厅。

夏陌拉开车门下去，金色的阳光在她腰间的金属色装饰物上折射出细小的光泽，粉色的蝴蝶结娇艳地绽放。夏陌紧张地咬了一下唇，吃下了淡粉色的唇彩，唇部却越发丰满莹润了。

她跟着新娘快步向前走去。酒店大厅摆着婚纱照的巨幅喷绘写真，门两侧的大花瓶上贴着大红的“囍”字。

“漂亮姐姐，我带你去休息室。”一个胖嘟嘟的小男孩跑过来拉着夏陌的手。

“谢谢啊，小帅哥！”夏陌低头摸摸男孩的头。

“你个小色魔，尽喜欢漂亮姐姐！”一个穿着玫红色上衣的女人跑过来拉小男孩，小男孩冲她吐了吐舌头。

酒店的休息室在19楼，两室一厅的套间，米色墙面，印花红地毯，桌子和电视柜上都放着红色的、粉色的玫瑰。

夏陌被人群簇拥着，跟着新娘新郎进了左手边的房间，一帮小青年便急不可待地谋划着怎么玩游戏。

新郎主动和新娘来了个深度的吻，就把那一群小青年撵出了房间：“哥们还得洞房花烛夜呢，整得没力气那不行，去去去，去折腾别人去，今天怎么闹都不能恼啊。”

新郎说着把他们推出去关上门，屋里顿时清静下来。

夏陌坐在房间角落的一张凳子上，舒了口气，总算没自己什么事。

“你怎么在这？”新郎皱着眉头问。

夏陌还没来得及张嘴，门就被猛地推开了：“伴娘呢？伴娘呢？”一帮小青年，七手八脚地拽着夏陌进了另一个房间。

几只手向夏陌腰里伸去，夏陌侧了侧身子，回头冷冷地看了一眼周围的几个小青年，推开他们想出去，却被一个健壮的男人堵住了。

“真人比网上的照片更来劲。”

“真是心疼！”几个男人邪笑着小声嘀咕。

“这家伙还真会选人，听说是××大学的校花。”

“走什么呀！小妹妹，玩会呗。”男人说着就向她的大腿摸去。

夏陌愣了愣，伸手拉了拉裙子的下摆，手却猛地被另一只手抓住。接着周围的人越来越近，推搡着把夏陌挤在中间，无数只手，胡乱地在她身上推搡着、抓着，她推开肩上的手，腰间和大腿上又有几只手戳过来，邪恶地在她身上游动着，划一下、抓一把，她像被一只多脚的丑陋章鱼缠绕着，无法呼吸。

“走开。”夏陌冷冷地说。

回应的却是伸向她的越来越多的手和几声不怀好意的干笑，如苍蝇般黑压压地向她扑来，让她无法呼吸。

夏陌咬着牙闭上眼睛，努力护住自己。她不能喊出来，她是受雇者，她是为他们的婚礼服务的，此刻如果翻脸，或大叫，会毁了婚礼的气氛吧，那该怎么办？该怎么办？夏陌不停地打掉自己身上的手，背上渗出细密的汗珠，她应该回头给那些人一个耳光。可闹僵了，就什么都没有，没有钱，没有报酬，可她需要那些。

她身上越来越多的手，越来越过分的骚扰，让她觉得仿佛坠入了无尽的黑洞，眼前一片漆黑。

“怎么会这样！不！”夏陌想着，愤怒地瞪向周围的人，她抬起脚狠狠地踩下去。

一个男人叫了一声，她周围的人在叫声中猛地收回手，接着窃笑起来。被夏陌狠狠地踩了一脚的男人，脸部涨红着，猛地伸手抓住夏陌的手，向她逼近过来，夏陌刚想着张嘴，却被另一手堵了起来。

夏陌眼中滑过绝望、恼怒的惊恐。接着一只、两只……越来越多的手伸向她领口的位置。

救救我！夏陌眼里升起潮湿的雾气。无数丑陋、脏兮兮的爪子在她周围，无法躲避，无处闪躲，像被人猛地扔进了冰凉的海水里，无论怎么挣扎都无法阻挡海水的吞噬，黑色的浪，一股股地袭来。会淹没吗？彻底被淹没。不！不要！救救我，这只是一场梦，让我醒来，快点醒来。夏陌在心里呼喊着。

“伴娘！我们美丽的伴娘呢？仪式马上开始了。”司仪的声音。

小青年们听到声音嘻嘻哈哈地缩回手，夏陌拨开人群，拉开门冲了出去。

夏陌站在司仪身边，微笑着，像乖巧的小妹妹。

“冰姬！”有人小声喊了一声。

夏陌循着喊声看去，在人群前面看到了一张陌生的面孔，一寸长的头发直直地竖着，像是刺猬。皮肤虽不怎么白，但称得上细腻，唇上带着金属色的唇环，折射出细微的亮度。他散发着很奇怪的气场，夏陌说不清楚，只是觉得怪异。

夏陌看着他拉了拉自己深蓝色的宽大T恤衫冲她眨了眨眼睛。

他是谁？怎么知道我的绰号？夏陌皱了皱眉。

“冰姬”这个名字是夏陌在第一学期结束的时候听说的。冰姬、火姬和校儒三个人的名字一夜之间红遍校园。

××大学BBS论坛，一年一度的“校花”“校草”评选如火如荼地进行，每天都有大批的学生投票，最后，大一新生夏陌、李小小、王子轩脱颖而出。

上面还配了照片，是学校摄影学会抓拍的。

夏陌站在丁香园的台阶上，身后满是白色、粉色的丁香花和翠绿的叶，她晶莹剔透的肌肤在阳光下微微发亮，瀑布般的长发随风轻轻飘动，饱满的嘴唇倔强地抿着，犹如一个突然闯入尘世的精灵。

李小小穿着红色T恤，金色的卷发，满脸灿烂的笑比阳光还要明媚。

王子轩棱角分明，古铜色的脸庞，漆黑明亮的眸子，高耸的鼻梁，淡淡的笑，有摄人心魄的魅力。

他们三个人在长达一个月的评选中票数一直居高不下，最后不知谁提议以“校姬”“校儒”命名。

等公布的时候就有了“冰姬”——夏陌、“火姬”——李小小、“校儒”——王子轩。有人开玩笑说，两女对一男，现实中却是多男对一女，于是很多大一的男生在网上高喊早准备、早动手、早修成正果的口号，把找女朋友的活动搞得轰轰烈烈。不过夏陌、李小小和王子轩，到大一结束时依旧是单身，骄傲地矗立在尘世之外。

在校BBS上找到她很容易吧，李小小那么活泼开朗的性格，换她来会是另一番景象吧。夏陌想着心紧紧地抽搐了一下。

记得那时候，很多看到她都会小声地惊叫：“哇！冰姬，她就是冰姬，好美啊，真的像个精灵。”

夏陌还常常接到莫名其妙的电话，还有许许多多的情书，最长的一封，是用印着××大学字样的稿纸写了整整20页，没有署名。夏陌还记得她数了数页数，然后把信撕成碎片扔进了垃圾桶。

她是冰，冰注定很难被打动。

她突然想起了那个公务员，在学校贴着讨老婆启事的公务员。

记得一个周六的下午，夏陌抱着《红与黑》坐在文科楼一间空教室的前面喃喃地念道：

可我呢，后娘般的苍天把我抛到社会的最底层，给了我一颗高贵的心，却没有给我一千法郎的年金，也就是说没给我面包，不折不扣地没给我面包；而我且拒绝送上门来的快乐！我如此艰难地穿越这片充斥着平庸的灼热沙漠，却要拒绝能够给解决我的干涸的一泓清泉！真的，别这么傻了……

夏陌聚精会神地看书，后面陆续进来的几个男生对着夏陌的背影发呆，而角落里的一对恋人正拥抱在一起忘情地热吻。

这时一个娃娃脸的男孩，绕到夏陌前面，脸红得像熟透了的苹果。他搓着衣角说："你是冰姬吧，校门口有人找你。"

夏陌拧了拧眉头，说了声谢谢，面无表情地站起来向外走去。

她刚出门，就被一个30岁左右、身材矮小、穿着白衬衣的男人叫住。

"我是公务员××，很高兴认识你。"男人讨好地笑着。

"你找我有事？"

"我们找个咖啡馆坐下来谈吧？"

"我不认识你，有什么事，在这说吧。"

"行，那我就直说了，前两天我贴的找老婆的启事不知道你看到了没，我在你们学校BBS上看到你以后，觉得你很合适，就冒昧来打扰了。"男人弯着腰搓了搓手，"真的，我是很真诚的。"

"胸围大于90厘米，小于100厘米，体重55千克左右，我好像都不符合。"夏陌冷冷地说着，已经抬腿走人了。

“等等，你可以不符合，你就是最好的标准，等你毕业了，我可以直接给你弄成公务员。”男人在后边追着说道。

“是吗？”

“当然。”

“对不起，你不符合我的要求。”夏陌冷冷地一笑进了校门，男人尴尬地愣在原地。

夏陌回过神来想，不是说从网上找到我的吗？知道我的绰号也并不奇怪，难道他就是一直和我联系、在校BBS上找到我的“a”？他说结束了，让我去找他拿今天的报酬。应该是他，没错，等仪式一结束我就拿钱走人。

夏陌对着旁边的伴郎很友好地点头微笑。

第 六 章

夏陌跟着一对新人，在司仪妙语连珠的介绍中，踏着《婚礼进行曲》的节奏缓步向前走，周围被亲朋好友围得水泄不通，笑声、掌声里裹满了热情、喜悦和祝福。

接下来就是惯有的程序：拜天地、拜父母、夫妻对拜。面对人世间那种幸福，夏陌的心突然淡下来。她仿佛站在世界的角落，看着一帮与自己无关的人，演绎着一场热闹的戏。她站在新娘旁边，帮新娘拿着一束花，看着下面热热闹闹的人群，却觉得自己的世界寂寞而荒凉。

一个人，被孤零零地扔在世界之外，这在她看来是最正常、最安全的状态。

等仪式举行完，拿了钱，一定要到校门口的“绿野仙踪”要一杯香芋味的奶茶，好好放松放松。

夏陌在人群中搜索a的身影。他站在新郎的左边，人群的最前面。他对着夏陌努了努嘴，伸出手做了一个飞吻的动作。夏陌慌乱地把目光收回来，看着下面咧着嘴笑得傻乎乎的人群。

婚礼没有韩剧中的浪漫，司仪和一对新人一样实际，问了些以后谁做饭、谁洗衣服之类的话，然后新郎向新娘递交了保证书，接着吹了蜡烛，喝了交杯酒。

夏陌觉得自己站那里很傻。衣服很紧，让她觉得有些心烦和燥热，怎么都没有T恤衫穿着舒服。她往台边挪了挪，因为替新娘抱着花又不能溜到台下。

司仪不知疲倦地耍弄着嘴皮子，一会儿调侃，一会儿煽情，一对新人在司仪的引导下，激动地哭哭笑笑，看起来有点奇怪。反正夏陌觉得婚礼的场面没有她想象的完美、浪漫。

夏陌正发愣，突然听见司仪说："新娘、新郎，伴娘、伴郎一起来个节目，大家说好不好？"

"好。"台下的人群振臂高呼。

夏陌打了个激灵，台下高涨的气氛好像仪式刚开始一样，本以为是唱唱歌、调侃两句就没事了，没想到这个看起来憨厚善良的司仪想出了个损招。

司仪让他们四个站成一排。

黑桃K——黑红相间繁琐的纹样，全场的人都饶有兴趣地盯着那张扑克牌。司仪举着那张扑克牌在空中画了一个180度的不规整半圆。

魔术表演吗？不清楚。夏陌倒是更喜欢泡泡机吹出的那种虚幻浪漫的美好，她伸手轻轻一点，细小的水珠就溅在她的食指上化作丝丝缕缕的愉悦。

夏陌按司仪的指示把花先放在了旁边的桌子上，然后司仪让台下的一个小姑娘上来，把夏陌背在身后的手用红色的绸缎象征性地绑在一起，打了一个很霸气的蝴蝶结。

新娘、新郎、伴郎也并排站在一起把手绑上。夏陌看着伴郎嘴上吸着扑克牌，前倾着身子，细细的眼睛和吸下去的两腮，像一只滑稽丑陋的猴子。

夏陌猛地想起，这个游戏同学们在教室里玩过。

那是入学后不久，大家习惯晚上在教室里体验大学生活自由畅快的气息。读读小说，听听音乐，弹弹吉他，唱唱歌，谈论谈论学校里能揪出来的所有风波，哪怕芝麻绿豆点事，一帮人也能拿出来傻呵呵地乐。

那个晚上教室里特别热闹，每个人都情绪高涨，班里最壮实的男孩跳起来，1.9米的个子，100千克的体重。他拍了两下巴掌，刚跳上讲台，就有人起哄道："怎么，这是要上来宣布你不穿内裤的优良嗜好吗？"

接着大家便哄笑起来。夏陌当时坐在第一排，抱着一本博尔赫斯的散文集正看得入神。

男孩拿出一张扑克牌，是红桃A，然后大家就把桌子推开，搬着凳子围成一圈，男女穿插，然后大家背着手用嘴吸着那张扑克牌相互传递，女孩是兴奋中带着娇羞，男孩是兴奋中更加Happy（快乐）。

夏陌是惯有的作风，自己抱着书坐在角落里看，她不排斥这种热闹，但无法融入，她习惯了一个人的世界。

谁把牌弄掉了，谁使劲嘟着嘴半天接不住牌，谁忍不住传扑克牌的时候笑出来，都会让大家兴奋得手足舞蹈。笑闹声在教室上空连成一片流动着的、五彩斑斓的飘带。

夏陌也像突然被这快乐击中了，"扑哧"一声笑出声来。后来就又有了很多版本，最中心的版本是，那是入校以来，第一次看见夏陌笑。

夏陌记得那天最惊心，也是最美好的一幕是扑克牌传到最后一个男孩嘴上的时候，他突然“噗”地把扑克牌吹掉，一把揽过身边的女孩来了一个深度热吻。

女孩是他交往了六年的恋人，为了不分离，他们报考了同一所学校。据说，第一年高考男孩没考上，女孩竟然撕碎了自己的录取通知书，和男孩一起复读。

在他们的热吻中，教室里响起女生的惊叫声，男生的欢呼声和一阵雷鸣般的掌声。

司仪的声音和台下的起哄声把夏陌拉回到现实，接过那张牌？不！她情愿像勤工俭学时一样，顶着太阳把整个操场扫一遍——那样起码无拘无束，没人的时候还可以拉着扫把跳个舞。

夏陌在下面一浪高过一浪的喊叫声与哄笑声中深吸了口气，一点点向前倾身子，近了，更近了。她愣了愣，突然快速地凑过去，用牙咬住牌的一角退了回来，伴郎半张着嘴愣在原地，下面又是一阵哄笑。

宁愿被这张牌上成千上万的细菌毒死，也不愿意那么近地凑到那个陌生男人面前折腾半天，可是接下来，还要把牌传给自己右边的新郎。夏陌心里不禁叫苦。

好在新郎接牌还算利落，还吸着牌和新娘逗了半天，引得台下的喧闹声一阵高过一阵。

夏陌总算松了口气，但第二轮马上又要开始了。

夏陌急中生智转身走到左边的桌子前拿起话筒：“我们四个人玩多没意思，我建议我们大家一起玩个游戏。”

台下的人开始举着胳膊响应，他们很快按照夏陌的要求把所有的椅子都推进去，让桌子之间留出过道，然后大家站成一排，后一个人把手搭在前一个人的肩膀上，随着夏陌做着一样的动作。夏陌脸上突然露出了笑意，男男女女、老老少少像一条长龙绕着桌子在大厅里穿梭，一个满头银发的老太太在队伍中乐得合不拢嘴。

夏陌总算松了口气，好在既让自己躲过一劫，也很好地活跃了婚礼的气氛。

婚礼宣布结束，新郎拦腰抱起新娘向休息间走去。

伴郎在大家的起哄中，一把从背后抱住夏陌。

“亲一个！亲一个！”台下哄笑着大喊。

“放开我！”夏陌对着伴郎叫。

台下突然又蹿上来几个人，搬着夏陌的头把她和伴郎按在一起。

夏陌用手死死地挡在嘴前面，她的胳膊被一只手抓住往下拽，一阵火辣辣的疼痛，不知道谁的唇趁机吻在她的耳郭上。

“放开我！”夏陌喊着猛地抱着头蹲下去。

“伴郎，你看你，咋这么不会怜香惜玉呢，把她抱起来啊。”

夏陌开始后悔自己刚才叫的声音不够有震慑力，可是仪式已经结束了，她很快就能拿钱走人，这个时候出点差错，那也太不值了。

夏陌站在洗手间的镜子前，用清水洗了把脸，然后把挽着的头发散下来，总算结束了。夏陌觉得疲惫不堪，几个小时却漫长得像一个世纪。

她不想再进大厅，那里面像一个充满巨大噪声的容器，汗液的酸气和饭菜的气味搅在一起，让她只想快点离开。

夏陌正对着镜子整理头发，却看到a推门进来，他在镜子里冲她挑了挑眉毛，径直进了右手边的女洗手间。

“等一下！你走错了！”夏陌愣了愣追了进去。

“你怎么知道我走错了？”a回过头来。

“这是女洗手间。”

“你真可爱！”a看着夏陌邪邪地一笑。

夏陌后退了一步，回头看了看推开的门上那个穿裙子的黑色小人图案，又看看a，觉得这个人有些怪异，但怪在哪儿又说不清楚，是有在女卫生间的偷窥癖好，还是别的什么她不确定。

一缕阳光随着窗外树影的牵动在夏陌眼前晃了一下，夏陌才想起今天最重要的事。

“请问，你是a吧？”a是在网上和她联系请她来做伴娘的人，夏陌当时问过他当伴娘都要做什么，他说，跟着新娘，帮新娘拿拿东西，跟大家一起快乐快乐，烘托一下热闹的氛围就行。

夏陌当时在网上和他说了两个字——好的，自己却偷乐了半天，这么简单就可以赚那么多钱，看来还真的是时来运转，大概老天爷不忍心总折磨她，想办法补偿她了吧。

与她经历的苦难来说，虽然这个小小的补偿可以忽略不计，但她依旧为这点小小的收获而开心。

“我很容易满足的，像我这么容易知足的人，你应该多给我点东西才对。”那个晚上夏陌站在女生宿舍楼顶的天台上，指着天空中最亮的那颗星星说。

夏陌露出一丝微笑，虽然今天发生了很多自己意想不到的事，但总算都过去了。她看着a冲自己点头，就高兴地伸出手来。

“仪式结束了，我想我可以走了，那个……”

“钱？”

a这么直白地问，倒让夏陌有些不好意思，她伸手摸摸下巴，冲a点了点头。

“急什么？”a走到夏陌后面一把揽过夏陌的腰，伸手反锁了门，“还没告诉你，我进的就是女洗手间！”

“你放开。”夏陌猛地打了个寒战，她一把推开a，转身想走却被他再次堵在门口。

“你想干什么？”

“你说呢。”

a猛地抱住夏陌把嘴凑过来，夏陌把脸转向一边。

“别这样。”夏陌心里泛着丝丝的疼痛。

“那你想怎么样？”a用手指勾起夏陌的下巴。

“你再这样，我就喊人了。”

“我再给你多加500元钱。”

“滚开，你把我当什么了！”夏陌愤怒地叫道，像有人猛地在她脸上甩了一巴掌，羞愧难当。她开始后悔，刚才为什么要问他要钱，应该先离开，他们总不至于赖账。

“怎么，你跟钱有仇吗？”a邪恶地笑着一点点地靠近。

夏陌看着a离她越来越近，脑子突然嗡嗡地叫了起来，像卡了壳的机器不知道如何指挥自己的肢体。如果换在平时，她估计在a试图接近她的第一刻，就一个耳光甩在他脸上了，但现在她没有。她不但跟钱没仇，还很需要钱。夏陌在心里苦笑。

a的唇一点点地靠近，金属色的唇环碰触夏陌冰凉的嘴唇，一股硬生生的惊悚袭遍全身。

夏陌的心震颤了一下，琥珀色如宝石般的眼睛黯淡下来，长长的睫毛在上面印出暗色的阴影，沾惹上了晶莹的泪珠。

a的唇刚刚和她轻轻地碰触，她突然猛地张嘴咬了一口，鲜红的液体就在a的唇上漾开。

“对不起，你别这样。”

“好厉害的小妞！我喜欢。”a伸出舌头舔了舔嘴角的血。

夏陌眼里的忧伤迅速笼罩全身，像是一个黑不见底的湖，她缓缓地下沉，这个世界谁也无法拯救她，否则过往怎么会是浓黑阴暗的色泽。阳光永远飘浮在她的身体之外，她依旧冰凉得如同没有生命。

a扑过来从背后抱住夏陌，把她按在墙上。夏陌绝望地挣扎着推搡着他，a火热的唇印在她冰凉的耳郭上。手胡乱地在她胸前摸索。

一切都黯淡下来，墙和窗外的阳光，在夏陌眼中都成了毫无温度的色彩，在周围流淌成一地的灰色黏液，一股股地泛起，试图把她吞噬。

手机，夏陌突然想起自己手里握着电话。她用尽力气拨了号码，a忘情地吻着她的脖子，手胡乱地在她大腿上游离。

“滚开，这是酒店，这是婚礼，你想怎么样？”

a在夏陌的喊声中停下来：“玩玩啊，那么认真干吗？”

说着刺啦一声撕开了夏陌的领口。

夏陌和a在撕扯中，她的手机滑落在地上，鞋也崴掉了。

“你放过我吧，你动了我，是要负法律责任的，是犯法的，你想因为一时冲动毁了你一辈子吗？”

“你说什么，真可笑。”

a说着把她按在地上，她在挣扎中把a胳膊上抓出一道鲜红的血迹。

a发疯般地撕扯着她，唇又霸道地凑过来，另一只手去扯她的衣服。夏陌努力地伸着胳膊，抓住一个东西，用尽所有的力气向a头上砸去。

血，鲜红的血顺着a的额头淌下来，夏陌微张着嘴，手里举着鞋愣在那。

“啪”的一声，门被踹开了，夏陌耳边嗡嗡的一片，什么也听不清。

第七章

李小小躺在床上，赌气似地闭着眼睛，却依旧觉得眼前白花花的一片，窗帘没能阻挡阳光热情洋溢的身影。

她伸手揉了揉眼睛，心里惊了一下，她感到一双眼睛正盯着她。

是夏陌？没听到门响啊。李小小睁开眼睛，一双蓝色的眼睛在她的上方睁得圆圆的，还有一张毛茸茸的脸。李小小惊叫了一声猛地坐起来，黑猫Eva大叫着从她床上跳下去，慌不择路地逃回夏陌用方便面箱子给它铺的窝，惊恐地把头埋在爪子下面。“Eva，你干吗偷看人家睡觉！我们还是不是好朋友？真是的，和你的主人一样奇怪！”李小小拽着枕头在床边上砸着大喊。

外面的阳光和这只黑猫一样让她心烦，李小小嘟着嘴气呼呼地靠在床上，白天好好睡一觉，晚上包夜上网的计划就这么被打乱了。

李小小抓起手边的手机看了一下，下午1：12，然后是阎东山的五个未接来电，她想着阎东山看到自己留的字条后暴怒的样子就开心起来。这家伙太小看姑奶奶我了，姑奶奶一根指头还没按下去，他就扑腾一声倒地了。

李小小想着伸出一根指头在空气中晃了晃，但她的目的不是让阎东山倒地，而是要阎东山口袋里的“米”。她甜甜地一笑，换上一副无辜的表情拨通了电话，准备以“温软”来化解即将到来的问责。

“喂，哥哥，真不好意思，我昨晚喝得太多了，一直睡到现在，这会还头疼呢。”李小小觉得先下手为强，自己先找个理由把阎东山的指责推回去。

“噢，我知道了，正在开董事会，回头联系。”阎东山淡淡地说。

李小小还没来得及说话，电话已经断了，她对着嘟嘟响的电话，喂了两声，然后使劲把手机撂到床上。董事会？ 董事会怎么听起来乱糟糟的，还有女人的哀求声音？难道董事会上大家在集体看片，李小小想着捂着嘴笑了笑，又骂道：“这家伙还不知道在哪里逍遥呢，还装上了，不就有两个臭钱嘛，牛什么牛，长得跟被猪亲了一样。”

李小小嘴里骂着，心里却开始后悔，也许真的是自己聪明过头了，干吗要溜回来呢，如果在那跟他耗着，说不定这会在哪家高级西餐厅进餐了。连一点苦都不愿意吃，能成功吗？再说了，丑就丑点，起码你没被恶心到呕吐吧。

李小小想着伸手把窗帘拉开一道缝，阳光就在墙上涂上一块金黄色，像一扇门。她吐了口气，从床单下面摸出一个软皮笔记本，绿色的封面上开着玫红色的花，刺目、揪心。

她翻看第一页，上面用很粗的黑笔写着：李小小账单一览表。

然后从她吃奶开始算起，爸妈给她洗衣服做饭，供她上学，每年1万，前面的比较简略，因为这个账单是从她初中时妈妈开始记的，每年的学费，在家吃饭住宿的钱，爸爸妈妈的劳务费都记在内。翻到高中更加可怕，妈妈竟然连她每天喝的牛奶吃的鸡蛋都按市场价折算，这让李小小哭笑不得，她曾经抗议说："牛奶和鸡蛋是你逼着我吃的！你还得给我精神损失费呢，明知道我讨厌喝牛奶。"

"我逼着你吃还不是为你好，没营养怎么有精力学习，你要是考不上大学，那我前面的那么多钱不是白花了，你说我们容易吗？为了你，从乡下辛辛苦苦迁到县城，吃了多少苦，受了多少累……"

妈妈不停颤动的嘴唇和越来越快的语速，让她不得不选择尽快投降，她赔着笑脸说道："好了，知道了，亲爱的母亲大人，我会努力考上大学，毕业后，挣好多好多钱来还这笔账。我考，就算累死也得累死到考场上。"

"呸呸呸，尽说丧气话，你见过哪个被学习累死的，快过来按手印，按完手印学习去。"

"签名行不？"李小小看着妈妈手里那土气的绿皮本。

"不行！你龙飞凤舞地写一通，能有什么切身体会？我是为了让你记住，你花的这么多钱，花得有成效。"

李小小耸了耸肩，走过去在当天的花销上面按上自己鲜红的手印，她觉得自己特像杨白劳，甚至还不如他，他欠的钱起码有个数，可自己呢，养育之恩换算成的账单，大概是永远也还不起的天价吧。自己永远背负着还不起的恩情和一个代表金钱的天文数字。

李小小看着绿皮本上鲜红的手印，泪水啪啪地掉下来，她边用胳膊擦泪边傻笑， 这一串串数字不就是钱嘛，我也会去挣的，不用等到毕业。

李小小正想着电话响了，是妈妈。

"喂，妈，我在这打工挣钱呢，暑假不回去。"李小小挂着泪水挤出一丝笑意。

“你挣钱，得了吧，花钱还差不多！”

李小小吸了吸鼻子没吭声。

“真不回来？”

“嗯，我打工，也是一种锻炼，总比毕业了才去接触适应社会的好。”

“行，那我把这月的生活费给你打过去。”

“不用，我找到工作了，在一家公司当文员，工资先预付了一半。”

“真的！那好，看来这些年我没白教育你，穷人的孩子早当家。对了，问问别处的工资，别被人骗了，你现在是大学生，不是廉价劳动力。”

李小小挂了电话，一阵苦笑，笑着笑着泪水就啪啪地掉了下来，她用枕巾盖着脸。自己的成长，父母的爱像一根根尖利的钢筋，插进她身体里，容不得她一点反抗。她就是要挣钱，就是要让妈妈看看，她有能力养活自己，让自己过着高品质的生活，而不是像从前一样在妈妈的“精打细算”中过日子，那不是她想要的。

李小小正缩在床上自我感伤，却听王子轩在下面喊夏陌的名字。

李小小拿枕头捂住头，下面就又开始喊自己。

“小小，小小”地叫着，温暖而亲切。

李小小破涕为笑，揉了揉鼻子从床上跳下来，哗啦一声推开窗子。

王子轩站在阳光中抱着一束艳红的玫瑰，嘴角上翘，乌黑的眼睛如暗夜中的星辰一样明亮。

李小小感觉自己掉进了那双眼睛里，如一摊清澈的湖水，让她不由自主地走进，沉溺。李小小愣了愣神，又换上一副嘻嘻哈哈无所谓的样子。

“找我们夏陌呢？她出去了。”李小小说着伸手拿过王子轩手里的玫瑰放在鼻子前闻了闻，“先送我吧，别浪费了。”

“可是……”

“可是什么呀！我说你不会追女孩子吧？几朵破花就想把夏陌搞定，你也太天真了。现在的女孩要么超级现实，要么超级喜欢浪漫，你要追女孩子就要把其中一样做到极致。”李小小说着摘了一片花瓣，填进嘴里。

“请我吃饭，我从早上到现在还没吃东西呢，饿死了。”李小小说着摸了摸肚子。

“夏陌什么时候回来，要不我们等她一块儿吃。”王子轩脸上的笑意让阳光都有了几分羞怯。

“你想饿死我啊，再不带我去吃饭，我就把你的这束花全吃下去。再说了，这是啥时候啊，就算等夏陌吃饭也得到晚上啊。”李小小说着就拽着王子轩往校门口走去。

王子轩抓了抓头发，在心里嘀咕道，我堂堂学生会主席，平时巧舌如簧的，没想到在这个小丫头面前就直接“傻”了。

王子轩清了清嗓子，决定重拾自己平时的威风：“小小，你暑假不回家陪咱爸咱妈，在这瞎晃悠啥呢？”

那时候同班同学无论谁的爸妈，大家说起来都统称咱爸咱妈，王子轩的父母上次要来看他的时候，同学们见到王子轩就满脸关切地问：“子轩，咱爸咱妈什么时候来呢？”

“快了，就这两天！”王子轩回答，恍若全班几十号人，就是亲兄弟姐妹。

王子轩的父母真的来了，给王子轩买了一部最新款的诺基亚手机，3000多元钱，那上网速度“哇哇”的，黑色的大液晶屏，细腻的手感，散发着贵族般的气质。

那个晚上，王子轩的父母在火锅城“123”回族餐馆里摆了两大桌，大家乐呵呵地胡吃海喝，还不时地端着饮料杯，过来甜腻腻地和他的父母说些注意身体之类的贴心话。

把王子轩的爸妈哄得乐呵呵的，好像谁都比王子轩与他们亲近，王子轩笑着站起来，倒了一杯啤酒，准备把这些满口甜言蜜语的家伙放倒……

“咱爸咱妈盼着我快快长大，自力更生呢。”李小小回头冲他耸耸鼻子，“咱爸咱妈呢，最近好吗？上次回去，怎么说我的？”

这么咱爸咱妈的统称让王子轩觉得有些混乱，但又很好玩，他向李小小笑了笑说：“咱爸咱妈，回去一直夸你呢，说这丫头既聪明、漂亮，又懂事。”

“那是必须的！”

“嘻，给你台阶你就上，给你点阳光你就灿烂！”王子轩露出洁白的牙齿。

“肯定啊，有台阶不上，傻瓜啊。”

他们走过西门，到永昌路口的一家拉面老店坐下。

两个人一人要了一碗二细的拉面，王子轩又到外面买了两碗青海老酸奶。

李小小拿起勺子把王子轩的酸奶上面的一层酥油挖过来，填进自己嘴里，美滋滋的。

王子轩有些发愣，他想着上次他爸妈来的时候，他最想邀请的就是夏陌，他想让夏陌坐在自己身边，他想让爸妈看看，这个纯净美丽得像精灵一样的女孩。可头一天晚上在他坚持不懈的邀请下，夏陌依然没有出现，这在他心里整顿饭就显得无滋无味了。

王子轩看着自己对面吃得一脸兴奋的李小小，又试探着问："夏陌今天干吗去了？什么时候回来？"

"我又不是她肚子里的蛔虫，我怎么知道？"李小小说着白了王子轩一眼，只顾吃拉面，大口大口的，胃口很好的样子。可她的脑子里想着夏陌跳进了那辆黑色的奔驰，心里就突然疼痛起来，多傻的孩子，夏陌都已经傍上大款了，他还在这痴情地守候。李小小想着看了一眼正低头喝酸奶的王子轩，摇了摇头。

"我有个主意，夏陌一定会很开心。"王子轩仰着头，满脸兴奋地描绘着自己的计划。

李小小捂着胸口，感觉自己简直要吐血而死，这孩子真傻了……

李小小从公交车上跳下来，握起拳头捶了捶站得发麻的双腿，在心里骂道："死阎东山，找这么远的地儿，就不知道去接我，早知道不来了。"

李小小骂到最后的时候底气就弱了很多。

她和王子轩吃完拉面，被王子轩拽着一同去为他那愚蠢的计划做准备的时候，接到了阎东山的电话，她看到屏幕上的名字心里一紧，抱着电话喂喂地走到离王子轩1米远的树下。

阎东山约她喝茶，听起来有点品位，但王子轩怎么办？李小小回头看了看刷白的光线中王子轩线条清晰的面孔，就不敢再看第二眼，她害怕自己再看一眼就会毫不犹豫地冲回到王子轩身边。

她一边对着电话说，好的，知道了，一边在心里想，哼，凭什么陪王子轩去买东西，他是为了去讨好夏陌，我又是为了什么？

李小小走到王子轩面前，看到他露出洁白的牙齿就有些后悔了，放着这么美好的面孔不看，非得去看猪头，还真是自虐。但想起王子轩眼里只有夏陌，李小小就又有些生气，她把玫瑰花塞回王子轩手里，然后伸手扯了一把，一松手花瓣就纷纷扬扬地飘下。她看着鲜红的花瓣落在蒙着灰尘的暗米色砖面上，拍了拍手说："我有点急事，得出去一下。"

但李小小最终还是不忍心，就说让王子轩先去买东西，晚上她和他一起布置。

李小小看了看手机，15：45，陪阎东山坐会儿到18：00赶回学校应该不晚。她想着按照阎东山在电话里说的，在马路对面一座商务楼的楼下找到了"龙轩茶阁"。

很古典的设计，甚至在特别现代的大厦上安上了飞檐，然后把门两侧都弄成了木质的雕刻。

李小小捂着有些紧张的小心脏推开玻璃门，大厅里一个穿着粉绿色镶着金色丝线旗袍的女人正笑盈盈地和几位男士喝茶聊天，见李小小进来就抬头笑着打招呼："姑娘，请进啊。"

"我找人，'含芳阁'"。

"进去吧，第二个包间。"旗袍女人用手一指说。

李小小边往里走边暗自寻思："等弄到了钱，自己也做点什么，让小钱生大钱，生啊生啊，生很多钱。"如此想着，李小小的心情越发愉悦，她推开了第二个包间的门。

阎东山正夹着一支烟，独自品茶。见李小小进来，慌忙站起来，揽着她的肩膀热情地招呼她坐下。

“你个丫头，不简单啊。头一次，见面就把我弄得不省人事。”阎东山边说边把手伸过去握着李小小的手，轻轻地揉搓。

“哪会啊，我当时也蒙了，睡到今天中午头还疼得厉害呢。”李小小笑着抽出手，“哥哥公司很忙吧，要多注意休息，别太累。”

李小小边说边对自己假惺惺的话在心里表示强烈的反感，反正这个世界上很多东西本质和外表都不一样，我装，虽不够真诚，但这是一种获得利益的手段，也没什么大不了。

桌子上是整套的茶具，不时会有穿旗袍的女服务员进来倒茶。阎东山对着女服务员旗袍下的大腿看得很贪婪，让李小小觉得胃里有牛肉面的味道一股股地翻涌。“装什么品位，就一个老色鬼，暴发户！”李小小一边在心里感叹命苦，一边赔着笑脸，有一句没一句地和阎东山聊天。

千万不要鄙视心口不一的人，其实他们内心比别人更痛苦，李小小暗自总结着自己的切身体会。

阎东山接了个电话，放下电话说：“晚上几个哥们叫着一块吃饭，都是不同行业的老板，一块去吧！”

“我，我晚上还有事。”她结结巴巴地说，生怕自己为了利益而毁了跟王子轩的约定，那样自己也会唾弃自己的。

“有什么事啊？我都给他们说好了，晚上叫上你一块去，让他们见识见识什么是美女，要不这么多年他们就白活了。”

“噢，宿舍的一个姐妹病了，晚上我得回去给她买吃的。”

“叫别人去嘛，你就说今晚有事。”

“宿舍就我们两个人，其他人都放假回家了，真的。”

“你这丫头，贼精贼精的。”阎东山说着向李小小挤挤眼，一脸的坏笑。

李小小胃里的牛肉面就来了个大的翻越，差点涌出来。李小小正准备解释，包里的电话却很配合地响起来，是王子轩。

那孩子在电话那头可怜巴巴地说：“你知道夏陌去哪了吗？她的电话为什么一直打不通……”

第八章

夏陌呆呆地站在路灯下，梦魇般回头望了望公安局的大门，大颗泪滴涌出来，滑过冰凉的脸颊，脸上的抓痕依旧渗着血珠，和泪水滚在一起，碎裂在灰色的柏油路上。

没有阳光，天空被浓重的黑色缠绕着，橘色的灯光立在路两边颤颤巍巍，像是随时要熄灭一样。路上的行人、车辆，播放着流行歌曲的店铺，都像在另一个世界里，而夏陌周围是浓重的黑。

明媚揭开了一天的开始，却留下了一个说不清色泽，道不清滋味的尾巴，让人痛得难以呼吸，却又哭笑不得。

粉色的礼服胸前和下摆都已经被撕破，路边的行人用诧异的目光看着夏陌，她却浑然不觉，只是机械地迈动着脚步，一天就这么结束了，滑稽、可笑、荒诞。本以为进了大学，就永远不会再受到那么多伤害，就脱离了噩梦，却碰到了更加不可思议的事。

电话在包里无休无止地响着，直到它没有力气再发出一点声音。

几个流里流气的男孩走到夏陌跟前说："小妹妹，这是怎么了？走，哥哥带你去个好玩的地方。"

“滚！”夏陌声嘶力竭地大叫，所有的行人都投来诧异的目光，几个小混混灰溜溜地逃走了。

夏陌蹲在马路边抱着膝盖放声大哭。

哭累了，夏陌就站起来继续向前走。脑子里一片空白，不知道去哪，也不知道该干什么。

她走过一条长长的胡同，进了一个楼房陈旧、破败的小区。楼上的灯，星星点点的亮着。夏陌走到一单元504，就顺着那扇木头门滑下，坐在地上，喃喃地说：“女的？女的！”

说着她就苦笑起来，笑声越来越大，笑得满脸泪水。

门猛地被拉开了，夏陌顺势躺倒在地上。一个穿着米色短裤、白色背心的男人诧异地看着夏陌，蹲下身把她抱起来放在扔满了报纸书籍的沙发上，用白色的浴巾包裹着她。

“陌陌，你怎么了？出什么事了？陌陌？陌陌？”

夏陌在男人的喊声中空荡荡的脑子里一点点地亮起来，“陌陌”，多温暖的称呼，世界上这么叫她的也就这么一个人。

男人倒了杯热水递给夏陌。

夏陌挤出一丝微笑，男人伸手拢了拢她额头上不知被泪水还是汗水弄得湿漉漉的头发，再次心疼、焦灼地询问：“丫头，出什么事了？你怎么穿成这样？”

“我想洗个澡。”夏陌说话的声音很小，像是费尽了身体里所有的力气。

“好，好。”男人应着，忙乱地给夏陌找拖鞋，又从柜子里翻出一条新毛巾。

夏陌穿上大大的男士拖鞋走进洗手间，关上门。打开水龙头，龙头里花洒的水喷出来顺着夏陌的头往下淋，温热地覆在夏陌冰凉的身体上，像是一双温热的手把她捧在手心里。

男人坐在客厅的沙发上，神色凝重地抽着一支烟，吐出一团团淡蓝色的烟雾。

男人叫高尚，和夏陌来自同一个地方。大学报到的时候，就是他送夏陌去的学校，他像其他家长一样，帮她领完被褥，铺好床，又带着夏陌吃完饭才离开。

当时李小小和同宿舍的人甚是困惑。高尚30多岁，圆脸，眼睛大而黑亮，睫毛浓密，体格强壮，腹部微隆，身材却还匀称。

李小小问过夏陌高尚是谁，夏陌只是看看她，不说话。

后来，高尚在学校出现过几次，和夏陌一起出去吃饭。夏陌每次见到他的时候都会露出微笑，惯有的冷冰冰的脸上会浮现出一点热的气息。

有人说高尚是夏陌的亲戚，有人说是夏陌的情人，有人说是夏陌的哥哥，但没有哪种推测得到证实，夏陌本身就是个让人难以靠近、难以捉摸的人物，身边有个神秘的人，大家慢慢也就觉得理所当然了。

夏陌穿着高尚宽大的白T恤，用淡粉色的毛巾裹着湿漉漉的头发。从洗手间走出来，在他身旁坐下，直直地看着电视上花花绿绿的图案。

“出什么事了？晚上吃饭了吗？”高尚关切地问。

夏陌摇了摇头，依旧不说话。

“我给你下面吃，还有鸡蛋、青菜。”高尚露出柔和的笑意。

“我不饿。”夏陌说着，大颗的泪涌出来。

“怎么了，到底出什么事了？”高尚皱着眉头慌乱地替夏陌抹去脸上的泪水。

夏陌扑在高尚怀里大哭起来，他轻轻地拍着夏陌的背说：“好了，丫头。没事了，没事了。”

“为什么他是女的？怎么会呢？”夏陌说着说着就趴在高尚怀里睡着了。她真的太累了，没有一点力气。

高尚抱起夏陌把她放在床上，从柜子里拿出洗过的被单给夏陌盖好，又从抽屉里拿出碘酒，用棉签轻轻地擦拭着夏陌脸上的伤口。

夏陌在黑色的、黏稠的梦中挣扎，额头上渗出大颗的汗珠，手死死地抓着床单。突然一声闷响，接着是金属杯子掉在地上的声音，夏陌猛地惊醒，光着脚从床上跳下去直奔客厅。

高尚挠着头，一脸无辜地从地上爬起来，像一只可爱的维尼熊。

夏陌突然忍不住哈哈大笑，高尚站起来，跟着她一起傻笑。

“实在对不起，昨晚害你睡沙发。”夏陌说。

“没事的，我喜欢睡沙发，一个人的时候常常躺在沙发上看电视，看着看着就睡着了。”高尚咧着嘴露出白白的牙齿。

“你是喜欢睡沙发，还是喜欢滚落在地上的那种刺激？”

“都喜欢！”高尚不好意思地挠挠头。

阳光透过窗子，把米色的地板砖和白色的墙面涂抹成橘色，也把夏陌白瓷般细腻的肌肤涂抹得宛如凝脂。

夏陌突然跑过去踮起脚尖在高尚脸颊上亲了一口：“你就是我最亲的人，永远都是。”

“嗯。”高尚脸上微微泛红，有些不知所措的羞涩，“你饿了吧，我去给你买早点。”

“我也去，我们一起去外面吃吧。”夏陌想找鞋，却想起昨天自己是光着脚，穿着撕破的礼服来的。

夏陌眼里的光线黯淡下来："我的衣服昨天一位大婶帮我拿着……"

"你等着，我马上回来！"高尚穿上鞋飞奔出门。

夏陌耸了耸肩，拿起桌子上一支烟点燃，吐出淡淡的烟雾。这个房子很小，40多平方米，除了随处可见的书籍和报纸，看起来还算整齐；电视柜上一个用细铁丝编制的容器里，插着夏陌用报纸叠的花朵，一样的大小，一样的形状，一样充满希望的含苞欲放。

高尚也许是上天对她的唯一恩赐吧。夏陌这样想着露出了淡淡的微笑。大一开学，高尚送她到学校后，他们在西关十字口一起吃了顿大盘鸡，那天阳光和今天一样好。

高尚把鸡块一个劲地往夏陌碗里挑。

"你也吃啊。"夏陌咬着鸡块仰起头。

"你得支持我减肥，我再吃就真成大黑熊了。"高尚一脸慈祥的笑。

"成黑熊了好啊，那肯定'可爱'得无敌。"

"我不。"

夏陌看着高尚，孩子气地嘟着嘴，就笑起来。"谢谢你来送我。"夏陌端起啤酒轻轻地和他碰杯。

"应该是我谢谢你，给我了个机会让我出来散散心。"

"那就在这玩几天再回去，反正这段时间你刚好放假。"

高尚点了点头，夹起一截鸡腿放在夏陌的盘子里，又恢复了沉着稳重的状态："我想在这看看，有没有合适的工作。"

几天后高尚决定留下来，半个月后他在这租了房子。他说这个城市挺好，他在这找了份工作，反正回去也是一个人。

前年，高尚的老婆带着他儿子跟着一个煤矿老板跑了。

高尚说，夏陌拯救了他，让他重新看到了生活的希望。

夏陌说，他拯救了她，给她黑乎乎的生活注入了鲜活的光亮。

夏陌穿着高尚从超市买来的绿色运动T恤和短裤，边把两掺儿（胡辣汤与豆腐脑）上的醋和榨菜沫搅开，边瞪着电视看着最近流行的一部电视剧，高尚把煮好的鸡蛋剥好递给夏陌。

“我不吃，你吃吧。”

“快吃了，早上吃一个鸡蛋有营养。”

“我不喜欢吃鸡蛋。”

“听话，吃完中午带你去外面吃肉。”

夏陌笑了笑，没好气地接过鸡蛋，对着白而细嫩的鸡蛋看了半天，下决心似的一口咬下去。

吃完饭，夏陌把碗筷收拾好，坐在高尚旁边，不时地看看他的脸却不说话。

“说吧，昨天到底发生了什么事？”高尚像是看穿了夏陌的心思，柔柔地说。

夏陌眨了眨眼睛，眼底就泛起一层潮湿的雾气。

“昨天真晦气，乱七八糟的事都让我遇到了，跟演戏一样，很夸张……”

夏陌说着说着又想起了派出所。她不知道自己是怎么被带回派出所的。当时有点蒙，只看见黑压压的人群堵在门口，闹哄哄的，穿着制服的人，扶起头上淌着血的a，让先送医院，然后夏陌就跟着他们去了派出所。

夏陌如实说了a试图强奸她的事实，然后看着桌子上自己那只断了鞋带的鞋被放在一个透明的塑料袋里，鞋跟上还沾着暗红的、凝固的血渍。

“我真的没办法，我一时情急，我就……”夏陌低着头。

“那为什么他一开始对你实施骚扰的时候，你不喊，不反抗？”一个办案人员拉着脸问，好像她是罪犯而不是受害者。

“我反抗了，我……”夏陌停顿下来，难道说我顾及那点钱才没喊，夏陌痛苦地闭上眼睛。

派出所的大厅里突然涌进来一群人，穿着红色旗袍的新娘，被新郎拉着，满脸愤怒地站在中间。

“妖精！你给我出来，你凭什么报警，凭什么毁了我的婚礼，我跟你有什么仇？”

夏陌在办案人员的陪同下走出来：“对不起，我不知道会成这样。”

“呵，不知道。”新娘苦笑，她想着自己正满脸幸福地敬酒，一帮警察却突然冲进大厅，说是有人报警，多可笑。

“你毁了我的婚礼！为什么？”新娘说着扑上来一把揪住夏陌的头发。

办案人员立即把新娘拉开：“这件事，我们正在调查。”

“调查什么？两个女人打架有什么好调查的？”新娘骂道。

“我们不管女人打架，现在这件案子大致是强奸未遂。”

“强奸？！真可笑，谁强奸她？”新娘大笑着指着跟着办案人员走进来、头上裹着白纱布的a说：“她吗？她想强奸，也得有那个功能啊。”

派出所的一个女民警走到夏陌旁边，对另一个民警说：“她是个女的，新娘的表妹。”

“这世道，真是男女不分，还真看不出来。”办案人员笑着小声嘟囔道，“回头你在街上见一美女，掀开下面一看，没准是个男人呢。”

夏陌在他们的低声交谈中彻底傻了，她抬头看看表情复杂的a，又看看民警。

不可能，他怎么会是女的，他试图强奸她来着。

“他怎么会是女的？不可能！”夏陌失神地喊道，这时，以新娘为中心的人群又涌过来，撕扯着夏陌。

不知谁的手抓在夏陌脸上，揪心地疼痛。这是个怎样的世界，怎么会这样！咒骂声、拳头铺天盖地地落下来，夏陌抱紧自己，咬着牙齿，透明的液体涌出来。

民警好不容易才把人群拉开，夏陌颤抖地抱着自己，面色苍白。

“好了，好了，既然是女人打架，那你把她打伤了，把医药费拿出来，事情就算完了，检查带包扎一共500元。”民警对夏陌说。

“休想，她毁了我的婚礼，要赔我精神损失费。”新娘号叫着又向夏陌扑来。新郎一把抱住新娘喊道：“够了，还嫌今天不够乱吗！”

“你把钱拿出来，赶快走吧。”新郎对夏陌说。

夏陌呆呆地愣在原地，500元钱，我去哪找500元钱，我是来打工挣钱的。

夏陌吸了口气摇了摇头说：“我没带钱。”

“那让你的家人或朋友给你送来。”民警说。

“我没家人，没朋友。”夏陌眼睛空洞地望着地板小声说。

“那你就在这吧，500元钱便宜你了。你给我5万，也赔不了我的婚礼。”新娘又大叫起来。

“算了，没多少钱。让她走吧。”a说。

夏陌抬头看着她，心碎裂般地疼痛：“你怎么会是女人，你是女人为什么还要对我那样？”

a愣了愣从屁股口袋里掏出准备好的那个红包说：“这是你今天的报酬，你走吧。”

新娘一把抢过红包，举在空中挥舞着喊道：“报酬，她还有脸要报酬吗？我今天放过她已经很仁慈了。”

夏陌垂下眼睛，长长的睫毛上挂着晶莹的液体，在人们的指指点点中走出了派出所。

“站住！医药费拿出来！”新娘猛地挡在夏陌面前。

“我现在没有。”夏陌细微的声音在空气中绝望地颤抖。

“打个欠条，反正我们知道你学校在哪，你也跑不掉。”新娘气呼呼地翻着眼睛说。

夏陌吸了口气仰起头接过笔和纸。

怎么会是女的？怎么会是女的？夏陌失神地顺着马路向前迈着脚步。

……

“怎么会是女的？”夏陌回过神来，看着高尚。

“现在不是流行中性嘛，不男不女才够时尚，不过就算是女的，那也是同性的性骚扰，怎么会是打架呢？”高尚叹了口气，伸手抹掉夏陌脸上的泪水，“以后别参与这样的事了，知道吗？”

“我以为伴娘就只是跟着新娘帮她拿拿东西而已，我以为婚礼都是纯洁美好的，怎么会这样……”夏陌斜倚在高尚怀里，她没有告诉高尚那张欠条的事。

“傻孩子，伴娘就是让人乱的，现在的伴娘大多都是花钱找的三陪小姐，你去瞎凑什么热闹？”高尚心疼地摸着夏陌光滑的头发。

“三陪？”夏陌猛然觉得自己被骗了，从头到尾就是一个骗局，或者是自己太孤陋寡闻。夏陌把头靠在高尚肩膀上长长地舒了口气……

第九章

李小小刚刚走到商场门口，一个戴着红色鸭舌帽的黑瘦小青年就把一张花花绿绿的传单塞进她手里，上面印着“性感”内衣的推介广告：商场一层，买一件性感Bra（胸罩），即赠送一条配套的丁字裤或三角裤。

李小小下意识地拉了拉内衣的带子，推开商场巨大的玻璃门。商场是咖啡色调的装修，随处可见金色的点缀，从地上1层到5层，衣服标价牌的数字位数也逐层上升。

一幅巨大的海报，一个性感的金发女郎，穿着一套红色的性感内衣，她妩媚地笑，完美精致的脸蛋，惹火的身段，让女人们趋之若鹜。内衣摆在两个摊位上，一只只散发着不同味道的手争抢着把内衣举到眼前挑选，好像挤在菜市场挑选廉价的萝卜。

李小小低头从衣领里看了看自己褪色的内衣，咬了咬牙，下定决心似的在人群扒开一条缝，挤了进去。红色、粉色、白色的蕾丝内衣无序地摆在摊位上。李小小抓起一个黑色蕾丝花边的Bra（胸罩）挤了出来，看了看标价250元。李小小在心里苦笑了一下，转身放下准备离去，导购员眼疾手快地抓起她挑的Bra（胸罩）说："带一件吧，原价二百多呢，现在搞活动，只要45元钱，还送内裤。"

李小小连忙接过导购员手里的Bra（胸罩），又挤到内裤的摊位前，拎起一条丁字裤皱了皱眉头，说实话，她真不知道这丁字裤怎么穿，后面一根带子，肯定会勒得很难受吧。

李小小挑了一条黑色蕾丝的三角裤，付了钱，把内衣塞进包里，美滋滋地上了电梯。

她幻想着自己如何把阎东山灌晕，如何引诱阎东山，如何在宾馆里再给他弄一杯白兰地，让他彻底昏睡过去，然后敲诈他一笔。

李小小正美滋滋地想着，电话响了，是王子轩。

"子轩。"李小小紧紧地捂着包里的内衣，脸颊微微发烫。

"有夏陌的消息吗？"

"没有，我见到她，会立马叫她给你打电话的。"李小小正说着，看见一张熟悉的面孔从眼前一闪而过。

"夏陌。"李小小轻声叫道。

"夏陌，夏陌在吗？"

"你等一下！"李小小抬头，刚才的女孩已经没了踪影。

女孩扎着高高的马尾辫，穿一套草绿色的运动短裤和T恤，性感的身材，白皙的皮肤特别惹眼。她挽着一个男人的胳膊，一脸明媚的笑。男人的面孔，李小小没看清楚，但女孩分明就是夏陌。

不会的，夏陌整天面无表情，冷冰冰的，怎么会笑得如此灿烂，一定是看错了。李小小想着，伸手按了按鼻梁两侧距内眼角半分地方的睛明穴。

"喂，小小，出什么事了，怎么不说话？"王子轩抱着电话喊道。

“没事，刚看见一个熟人。有夏陌的消息，我会尽快通知你的。”

“对了，今晚你没事吧？早点回来，我们留校的同学今晚搞个聚会，去火锅城吃火锅，然后去唱歌。”

“好。”李小小挂了电话，拉了拉包里的蕾丝内衣，脸颊泛起微微的红晕，她突然改变主意了，她希望第一个看到这套内衣的人是王子轩。

她掏出电话给阎东山发了个短信，说今晚同学聚会，改天再一起吃饭。

她闭上眼睛耸耸肩，仿佛王子轩那如樱花般温热的唇就在她耳畔，阎东山和王子轩都要得到，没有人规定孩子只能有一个玩偶。

李小小在KTV亲吻了王子轩，很多人都看到了。

这小子没把夏陌搞定，倒先被李小小摆平了。大家都笑嘻嘻地这么说。

李小小总是仰着脑袋，嘟着嘴说，不是你们想象的那样子。

那个晚上参加聚会的有五女六男，除了假期没回家的，还有本市的同学。王子轩不知从哪借了一辆面包车，同学们嘻嘻哈哈地往上跳，那个全班最壮实的男孩，还带了一只松狮，体型和神态都和他酷似。大家说那是他兄弟。

车上的人很快就分成了两拨，女生们围着松狮亲昵地摸它，逗它，把满怀期待的男生撂到了一边。

“你吃个饭，还带着你的兄弟，这不是跟我们抢风头嘛。这么好的机会，这么好的氛围，就被你小子破坏了。”一男孩叼着烟说。

“就是，你小子没什么戏，也不至于搅我们的场吧。你今晚最好抱着你的兄弟找个角落蹲着去，别影响我们的兴致。”另一个男孩接道。

“靠，一条狗你们至于嘛，没一点爱心。”胖男孩仰起脸骂道。

“喂！你们几个和狗在这争风吃醋呢，还真是思维不一般。”李小小坐在副驾驶座上哈哈大笑。

“我们找点话题，闹着玩呢，这是我们共同的兄弟。”叼烟的男孩说着挤到松狮前面摸着松狮的头说：“哥们，魅力很大嘛。”

王子轩扶着方向盘以充满磁性的男中音说：“松狮是一种非常古老的品种，它的准确历史已在中国古代丢失。如今众所周知的松狮在中国汉代的陶器及雕塑品中非常容易辨认。其他的一些史前古物品表明这种品种的历史甚至要早得多，它也许最初来自北极，然后移居蒙古、西伯利亚和中国。”

女生们惊叹着涌过来扳着驾驶座的后背。

“哇！真的，松狮那么早就有了？”

“子轩，你好棒啊，知道这么多，再给我们讲讲。”

叼烟的男孩耸耸肩说：“我是看明白了，这光环都让子轩这小子一个人占尽了，我们活该打光棍。”大家说笑着在面包车里乱成一团。

鉴于多人上火的事实，他们那晚放弃了吃火锅的打算，去西关十字口吃了大盘鸡，然后就跳上车，直奔“上帝”。

“上帝”是这里最大的一个KTV，此时也是它最热闹的时候。“上帝”两个字是红色的霓虹，下面是蓝色的荧光小字——量贩式KTV，两边是各色的霓虹灯管和流苏样不断变化的彩灯，看不清墙的色彩，只能看见不同色泽的发光体快速闪烁。

胖男孩的兄弟（松狮）和刚才一样，被锁在车里，乐颠颠地啃着他们吃剩的鸡骨头；其他人笑闹着涌进“上帝”的腹腔内。

KTV包厢内，灯光昏暗，荧屏花花绿绿的图案随着巨大的音乐声不断变化。李小小和同学们一边嬉笑着碰杯，一边一起合唱最近网络上最流行的歌曲：

猪！你的鼻子有两个孔，

感冒时的你还挂着鼻涕牛牛。

猪！

你有着黑漆漆的眼，

望呀望呀，望也看不到边，

猪！

你的耳朵是那么大……

大家一边唱着一边比画着，呼喊着，在浓重的酒气和烟味的包厢里释放着青春的活力。

“青春是用来干吗的？青春就是用来挥霍的。”一个男孩摇摇晃晃地举着酒杯，打了个酒嗝。

“什么青春不青！我要睡觉了。”李小小接过男生手里的杯子，用手指轻轻一点，男孩就倒在后面的红色的丝绒沙发上。

李小小转身拿起麦克风，唱了一首《夏天的浪花》。

“麦霸，我要听《我可以抱你吗，宝贝》。”王子轩歪在沙发上，脸蛋红红的，挥舞着手冲她微笑着。

“我可以抱你吗，宝贝？”李小小看着王子轩迷人的笑容，喃喃地重复道。

“来，亲爱的麦霸美眉，我们一起唱。”王子轩摇摇晃晃地站起来，“我们家夏陌呢，怎么不在啊？”

王子轩说着忽然想起了夏陌。他在屋里转着，像是在寻找什么东西。猛地脚下一软，一个趔趄，李小小抓着话筒冲过去，一把抱着王子轩，他们一起倒在了沙发上，慌乱中她的唇和他的唇紧紧贴在一起。

一个男孩正昏昏沉沉地做着美梦，突然感觉胳膊被一个物体重重地砸了一下，叫了一声，大家都在叫声中清醒过来，他们吃惊地看着李小小抱着王子轩，吻在一起。

李小小慌乱站起来，用手背抹抹自己的唇，脸颊滚烫。

“什么你们家夏陌，自作多情很容易就会变成自作自受的。”李小小嘟着嘴，脸上泛起不悦。

王子轩突然站起来，捂着胸口拉开门冲了出去，李小小愣了愣快步追了出来，身后留下了一阵起哄声和善意的笑声，狼嚎似的歌声就又达到了另一个新的高潮。

王子轩吐完，李小小递过矿泉水让他漱口，王子轩又用清水洗了把脸，清醒了许多。

他看了看李小小，不好意思地咧咧嘴：“刚对不起，我……”

“什么呀，你刚才只是不小心摔倒在沙发上而已。”李小小垂下睫毛，红着脸说。

“我们永远都是最好的朋友，是吗？”王子轩笑着拉拉李小小的手。

“是啊，你脑子进水了，怎么突然说这些。”李小小抑制住内心那股强烈的失落感，装出一副没心没肺的表情。

“出去走走吧。”王子轩说着和李小小一起走出了KTV。

李小小在KTV旁边的24小时便利店买了两瓶橙汁，递给王子轩一瓶。他们找了个稍微僻静的地方靠着墙站着。

路上很安静，除了KTV里飘出的鬼哭狼嚎的歌声外，其余的事物都显得很静谧，风清清凉凉地拂过他们的脸颊。

“夏陌是出什么事了吗？”王子轩点燃一支烟，皱着眉头问。

“放假了，又不用天天待在学校，她大概有她自己的事情。”李小小向后仰了仰头，把头靠在毫无温度的水泥墙上。

“我是不是很傻？我在夏陌面前总是很傻，不知道说什么，不知道做什么，不知道怎么让她高兴。我想尽一切办法讨好她，可她依旧冷冰冰的，也许就像你说的，我道行不够，不知道怎么去争取自己的爱情，但我不会放弃的，不会。”王子轩对着空中吐出一个圆圆的烟圈。

“那我呢？我们真的仅仅是朋友吗？我没夏陌漂亮，是吗？”李小小的语气里充溢着不可抑制的感伤。

“不是的，你是我妹妹，我最好的妹妹。”

李小小仰头看着灰蒙蒙的没有星辰的天空苦笑：“你的妹妹太多了，就算你给我安个‘最好’，也不是我想要的。”

“小小，对不起，我无法放下夏陌，就算她永远都这么冷冰冰地对我，我依然放不下，我……”

“好了，我明白。”李小小拿起饮料瓶，一口气把暖色调的饮料灌下去，然后向路边的垃圾桶狠狠地砸过去。

“我有点累，先走了。”李小小说着，头也不回地向前走去，把王子轩俊美的面容、修长的身体留在了楼房的阴影里。

李小小深深地吸了口早上清凉的空气，呛出了大颗的泪珠。夏陌，我恨你，你明明有奔驰接送，有神秘的情人相伴，却为何不放过王子轩？你比我拽。李小小想着，就又决定尽快把阎东山拿下，然后自己拿着大把的钞票，去买漂亮的衣服，LV的手袋。这才是最现实的。不是吗？

“男人不过是一种消遣的东西，没什么了不起……”李小小唱着自己改编的歌，迈着大步向学校走去。

第　十　章

夏陌和高尚吃完饭后，独自离开。她想自己走走。

晚上21：00，是张掖路最热闹的时刻。临街的店铺，各色耀眼的霓虹，当下最流行的歌曲，还有路两边热闹异常的夜市等，犹如一锅庞杂的大杂烩，小吃、衣服、鞋子、包、玩偶，甚至小猫、小狗都在这里兜售。

夏陌面无表情地在人群中穿过。运动短裤和T恤，让她浑身散发着活力，冷傲绝美的面孔让行人纷纷侧目。她身处闹市之中，体味着喧闹的孤单。

突然，侧面有光线闪了一下，还有相机的咔嚓声。夏陌回头，无数的不停晃动的陌生面孔，没有她视线聚集的焦点。夏陌继续向前走去。又有几下闪光。

有人在跟拍我。夏陌迟疑了一下，向四周看了看，会是谁呢？也许就是普通的“街拍”吧。夏陌走到路边的冷饮店要了瓶冰镇矿泉水，拧开盖子喝了两口，闪光灯再次亮起，在眼前形成一片炫目的白，周围显得越发昏暗，夏陌下意识地伸手挡了一下。

等再看时，门前已空无一人。一个举着挂满琳琅饰物的小贩从门前穿过，在街道边停下来，开始叫卖。所有的人都在自己的轨迹中行走，像是什么事都没发生。

夏陌咬了咬嘴唇，愣了会神，走出小店。

卖饰品的摊位上有一种饰品，叫巫毒娃娃，夏陌见过，前一阵子在校园里很流行，几乎每个人都有一个。李小小枕头下面就放着一个，那个娃娃是用线缠绕成的，密密麻麻、交错的线像是解不开的魔咒。据李小小说，她买它是用来招财的，那段时间她每天早上睁开眼睛头一件事就是从枕头下面摸出巫毒娃娃捧在手心，喃喃地念三遍咒语。这让夏陌哭笑不得，李小小每日重复的咒语，夏陌现在不用想就能背出来——“金来吧，银来吧，带来烫手或冰冷的钱币给我，我需要钱，现在就要，让它快快来，别问我怎么得到的。”

夏陌笑了笑，在摊位前面蹲下来，拿起亚麻色的“上吊人（Sad boy）”，在灯光下看着它牛皮纸样的标签上黑色如咒符般的文字：倒吊男在塔罗牌中的含义代表着牺牲、等待，换个角度，以退为进。所以上吊人的上吊牺牲，让你从谷底由黑翻红，并提醒你认清现在所面临的困难，找到出路，以退为进。

夏陌笑了笑，把上吊人放回去，站了起来。从谷底由黑翻红，谷底已经过了吧？以后自己要更加努力，更加认真地去改变自己的命运。命运在自己手里，而不是这小小的巫毒娃娃能改变的。

伴随着一道闪光，又是一声相机的咔嚓声。夏陌向人群中看去，却找不出什么可疑的人。但她总觉得有一双眼睛在盯着她。

夏陌回到宿舍，黑猫Eva正卖力地舔着舔得已经不能再干净的金属容器。它仰着脑袋，拼命地叫着，像一个吵吵嚷嚷让人不得心静的孩子。

夏陌拍拍它的小脑袋，从包里拿出一个馒头掰碎，黑猫Eva就埋下头狼吞虎咽地吃起来，不一会儿的工夫，就撑得四脚向天，懒洋洋地卧在方便面的纸箱里安静了。

“因为缺少，才会不计后果地想得到吧。”夏陌想着，弯腰抚摸了一下黑猫Eva圆鼓鼓的肚子，黑猫Eva撒着娇，用爪子抱着夏陌的手指。

夏陌突然看到门后贴着一张粉色的便笺纸，上面是李小小的笔迹——

“唯有行动才能改造命运。”

夏陌笑了一下，撕下一张绿色的便笺纸在上面写道——

“看清楚，再行动不迟！”

夏陌从窗台上拿来图钉，把便笺纸按在粉色字条的旁边。

楼下又传来了吉他和王子轩富有磁性的声音：

难以忘记初次见你一双迷人的眼睛，
在我脑海里你的身影挥散不去，
握你的双手感觉你的温柔，
真的有点透不过气你的天真我想珍惜……

夏陌笑了笑，端起水盆去水房洗漱，回来的时候和李小小撞了个正着。李小小神色黯淡，她看了夏陌一眼，冷冷地说：“你总算回来了，有人快急疯了，王子轩在下面等你。”

“他有事吗？”夏陌问。

“有没有事，我怎么知道？你自己不会去问。”李小小猛地趴倒在床上把枕头放在头上。

夏陌放下脸盆准备出门，却又被从床上跳起来的李小小叫住：“你爱王子轩吗？”

她背对着李小小没有回答。

“那你需要钱吗？你觉得王子轩家里有钱，你才让他得不到你，又不甘心放弃，欲擒故纵吗？”李小小激动地喊着。

“我需要钱，但我有我的途径，我的办法，不用你操心。”夏陌淡淡地说，听不出任何语气。

“靠男人吗？对，你比我漂亮，你比我更会招惹男人，高干、布衣你都认识，我是主动去找男人去祸害他们，你是男人主动找着来让你祸害。”李小小走到夏陌背后恨恨地说。

夏陌转过身，“啪”的一个耳光扇在李小小脸上：“记住！永远不要把赌注放在男人身上！”

李小小愣了愣，气急败坏地对着夏陌的背影喊道：“夏陌！你去死吧，你竟然打我，我不会放过你的。”

夏陌眼前浮现出夏小月的脸，她以更高分贝的声音咆哮着——我不会放过你的。

她就是一个典型的案例，一辈子都把希望放在男人身上，结果却是不停地受伤，男人除了一次次让她绝望，还会有什么？

但这个可怜的女人，她最终也没能明白，她始终固执地认为是夏陌毁了她的一辈子。

夏陌想起夏小月的几个男人，胸口就揪扯着疼痛，她一次次地把自已嫁出去，却一次次地陷入更加苦难的生活。面对男人的打骂，她都不敢有丝毫反抗。她眼巴巴地指望着、靠着男人去继续自己以后的生活，真是傻得可笑。

夏陌想起了那个脸上长着一个大黑痣的男人，以卖烧饼为生，身形低矮，人看起来邋遢、猥琐，但夏小月那么轻易地同意嫁给他。男人却是个酒鬼，每次喝醉了就发疯地打夏小月。开始的时候夏陌去拉，哭喊着抱着男人的腿，求他停手，但夏小月不领情。

第二天她厌恶地瞪着夏陌说：“以后，你没事别进我们的屋，男人嘛，喝醉了发发酒疯也正常，过去了就没事了，你这么一搅和，让他心烦，回头把我们赶出去怎么办？”

后来夏小月竟然听男人的话要把夏陌卖掉，夏小月说，我会给你找个好人家，也算对得起你。

夏陌想着想着眼圈就红了，为什么夏小月要相信那些男人，而不相信自己，也不相信她？我什么都会干，会做饭、会洗衣服、会捡破烂赚钱。我还会长大，就算只有我们两个人也可以生活得很好，为什么夏小月要一次次发疯般地嫁给那些龌龊的男人，她为什么从未想过靠自己……

校园里很静，把王子轩的吉他声衬托得有些空灵的美。夏陌扎着高高的马尾辫站在王子轩对面。

“夏陌，你这两天去哪儿了？急死我了，没出什么事吧？”王子轩抓着吉他从石凳子上跳起来。

“没事，去一个老乡那里了。”

“那就好，你不知道，你的电话打不通，人也没影，要不是小小一直保证说你没事，我就报警了。”

王子轩忽喜忽忧，情绪分外激动。夏陌脸上依旧如水般平静。

“走，带你去个地方。”王子轩兴奋地拉起夏陌的手向操场跑去。

操场上，两个亮亮的相扣的心形，星星点点的火苗如同许许多多微小却倔强的希望，下面是蜡烛摆成的字母Love（爱）。火苗摇曳，如同漫天璀璨的星光，王子轩俊美的笑容，明亮的眼眸，如童话般的王子。

“喜欢吗？这是我送给你的礼物。”王子轩脸上漾开迷人的微笑。

夏陌看着看着，眼里就泛起了一层温热的雾气，她的心被这红烛照得柔软而明亮，她抬头看着王子轩，王子轩微笑着把她的手握在手里：“你喜欢的话，我以后每天晚上都在这里摆不同的图形。”

夏陌看着王子轩亮若星辰的眸子，脑海飘过一片柔软的空白。

“夏陌，你喜欢吗？”李小小穿着玫红色的拖鞋站在操场的一角。

夏陌慌忙把手抽回来。

“这个傻子想出了这么个白痴的主意，这三天，他每天都来这里摆蜡烛，等着你来，昨天他一个人在这里蹲到早上2：00。”

夏陌眼里潮湿的雾气凝成细小的珠体。

“为什么？”她小声问王子轩。

“我喜欢你，想让你开心。”

“你真傻。”夏陌吸了口气，把心里那股暖暖的气息压下去，又换上了冷冰冰的面孔，“我说过，我不会喜欢任何人，你放弃吧。”

夏陌说完转身走进夜里。

“我不会放弃的！永远不会。”他对着夏陌大喊。

“你个傻子！她不会喜欢你的！”李小小在王子轩背后大叫。

“不！不！你撒谎！她会的！”王子轩对着夜空声嘶力竭喊道。

王子轩的叫声让夏陌的心撕扯般疼痛起来。为什么会痛呢？坚强起来，男人、爱情都是不可靠的东西，你别忘记了你这个暑假的目标。

夏陌情不自禁地回头看了一眼。一阵风吹过，操场上梦幻般美丽的烛光晃动了几下，就熄灭了。操场又陷入了一片黑暗，或者说那美丽的光芒只是夜的一个梦而已。

“请问是夏陌吗？”电话里传来一个女人懒洋洋的声音。

“你母亲的住院费已经拖欠了一个月了，你们还住不住了？不住了你就接回去，我们这是医院不是收容所。”女人说着好像打了个呵欠。

“不是我母亲，是我小姨！”

“好好好，不管你们是什么关系，是你把夏小月放在这儿的，麻烦你把钱交一下吧。”女人没好气地说道。

“对不起，麻烦您了，请您再通融通融，我会尽快想办法的，谢谢您。”夏陌举着电话眉头微微蹙起。

“行了，行了，摊上你们真麻烦。”

夏陌正准备说什么，电话已经断了。

她放下电话，下巴轻轻地在黑猫Eva背上蹭了蹭。白炽灯的亮光在她琥珀色的瞳孔里逐渐下沉，她微张着嘴，却发不出一点声音。

夏小月疯了，我们之间有那么多仇恨，为什么自己还要管她？究竟是谁毁了谁的生活？为什么仇人般的关系，却又彼此不能放弃？就算你背过脸去，也一样被紧紧地绑在一起。

夏陌的嘴角微微上翘，那一闪而过的笑让人心碎。

27个月前，夏小月嫁了第四个男人，或者说跟了第四个男人。没有仪式，没有酒席，甚至没有一个人祝贺。夏小月已经死了两任丈夫，按照当地的说法，这种命硬的女人是不能办婚礼的，只能偷偷摸摸地找个男人，领个证过日子，但他们连个证都没领。

李拐子娶了个克夫的女人，贪图色相早晚送了命。所有的女人在自己的男人不自觉地盯着夏小月看的时候，都这么说。

那是个肮脏混乱的胡同。头顶上总是阴霾的天空，高架线密密麻麻地在空中悬着，地上的臭水沟泛着让人呕吐的黏稠的黑水，黑压压的苍蝇和蚊虫盘绕在上面。

夏陌就是那么小心翼翼地踮着脚尖来到了李拐子的家里，带着业余打工买来的水果。

夏小月没好气地看了她一眼，自顾自地帮着男人收拾东西。男人黑瘦，衣服像刚洗过，手上和脸上却脏兮兮地像永远洗不干净似的。夏小月把修鞋的东西给男人收拾好，男人却不走了，很热情地拉过凳子招呼夏陌坐下。这是夏陌第二次来这里，第一次是夏小月结婚的第二天。

“你多大了？”男人咧着嘴露出满嘴的牙垢。

夏陌看了看男人没说话，脸上是一贯的冷漠。

“你天天吊着一张脸给谁看啊？”夏小月冲夏陌喊完，又对男人柔声说，“你还不走？你放心，你说的事，我会给你办好的。”

男人站起来傻笑着出了屋门。

“你找我有什么事？”夏陌站起来。

“给你找了个婆家，他表哥，媳妇刚刚死了，家里条件很好，住楼房，回头商量一下把事办了。”夏小月从袋子里拿出一个苹果在衣服上蹭了蹭咬了一口。

“真可笑，要嫁你自己嫁。”

“人家要是能看上我，哪能轮到你。实话告诉你，你嫁过去，我可以拿到5000元钱的彩礼钱，也算你还我的债了。”夏小月满不在乎地咬着苹果。

“我会还你的，不过不是现在，也不是这种方式。”

“等你毕业了，上完大学？你少糊弄我，我说现在就现在，我已经给你们老师说了，你不上了，退学。”

“凭什么？夏小月，你让我还你什么？你除了给我一条命，还给过我什么？你为什么生了我，却不敢承认？”

“给了你一条命，就毁了我一辈子。”夏小月扬起巴掌重重地打在夏陌脸上。

“我恨你，恨你，你干吗要生下我，你那时怎么不掐死我？夏小月，你听着，我受够了，你休想再折磨我。”

夏陌说完，抓起书包重重地甩上了门，身后传来夏小月尖利的咒骂声。

“她也就只有在骂我时才骂得这么大胆、这么理直气壮吧。”夏陌想着眼里滚出大颗的液体。

后来，李拐子拿不到5000元钱就天天打夏小月，夏小月怀孕的第二个月，被喝醉的拐子一脚踹倒在地上，孩子掉了，血流了一地，男人气呼呼地出门后，被一辆卡车撞了，像一个灰突突的包袱滚落在地上。

夏小月在周围邻居的咒骂声中走出了胡同。她突然大笑起来，笑开了就再没停过。夏陌看到她的时候，她一边在垃圾堆里扒拉吃的东西一边傻笑。

夏陌也笑，笑得满脸泪水。她抱着夏小月的腿无力地跪下，“妈妈，妈妈，为什么？你要找那些坏男人，为什么你就从来没想过，你想要的好日子以后我都可以给你，为什么你心里从来没有我？”

那是夏陌第一次叫她妈妈。夏陌想把夏小月带回自己的出租屋，可夏小月却跳着、尖叫着怎么都不肯走。正在夏陌满脸泪水拽夏小月的时候，高尚不知道什么时候站在了她身后。

她尴尬地看着高尚。

夏陌失神地坐在宿舍的床上，一颗颗眼泪滑进黑猫Eva黑黑的皮毛里，黑猫Eva仰着小脑袋困惑地叫了一声。

钱，看来我得尽快想办法。夏陌正想着，电话刺耳地响起。她按通电话，那边就传来了女人尖利的喊声：“喂，你什么时候还钱，500元钱，你让我们过去拿，还是送来……”

第十一章

李小小抿起嘴用余光扫了一眼西餐厅落地窗外的街道，发白、炽热的光线下，汽车的尾气和空气的尘埃胡乱地飞扬着，洒水车滴滴答答的声音让忙碌奔跑的人们神情和动作都更加焦躁。李小小回头拿起高脚玻璃杯抿了一小口红酒，凉凉的冷气从头顶的中央空调送风口里吹出来，她心里泛起一股愉悦。这和在校园食堂那种热闹拥挤的感觉完全不同，雅致的装修，迷离、梦幻的红酒，高雅的音乐，生活就应该是这样。

“最近很忙吧，要注意身体，别太累了。”李小小回过神来，对阎东山又露出了招牌式的微笑。

“习惯了，我身体好得很，你会知道的。”阎东山眯起眼色眯眯地笑着。

李小小对他的这种笑，突然感到强烈的不适，就捂嘴咳了下，掩饰发自本能的厌恶，就像看到丁字裤，既想有一条体验一下，又觉得不能接受。

“我突然想起一个问题。”阎东山往前伸了伸粗短的脖子，“你说你上学是为了什么？”

“为了以后找一份好工作啊。”李小小端起红酒和阎东山碰了一下。

“找工作是为了什么？”

“挣钱养活自己啊！”李小小突然笑起来，这么大的老板竟然问这么白痴的问题。

“不是有这么句话吗，条条大道通罗马，说到底，人活着累死累活的，还不是为了挣钱让自己过得更好些。”阎东山顿了顿，继续说，“你说什么是幸福？”

“别人骑自行车，我开兰博基尼就是幸福。”李小小随口答道。

“好，有气魄，有远见。来干了这一杯。”阎东山说着端起红酒一饮而尽。

“我随便说说，等我上班，就算一个月2000元的工资，等我‘挂了’那天，连兰博基尼的一个轮子也买不到。”李小小摆了摆手。

“哪能啊，我给你说啊，只要敢想敢做什么事都有可能实现，何况你这么聪明，不会像那些书呆子一样死守着一条路不放的。”

李小小准备张嘴，却感觉桌子下面一双脚在她腿上蹭来蹭去。李小小有些慌乱。

“流氓。”她在心里骂道，应该抬脚向他双腿中间狠狠地踹一脚，然后再给他个飞吻转身离去。但李小小没有，“他有我想要的东西。不是吗？”李小小往后闪了闪身子，阎东山的脚就锲而不舍地跟进了一步。

李小小盯着绿色田园风格的桌面上银质的纤细花瓶和那朵有些蔫的红色花朵，觉得有点懵。左脑告诉她应该学会与这种男人周旋，这是一种生存的能力；右脑坚持快点离开，离这种男人越远越好。正当她脑子里打得乱糟糟不可开交的时候，耳边响起了服务生的声音。

“您好，您的黑胡椒牛排套餐。”

她对服务员点头微笑，阎东山把脚收回去塞进散发着臭气的皮鞋里。

李小小松了口气，抖开印着西餐厅标志的方形餐巾纸挡在面前。服务生掀开金属色盖子，伴随着滋滋的响声，一股香气扑进她的鼻孔，胃迫不及待地想迎接美餐。

这是李小小第一次吃西餐，她灵巧的手有些笨拙地拿着刀叉拨弄着盘子里的牛肉，像是在摸索一个好玩的游戏。阎东山轻轻地拉过她的盘子帮她把牛肉分切成小块，重新放回到她面前。

李小小用叉子扎了块牛肉，又拿起勺子喝了几口玉米浓汤，笑眯眯地看着阎东山说：“给你猜个谜语吧。”

“谜语？我不擅长。”阎东山鼓着腮帮子嚼着肉。

“猜嘛，这么吧，猜对了我可以答应你一个要求，错了你得答应我一个要求。”李小小用食指点着下巴。

“好！一言为定！”阎东山兴奋地放下筷子，把脸往前凑了凑。

“小男孩和小女孩在一起不能玩什么游戏？”

阎东山揉着肥腻腻的脸，笑得有些怪异：“你这个丫头，还真坏，吃完饭，我们找个宾馆休息会。”

“什么嘛，人家让你猜谜语呢。”李小小故作撒娇状。

“男人和女人玩的游戏，小男孩和小女孩不能玩呗，还没发育成熟。”阎东山那张胖脸抢占了她大部分的视野。

“你们男人都这么龌龊。”李小小吐吐舌头开心地笑道，“不能玩猜拳，两小无猜嘛。好了，你输了，答应我一个条件。”

说这话的时候，李小小满脸的妩媚。

李小小用叉子扎着一小块牛排看着窗外愣了愣，突然站起来跑了出去，阎东山的喊声被远远地抛在身后。

路边，风晃动着树叶把阳光打成凌乱的一片，喷绘着珠宝广告的公交车无精打采地从她身旁驶过，吭哧吭哧地吐着刺鼻的烟雾。

她跑得很快，心脏随着脚的起落，在震颤中疼痛。

“我要干吗？我疯了吗？”李小小这样想着，却依旧没有停下来。她不允许事情发展成这样，他连夏陌都没搞定，现在却又冒出一个人。

“王子轩！”李小小的脸在阳光的照耀下显得通红。

她喊出来后，心又揪扯着疼痛了一下，接着便是更加频繁的阵痛，以至让她有些后悔自己的鲁莽。她看着王子轩和一个瘦高个、皮肤白皙的女孩一起回过头来。她突然觉得自己真像一个自取其辱的小丑。

“小小，你怎么在这，介绍一下，这是我……”王子轩很亲密地揽着女孩的肩膀。

“够了！”他们的笑脸在李小小眼中成了愤怒的火苗,又化作一丝悲哀的苦笑，她真想把那天骂王子轩的那句话再狠狠地摔回到自己脸上。

那晚，有一轮新月，在校园的操场上洒下清冷暧昧的亮光，李小小和王子轩背靠背坐在用红色蜡烛摆成的两个巨大的心中间。

清凉的风，调皮地撩拨她的头发。她闭上眼睛对着天空微笑，粉色的唇在月光下莹润饱满，似乎随时准备被另一种温热覆盖。她很庆幸下午自己丢下了阎东山从西餐厅赶了回来，阎东山身上到处是社会的俗气，像接着许许多多的管，吸收社会里的一些东西，也排泄一些东西。虽然真实却毫无美感。而王子轩不一样，就算他不动、不笑，也有着让人着迷的气息。看到他，她就会坠入一种恍惚和浪漫的情景。

李小小转过身和王子轩并排坐在一起。

“你觉得我怎么样？”她用一种无所谓的口吻问。

“很好啊，既漂亮又活泼，大家都很喜欢你，不是吗？”王子轩手里拿着一根在操场边拽的狗尾草，轻轻敲打着自己的手背。

“那你呢？”李小小看着王子轩脸部俊美的轮廓，被烛火罩上了一层淡淡的金黄。

“我们的关系不是一直都很铁吗？对了，再给夏陌打个电话吧。”王子轩说着，从口袋里摸出电话，夏陌的电话依旧无法接通。王子轩沮丧地用食指摸着手机屏幕上夏陌的照片，她依旧是惯有的冷漠，但这种冷漠散发着让人窒息的吸引力。

“怎么了？我就是猪，你就是最低能的原生动物，连大脑都没有。”李小小郁闷地扭过头去。

“对不起。”王子轩低着头，看着烛火越来越弱的光，眼里泛起潮湿的雾气。

“我讨厌这三个字。”李小小捂着耳朵大叫。

“我喜欢夏陌，真的，我没有办法，有时候我也很痛苦。”王子轩用拳头，狠狠地砸在地上。

李小小一把抱住王子轩说：“我会帮你的，如果痛是必需的，那就留给我一个人吧。”

……

李小小回过神来，看着王子轩紧皱的眉头和女孩诧异羞涩的目光。

“你的妹妹还真多，你家夏陌看到会生气的。”李小小不屑地扬了扬眉毛。

“她真是我妹妹。”

“真的多了，假的也是真的。”

“我们走。”王子轩面部涨红，拉着女孩转身准备离去。李小小突然觉得自己有些过分，但又不想在这个陌生的女孩面前丢面子，于是就仰着脑袋，保持着一种傲慢的姿态。

“你好，我是子轩的表妹，很高兴认识你。”女孩回过头来，露出白白的牙齿。

看着王子轩和女孩的背影，李小小愣在原地，一句“对不起”卡在喉咙口怎么也挤不出来。

李小小回到西餐厅，阎东山向外伸了伸头，又笑嘻嘻地对李小小说：“你同学？”

李小小抓起面包大嚼着点了点头。

“男孩子很帅啊。但要找男朋友，还是找实用型的。”阎东山顿了顿说，“比如我。”

李小小鼓着腮帮子停下来看了看阎东山，费力地把面包咽下去：“我饿。”

阎东山招手叫了服务员，李小小十指交叉，支着下巴，懒洋洋地翻着菜单说：“一份西班牙铁板海鲜饭，一份蟹柳紫菜卷、椰汁西米露，再要一份香菇滑鸡翅。”

“我不吃了。”阎东山等服务生走后小声说。

“切，没打算让你吃。”

李小小拼命地把食物往嘴里塞，胃部泛起饱胀的不适，胀得眼泪都流不出来。

李小小和阎东山并排走着，隔着1米远的距离。

如果亲密地挽着阎东山的胳膊，会很丢人。毕竟阎东山已经不是青年，也没有一副让人引以为傲的容貌。李小小想着对阎东山笑了笑，故意装出一副急不可待的样子向华夏商场走去。

华夏商场前面的广场上挤满了人。某婚纱店的秀场和巨幅的广告，走动的卖玉米或者小饰品的小贩，卖气球的矮瘦老汉和嚷嚷闹闹的孩子，混合着夏日燥热的气息。

李小小伸手擦掉额头上细密的汗珠，仰起头看了看华夏商场整面水晶般的玻璃和上面那几个金光闪闪的大字——“您品味生活的天堂”。

商场里的衣服超级漂亮，李小小来过两次，第一次来是一个月前。

那天刚刚考完一门选修课。李小小觉得自己被那些抽象的理论搅得头昏脑胀，就把课本压在腿下，一边密切注意监考老师的动向，一边快速地在下面翻着书。大学的监考老师比起高中的老师更具有人情味。至于这些选修课，你只要不是太出格，老师一般不会为难你，何况除了那些学习型人才外，考试作弊已经成大多数学生一项基本的生存能力。李小小虽然也身经百战，但毕竟是作弊，下来也是汗津津的，为了松弛一下神经，李小小哼着歌来到了华夏商场。

商场里璀璨、柔和的灯光，凉凉的让人身心俱爽的冷气，还有漂亮的衣服，都让李小小觉得超级享受，但价格是她心里的痛。

一件米色的纱裙，上面是精致的手工刺绣，李小小穿着在镜子前转了一圈，及膝的裙摆便甩出优美的弧度。

“太漂亮了，这件裙子简直就是为您而设计的。”营业员露出职业性的微笑。

“多少钱？”李小小犹豫了半天，怯怯地问。

营业员转到她身后看标牌上的标价时，李小小浑身刺刺痒痒的，好像有一把钝钝的刀，在她背后一点点地划开。

“299，价格不贵，这是我们这个月的特价款，现在买很划算。”

300！够我吃120顿牛肉面，在地下商场买五六件衣服。李小小想着伸手摸了摸耳朵，露出胆怯的笑，转身进了试衣间。

“怪不得老妈总是那么在乎钱，现在越来越觉得钱是个非常奇妙的东西，有钱起码可以完成你90%的愿望。算了，漂亮的衣服试试就可以了，你还真想买吗，别郁闷了，心情好一点，试试衣服又不要钱。”李小小又想起妈妈记的那本账本上密密麻麻的数字。那账本是李小小从垃圾桶里拣出来的。在她拿到大学通知书的第二天，她在心里狠狠地说：“既然记了这么多年，干吗扔掉呢？我会还的，用不了很久。”

李小小咬着嘴唇走出试衣间，把裙子递给笑得有些夸张的营业员。

“不是太喜欢，我再看看吧。”李小小好像做了什么亏心事一样，快步走出了商场。

回过神来，李小小又到了那个专柜的位置，那件裙子已经没有了，她梦里飘扬的裙子已经没有了。可气的是营业员还带着善良无比的笑容告诉她，那是去年的老款，上个月已经处理完了。

李小小绕过营业员所指的折扣区，直接走到新款服装区，挑了一件黑色高腰连衣裙。李小小穿上裙子看着镜子中的自己不禁感叹，镜子中那个烫着卷发，青涩中透着成熟，妖娆中透着清纯的小女人，简直让人的眼珠子舍不得移开。李小小伸手顺着身体的曲线滑下去，恰到好处的剪裁，营造Holidays（节日）的自在穿搭感；高腰线的板型设计，显出她无与伦比的迷人身材，简直是性感魅力的完美演绎。李小小又低头看了看下摆处的花苞式的抽褶设计，脸上绽放出难以抑制的喜悦。

“这种丝滑的面料，这个款式是不是特棒？”李小小转头对着阎东山露出了迷人的微笑。

“服务员开票吧。”阎东山冲服务员挥了挥手。

“599元，收银台右转直行。”营业员带着灿烂的微笑把票递给阎东山。

李小小兴奋地跟着阎东山向右走去，忍不住伸手去搓自己因为兴奋而变形的面部。

而阎东山径直走过了收银台，向前方一个偏僻的角落走去，李小小带着满脸疑惑快步赶上……

第十二章

夏陌抱着马尔克斯的《百年孤独》，坐在图书馆门前的台阶上读出了声：

可是当我闭上眼，再睁开眼，只看见沙漠，哪里有什么骆驼，背影是真的，人是假的，没什么执着，一百年前你不是你，我不是我，悲哀是真的，泪是假的，本来没因果，一百年后没有你也没有我……

黑猫Eva趴在夏陌旁边眯着眼睛伸了个懒腰，又蜷成一团沉沉地睡去。古典的图书馆充满了浓重的民族气息，像历史深厚的沉淀，一根根红色木柱把图书馆的回廊分成一个个格子，像时光留下的印记。

黑猫Eva突然伸了个懒腰，叫了一声冲了出去，一只正在右侧礼堂旁的树荫下悠闲漫步的松鼠被它吓得仓皇而逃。

夏陌皱了皱眉头，把它叫回来，就又小声读起书里的文字。黑猫Eva仰着脑袋对着夏陌喵喵地叫。

夏陌看着一个身材略显臃肿的扎着马尾辫的中年女人从一大串钥匙中找出一把，“吱呀”一声推开了图书馆红木雕漆的门。

夏陌从地上站起来，把刚坐的报纸卷起来，握在手里，跟了进去。

“老师，我能在这里面待会儿吗？”夏陌问。图书馆木质桌椅淡淡的木香和书籍浓郁的墨香令人迷恋。

“出去！现在是放假。”中年女人边伸手拉开抽屉翻着什么，边硬邦邦地说。

“我只是想在这里待会，您可以去忙别的，我可以帮您照看，帮您收拾这里。”

“不用。”

“那我能再借一本书吗？”

“不能，不是说了嘛，现在是放假，带着你那只可恶的猫出去。”女人的语气更严厉。

“可是……”夏陌看着她如瓶底般厚重的玻璃镜片后面略显变形的眼睛和贴在额头上的几缕稀薄的头发，有些茫然。

图书管理员咳了一声，视线瞟过夏陌向外望去，脸上僵硬的线条柔和了些。

夏陌还没来得及回头，就被身后伸过来的一只手拽着跑出了图书馆，黑猫Eva叫着赶了上来。

“王子轩，你干吗？”夏陌看着王子轩一脸明媚的笑。那笑过于灿烂，看着有点傻。

“你干吗跟这个老女人费那么多话？她说话那么难听，还整日板着一张脸。怪不得她老公天天在外面找情人，他的老公其实也蛮可怜。”王子轩耸耸肩。

“什么乱七八糟的。”夏陌皱了皱眉头又向里走去。

王子轩一把拽住她：“别去了，没用的，你不就想去图书馆吗？交给我吧。”

“你能不能不管我的事？”夏陌没好气地说。

“不能，我这属于非可控行为。”王子轩看着夏陌微蹙的眉、亮亮的眼睛，忍不住伸手去抚她黑玉般柔顺的长发。她离他如此近，近得让他想裹着头顶的阳光把他们彼此揉碎在一起，王子轩失神地用手指轻轻地滑过夏陌细瓷般的面孔。

夏陌一惊，扬起手一个耳光落在王子轩脸上。王子轩轻轻地叫了一声伸手捂住脸。

“对不起，我……”王子轩结结巴巴地说。

夏陌突然抱着头蹲下去，眼里的液体一颗颗地砸在水泥地上，慢慢地洇开，如同孱弱单薄的单瓣花朵。

“真的对不起，我不是有意的。真的，我……”王子轩胡乱地比画着，脸涨得通红。

夏陌站起来，伸手抹了把脸上的泪水，转身向外走去。

“夏陌，我是真的爱你。”王子轩喊道，“刚才真的是对不起，我不是有意的，你不是想去图书馆吗？放心，我会帮你搞定的。”

“好的，谢谢。”夏陌俯下身抱起黑猫Eva，她真的好想去图书馆，那念头，不可遏制。

图书馆是一个安静、美好的地方，会让她起伏的心平静下来。第一学期，一个挂满星星的月夜，夏陌靠着图书馆木质的书架对着月亮露出淡淡的微笑，当呼呼啦啦的翻书声、脚步声和低语声，以及图书管理员的吆喝声消失后，门就关上了，这里就成了另一个世界，一个安静充满祥和的世界。一排排的书架整齐地立着，月光透过宽大的玻璃窗印在地上，夏陌伸出食指缠绕着柔软的“月光”。

这是我的世界了，夏陌靠着木质的书架闭上眼睛，陶醉在淡淡的书香里。

从她开始接触书起，夏小月就想方设法要毁掉她的书。她是夏小月的敌人，她一直这么认为。夏小月处心积虑地要让她死掉，从来没想让她上高中。她是夏小月身上的毒瘤，总是让她觉得不顺眼。

夏小月那尖利的喊声和辱骂声，常常在她的梦里让她浑身发抖。夏小月一次次地把她的课本填进火炉。她曾哭喊着乞求，却没有半点用处。有一次，她伸手把刚刚扔进火炉的书抢了出来，夏小月愣住了。夏陌忍着手上被火灼伤的剧痛，泪忍不住往下掉，却咬着牙不发出一点声音。她抱着被烧焦了三分之一的书狠狠地说：“我自己会挣学费，不用你管，你再烧我的书，我就跟你拼命。”

夏陌一直都觉得，只有书和知识才能改变自己的命运，才能拯救自己。这是她唯一的出路，否则会很快死去。

那时候她每晚都在路边的一个24小时咖啡店值夜。好在夜间客人不是很多，没人的时候还可以打个盹。第二天早上5：00下班，她回去睡一个小时，就得给夏小月和那个陌生的男人准备早餐，然后再去上课，但只要能看到书，她就觉得欣慰。

高中的时候她也常常在图书馆，甚至没地方住的那段日子，就抱了床破被子睡在图书馆的角落。因为夏小月又嫁人了，男人对夏陌不怀好意，她只能逃出来，却又没钱租房子，于是就抱了被子，晚上睡在图书馆的桌子上，所以每当郁闷时她就特别想待在空荡荡的图书馆。

“我请你看电影吧。”王子轩又露出了灿烂的笑。

夏陌愣愣地看着王子轩，没有说话。“为什么他总这么开心，他的笑总让人觉得心里暖洋洋的，他真的是和我不同的物种。”夏陌想。

“真的，好莱坞的新片，据说特棒。”

“带你女朋友去吧。”

“我没女朋友！你是知道的。”王子轩满脸焦急，像是在经历一场莫须有的误解。

“那是你的事……”

“陌陌。”夏陌被一个熟悉的声音打断。

夏陌和王子轩同时回头向身后看去，高尚在离他们5米远的地方，笑着冲她招手。

夏陌看着五彩的霓虹装饰着黄河铁桥拱形的轮廓和头顶纵横交错的钢铁骨架，像梦幻与现实的交错，骑自行车的行人和车辆从下面驶过，散步的人趴在栏杆旁，或走在路边热热闹闹地说笑，夏夜的风和空旷的苍穹，显得异常的柔和、安静。

夏陌看见不远处一对情侣倚着栏杆忘情地接吻，然后眨眨眼，对高尚说：“你想那样子吗？”

“傻丫头，想什么。”高尚笑着拍拍夏陌的头。

“你一个人不寂寞吗？”夏陌说完又觉得自己说的话好像不妥，又补充道，“我的意思是说，你就这么打算一直一个人吗？”

“没打算啊，顺其自然吧。”高尚挑起嘴角又补充道，“我是说一个人挺好，所以没想过这个问题。”

“我会陪着你的。”夏陌说着仰头看了看天空，一个亮亮的东西滑过，不是流星，是人工制造的飞行物。

“你会有属于你自己的生活的。”高尚扬起头若有所思地说。

夏陌看了看高尚，突然转换了话题。她突然想起身份证的事，就又皱了皱眉头：“我找了个工作，明天一早，要登记身份，我不想让任何人看到身份证上的那个名字，你是知道的！”夏陌说着神情就黯淡下去。

“那你就说忘带了。”

“不行，人家说要带证件的。”夏陌把头转向右边，“怎么都觉得这个身份证像是一个生锈的十字架，深深地嵌在你的血肉里，无法摆脱，无法改变，My god（我的神）！”

“就说吃东西吧，有的人喜欢把好吃的先吃掉，有的人喜欢把美味留到最后慢慢品尝，有的人喜欢掺杂着吃，你就是第二个，苦的东西已经吃完了，后面会越来越好。”高尚伸手在她鼻子上轻轻地刮了一下。

“放心吧，我不是生活的尾巴，我不愿意被割掉。我要走在生活的上面，生活让我承受多少痛苦，我就要在它身上找到多少快乐，不管它愿不愿意。”夏陌说着吐了吐舌头。

高尚一脸孩子般的微笑，指着对面麦当劳上面那个红头发的大叔说：“饿不饿，请你去吃汉堡。”

夏陌看着他的样子突然笑起来：“你真可爱。”

“其实你笑起来很美。”

“爸爸。”夏陌看着高尚喃喃地喊道，“你对我真好。”

高尚愣了愣也露出了微笑。

“走吧老哥，吃麦当劳太奢侈了，吃夜市烧烤吧，然后送我回学校，我明天还有工作呢。”夏陌说着拉着高尚向前跑去。

“你到底找了什么工作啊？发传单吗？”高尚被夏陌拉着，肥胖的身躯显得有些笨拙。

“小蜜蜂，我明天要去当小蜜蜂，你知道吗？如果勤劳一点一天可以挣七八十元钱呢。”

“小蜜蜂是什么呀？”高尚问。

夏陌在前面倒着走，看着他直笑：“小蜜蜂就是小蜜蜂啊，真笨，这都不知道……”

早上好得过分的阳光，让人觉得有些腻歪。夏陌摸了摸黑猫Eva的脑袋，然后看了看李小小空荡荡的床铺，关上门，走出宿舍。

夏陌用手遮挡了一下过于耀眼的阳光，在一片明亮的光线中看到李小小伏在王子轩身上肩膀不断地耸动。

她黝黑的睫毛轻轻地颤动了一下，面无表情地向前走去。

“夏陌。”王子轩推开李小小追上来。

夏陌没有回头，王子轩跑了几步，堵在夏陌前面。

“夏陌，昨天那个男人是谁？”

“我哥，你不是见过吗？”夏陌毫无表情地说道。

“那个高尚，你们到底什么关系？”王子轩紧握着拳头，脸部涨红。

“我们是我们该有的关系，与你无关。”夏陌推开他向前走去，关于她和高尚的关系，她不想说很多，也没必要说。

王子轩眼里又流露出难以克制的愤怒与忧伤——和昨天她跟高尚走的时候一样。

“夏陌，你站住！”李小小追上来一把拽住夏陌，“你怎么可以这样，你知道子轩很难过吗？你知道他心里只有你，为什么一直这么伤害他？”

夏陌看了看李小小，她眼睛红红的，好像刚哭过。

“我无能为力，他的爱是他的事，与我无关！谁也不是谁的救世主，我不是菩萨，我拯救不了谁，如果是，那我第一个拯救的人也是我自己。”夏陌是惯有的冷漠语气。

“你能不能不这么自私？”李小小喊道。

“自私是一种绝好的生存状态，适当的自私有时候对别人也是一种帮助。”夏陌说着，向校外走去。

“两个世界的人终究是不能交叉的，交叉了，彼此的世界就会变得混乱不堪，不伦不类。还是守在自己的城堡里比较安全，哪怕只有泥巴和稻草。至于王子轩，一次尖锐的伤害，总比持续的钝痛要好得多。”夏陌想着，咬了咬嘴唇。

“喂，我要去当小蜜蜂了，可是我现在突然有些害怕，你知道的，我不怎么喜欢和陌生人说话。”夏陌拿出手机拨通了高尚的电话。

“与陌生人交往，也是一种生存的能力，也是一种很好的锻炼，你可以把所有人的面孔都想象成我，这样你就不紧张了。”高尚说。

“好的，估计我今天要与无数的人妖打交道了。”

“为什么？”

“我的客户，目标都是女人，给那些女人强行安上你的脸，那不是人妖是什么？……”

夏陌挂了电话，回头看了看王子轩的身影，胸口猛地收紧了一下，酸酸地钝痛。

夏陌靠着商场的玻璃门站着，右脸贴在玻璃上，郁闷地瞅着外面的人群和不怎么漂亮的马路。

“你贴在这干吗？又没让你当雕塑模特。笑容甜点，快点去招呼人，你看这么多爱臭美的女士，你怎么就不往上冲呢？Quickly（马上）！”一个套着绿色T恤衫的工作人员，表情夸张地冲夏陌打了个响指。

“我，我不认识她们，我……”

“我什么我，这年头，脸皮厚才有饭吃。小妹妹，学着点吧。”工作人员说着，把夏陌拉到了商场入口处。

夏陌被窗外明亮的阳光刺得眯起了眼睛，外面穿着高跟鞋的时尚女郎，卖东西的小贩，带着亮黄色长沿帽子的环卫工人，在高高低低的楼房，花花绿绿的广告牌之间穿梭。夏陌看得有些恍惚，不同的面孔带着不同的表情从她面前走过，像一场真实版的3D电影。

“快点去啊。”穿T恤的男青年着急地推了她一把，“你来这里不是当木头的，是赚Money（钱）的。”

夏陌像一个玩偶，被男青年轻轻一推，就撞到了一个女人身上。

“对不起，对不起。”夏陌拼命地对着那个踩着10厘米高跟鞋的女人道歉。

“你没长眼睛啊。”女人嘟起像涂了红油漆一样的嘴，斜了斜她细细的眼睛，推开夏陌夸张地扭着屁股走了进去。

夏陌眨了眨长长的睫毛，情绪有点低落。穿T恤的男青年叹了口气摇了摇头，去招呼新的客人了。

夏陌看着男青年因盛开过分的笑，平添了许多皱纹的脸。他是那么的热情，对来来往往的女人点头哈腰，甜甜地叫姐，无论是40岁的阿姨还是20岁的小姑娘。

夏陌苦笑了一下，仰头靠在玻璃门旁边。本以为最大的问题是身份证上的名字，没想到那只是不值得一提的小插曲。

夏陌早上是第一个到的“小蜜蜂”。工作人员吃惊之余，很热情地告诉她，她今天的工作就是快乐地跑来跑去，勤勤快快地“采蜜”。具体工作就是，婚纱店在商场里搞活动，模特走T型台的同时，她要去寻找潜在的客户源，然后把客户“请”过来了解婚纱店的业务，至于怎么“请”客户，夏陌当时还真没在意，她一直想着身份证上的那个名字怎么才能不让别人知道。

“登记一下吧。”夏陌在工作人员的招呼下来到角落里一张临时摆的桌子前面。

“名字？”

“夏陌。”

“身份证带了吗？”

“对不起，忘记带了，学生证可以吗？”夏陌因为紧张声音有些发颤。

戴眼镜的工作人员抬头看了看她说：“拿来。”

夏陌松了口气，连忙把学生证从包里掏出来递过去。

“你不一定适合干这个，我们的客户都是女人。”

夏陌歪着脑袋一脸疑惑。

“女人对比自己漂亮的女人容易排斥。”戴眼镜的工作人员扬了扬眉毛。

“我是女孩！”夏陌说着转身去帮其他工作人员布置场地。

场地布置好后还混了顿工作餐，这让夏陌有点小惊喜，又有些后悔。早知道这里早饭都管，我就不用早上吃那个馒头了。夏陌乐滋滋地往嘴里扒米饭。工作人员都说夏陌一定是今天所有人中最勤快的一个，因为其他报名的小蜜蜂都在活动开始前的0.01秒才出现，慌慌张张地一登记就直冲“前线”了。

可现在夏陌的业绩在七八个小蜜蜂中业绩最惨淡，一直保持零的记录。夏陌看着一个短发的女孩挽着一个高挑、时尚的女孩往后面的桌子前走去，越发懊恼着急，自己最不擅长的就是和陌生人近距离接触，这可怎么办呢？夏陌想着狠狠地攥了攥拳头，一定要突破，突破。

“您好，今天是××婚纱店店庆，有很多折扣活动，姐姐您这么漂亮，应该多照几套写真才对啊。”夏陌低着头一口气背完。

“你怎么知道是姐姐，说不定是哥哥啊。”

夏陌猛地抬头，傻傻地看着面前的人，脑子出现了短暂的断片。

第十三章

阳光亮得让人呕吐。李小小伸手拉了枕巾盖在脸上，等待中午12：00的到来。黑猫Eva在李小小床上跳来跳去地乱叫着。李小小摸索着从包里抓出一块自己昨晚啃剩的面包向它狠狠地砸去，它跳起来娴熟地叼着面包，然后回到它的窝里狼吞虎咽地撕扯着，连同外面的包装纸吃下去。

"李小小。"王子轩的声音和炫白的阳光一同从窗户缝里挤进来。

李小小猛地翻身起来，套上宽大的白T恤和牛仔短裤，穿上凉拖，简单洗漱，拉开窗户冲楼下挥了挥手，转身出门。

黑猫Eva咬着包装纸，追了上来，却被李小小"砰"的一声关在了门内。

李小小打了个呵欠，看了看宿舍对面站着的王子轩，他的头发胡乱地倒在头上，下巴上冒出短短的胡茬，神情萎靡。

李小小冲他吐了吐舌头，做了个鄙视的手势，"不就是失恋嘛，至于吗？何况你压根连个头都没开。"

"你能不能有点爱心，不这么损我？"王子轩脑袋像缺失水分的向日葵，扬起又无力地垂下。

“你是温室的小小草吗？一点点打击就成这样了。”李小小笑着拍拍王子轩的肩膀，王子轩顺势歪了一下。

“我很希望呢，温室的小草有人呵护，有人疼，有人爱，我现在就是用来沤粪的一颗野草。”

“行了吧，你看看我，我失恋了还不是一样，照吃照睡照笑的，这是一种生存能力知道不？”李小小骄傲地耸耸鼻子。

“你真的没事？你不怪我吗？”王子轩小心翼翼地问。

“恨不得掐死你，你知道今天是什么日子吗？这才11：00你就在下面狼嚎。”李小小掐着王子轩的脖子做痛苦状。

“你真的没事？”王子轩一脸认真地看着李小小。

李小小突然捂着肚子狂笑，笑得眼里都挤出了眼泪：“我是跟你闹着玩的，你以为你是香饽饽啊，谁都喜欢？本姑娘对你没兴趣，我喜欢的是开奥迪、宝马的钻石王老五，你也就这档次。”李小小说着用手做了个压缩的手势。

王子轩的脸色重新黯淡下来，“我觉得也是。”

“是你个头，你毁了我无比美好的一天！今天周四，周四你知道吗？你得补偿我，我要吃炒面片喝奶茶。走吧，好哥们。”李小小说着拉着王子轩，向西门口走去。

李小小拉着王子轩，看着遇到的同学诧异的目光有点小兴奋。她突然觉得王子轩今天很适合陪她过这个特殊的日子——“堕落日”。

“堕落日”是李小小的一个秘密，就是每周用一天让自己彻底地放松堕落。她最讨厌“4”这个数字，所以就把4作为彻底堕落的入口，夜猫子的她常常在周四的早上在心里大喊，让我堕落致死吧。

今天她把这个保守了一年的秘密告诉了王子轩。她拿着勺子舀着洋芋片暗自得意。王子轩今天的状态和形象陪她过堕落日再适合不过了。一个人过堕落日实在有些单调，无非就是不到中午12：00不起床，可以不洗脸不化妆，可以敞开喝酒，可以和朋友乱逛，也可以1天赖在床上只啃大饼喝水，等等。总之，堕落到让自已都觉得反胃、唾弃。但无论怎样，缺少了与人分享，再美妙也觉得无味。

“怎么样，你不觉得我这个创意特棒吗？”李小小兴奋地挥舞着手。

“崩溃，怎么还有这么个日子。”王子轩苦笑。

“喂，这是一种生活的智慧。你想啊，人又不是机器，总需要放松吧。我就是选个日子让自已彻底放松罢了，彻底地放松才能彻底地崛起，这是一种自我精神状态的调节。”

“精辟！精辟！我很乐意和你结成堕落联盟，还请多多指教，小弟感激涕零。”王子轩抬手作揖。

“跳出尘世，这是堕落的终极体验。”

“堕落绵绵无绝期，我还得留条小命，多跟大姐学习学习。”

“喂，找个阴暗点的地方。”李小小说着用吸管把奶茶杯底的珍珠豆吸进了嘴里。

“我处男，你别乱来。”

“去死，老娘现在对你不感兴趣。”李小小看着王子轩心情好了些，就暗自松了口气，总算不用来折磨我了，这小娃子。

李小小想着，用手捂了一下胸口，暖暖的，很奇怪的感觉。这小子狼狈不堪，自己弄得湿漉漉的，却依旧让人觉得温暖，是恶魔转世，还是天使化身？但这两样现在好像都不流行了，据说这个社会流行的那个东西叫——现实。

阎东山就是现实幻化出来的外表有些“惭愧”的物种，他那种接近于厚颜无耻的“超现实”理论，差点把李小小震傻了，或者说是崩溃。李小小咬着奶茶杯里浅黄色的吸管微抬了一下眼皮，仿佛又看到了那天的情景：李小小跟在阎东山后面，想着漂亮的黑色高腰连衣裙，心里美得跟吃了20个哈根达斯冰激凌一样，超爽；虽然跟罗曼蒂克一点边都沾不上，但也不妨碍那跳得过于热烈的小心脏愉悦；这跟前面晃动的那个毫无线条美的肥大的屁股无关，但跟他口袋里的钞票却有着紧密的联系。李小小正眯着眼睛乐滋滋地对收银员微笑，却看到阎东山头也不回地向商场右边的紧急出口走去。

“喂。”李小小叫了一声追了过去，什么状况，她不知道。

阎东山在楼道旁的窗户前停下来，从口袋摸出一支烟点燃，使劲吸了一口。

“喂，收银台在那边。”李小小眯着眼挤出的微笑自己都觉得有些过分。吃人的嘴软，拿人的手短，这还没拿，李小小就觉得心虚了。她看着阎东山不紧不慢地吐出一个烟圈，在空气中扩散成乱糟糟的形状，心里越发虚了。

“你不能耍赖的，在西餐厅我们说好的，你输了答应我一个条件。”李小小嘟起嘴撒娇。

阎东山弹了弹烟灰笑了笑，这一笑李小小心里就更没底了。

“喂，你说话呀。”李小小用手小心地碰了碰阎东山的胳膊，阎东山依旧以一种自恋的姿态消耗着那根烟的生命。

李小小脸上的笑容一点一点收起来。她看到了阎东山脖子上长出另一个脑袋，龇牙咧嘴地嘲笑她说：“小妞，想套住大爷我，嫩了点，想从我口袋里骗钱，嘿嘿，真没那么容易。”

李小小从心里撇撇嘴说：“不就几百元钱吗，至于嘛，还真是铁公鸡，一毛不拔。”李小小想着想着就对阎东山的沉默有些愤怒。

“你忙吧，我还有事，先走了。”李小小板着脸，抡起手里的包挎在肩膀上转身要走，却被阎东山一把拽住。

“急什么呀，我这是给你传授人生的经验呢，藏而不露知道吗？就算你心里这会把我骂死，你脸上也不能表现出来，心是在胸腔里呢，不是挂在脸上的，城府知道吗？这就是城府，你得想办法达到你的目的，而不是这么轻易放弃。”阎东山一副老道的样子。

“那麻烦哥哥指条明路。”李小小说着抬头看了看头顶绿色牌子上“安全通道”这醒目的四个字。

“你喜欢那条裙子，那是你们女人的爱好，我喜欢女人，这是一个正常男人的爱好。”阎东山挑了挑眉毛，脸上肥腻腻的肉颤动了一下。

李小小突然觉得心里很不舒服，脑子里跟卡带了一样，运转得也不怎么顺畅了。虽然她心里一直把阎东山当成猎物，当成赚钱的途径和工具，但阎东山这样面对面地说出来，李小小觉得有些尴尬。

“哥，你说什么呢，不就一条裙子吗，我不要就是了。”李小小挤出一丝微笑。

“哎，这裙子你穿上还真是好看，原来我看见你吧，给你打100分，这裙子一穿起码得打120分，我是打心里想给你买。”阎东山凑到李小小脸前笑了笑。

“那就掏钱去啊，废什么话。”李小小在心里骂着，脸上的笑容却格外灿烂："那走啊。"

"别急。"阎东山把烟掐灭扔在地上用脚踩了踩，凑到李小小耳边说，"我给你买件衣服，你得给我点什么吧，我想要的？"

"喂，就几百元钱。你就想，你把我当什么了。"李小小看着阎东山色眯眯的样子，心里腾地蹿出一股怒火："几百元钱就想把我搞定，去死吧你！以为我幼儿园的智商啊，拿几百元钱换算几千根棒棒糖吃呢。"

李小小想着，就又转身向楼梯走去，她恨不得窗外的阳光化成几把利剑把阎东山顷刻间刺得千疮百孔。

"想什么呢，我在你心里就那么龌龊吗？"阎东山伸手拽住李小小，"我就是特别喜欢你，想你想得没法工作，没法生活，闭眼不闭眼眼前全是你，我就是想亲你一下，一下就行。"

"我们的关系还没到那一步吧。"

"亲一下，我立马去给你买裙子，想得到就要付出，就像做买卖一样各取所需。"

"可是……那亲两下可以买两件吗？"

李小小不清楚自己出于什么心理，她一边强烈地抵触这种赤裸裸的交易，一边又大声告诉自己，这个世界本来就是一个大的交易场所，用自己看见的看不见的资源去换钱，又用钱去换自己想要的东西。交易永远都存在，除非你彻底的Over（结束）了。

"当然，丫头真是聪明，一点就透。"阎东山说着一步步逼近她。

"你，干吗？"李小小边往后退边结结巴巴地说。

"我们不是已经谈妥了吗？"阎东山一脸坏笑。

"是，是呀。"李小小喃喃地说着，一步步地往后退，直到身体贴在墙上，阎东山抬起胳膊撑着墙把她堵在里面。

亲一下几百元钱呢。李小小想着咬咬牙，抬头看了看阎东山，阎东山的嘴一点点地凑近她的脸颊……

突然一个熟悉的面孔出现在李小小的余光中，是王子轩和他表妹，李小小一把推开阎东山，慌忙向楼下跑去。

李小小感觉脸上滑过一丝液体，微凉的润滑，很舒服。显然那液体不是自己体内分泌出来的。她抬头看看天，老天爷阴着脸，滴滴答答地落泪。自己嗯嗯地应着王子轩的话，却全然不知道他在说什么。

“嗯。”李小小点着头应道。

“喂，丫头，你瞎答应个啥啊，下雨了，快跑。”王子轩说着伸手去拉她。

李小小甩开王子轩的手，伸手让细细的雨丝在自己的手心里聚成小小的一摊：“跑什么啊，这么小的雨，你不觉得这种感觉很美？”

李小小全然不顾王子轩嘟嘟囔囔地说着什么，只是沉醉于脚下的青石板小路和丁香园浓郁的绿和点点滴滴的残余花香。

“这点雨我怕什么啊，我不是怕你淋着嘛？”王子轩咧开嘴嬉笑着说，“怎么说我现在也是失恋进行时，你好歹安慰安慰我，我说了半天你就一个劲地‘嗯’，心不在焉的。”

“有人替我安抚你啊。”李小小抬头指了指天空，一滴雨滴落在她微张的嘴里，“你不觉得现在很平静很美好吗？先声明，别误会，这种美好是个体的独自体验。”

李小小说着瞟了一眼王子轩，如果那天不是他在商场出现，也许她现在就有两件漂亮无敌的裙子了。李小小的思维在商场的衣服架子之间扒拉着，欢快地寻找自己的第二套裙子，可惜事实上什么都没有。阎东山其实并不怎么坏，只能说是过分现实。也许这是生意人的通病，总是喜欢算计付出与回报之间的对等。以那天他的动作看，他要亲的地方只是自己的脸颊而已。

“子轩，你说要是有人在你脸上亲一下，给你500元，你愿意不？”

“当然，只要给，随便亲，把脸亲得溃烂发炎都没关系。你想想啊，亲一下500，十下5000,一百下5万，我就发了。”王子轩突然又恢复了平时乐滋滋的样子。

“那我给你500，让我亲一下。”李小小认真地说。

王子轩愣了愣：“我就说说，我一个大男人做这个不合适。”

“那你给我500，我让你亲一下。”

“你这丫头，在想什么呢？”

“开玩笑呢，就知道你没我的那种勇气，谁只要甩出五张粉红票，我就让他亲一口，除了你之外。”

“为什么除了我之外？”王子轩随口问道。

“你贱不贱啊？”李小小反驳道。

“贱！不过比我更贱的男人你估计找不到了，傻子才愿意出500元钱亲你一下呢，或者是老年痴呆、精神病患者之类的。”王子轩嘿嘿地笑着。

“去死！”

“我的理想是‘活着’——快乐地！”

老天爷的泪水量陡然间增大，李小小抹了一把脸上的水，“老天，你怎么知道我今天没洗脸呢。”

“你怎么连脸都不洗，怪不得那么说呢，就是谁想花500元钱亲一口，也下不去嘴啊。”王子轩用手挡在额前，向着李小小笑道。

“今天是我的堕落日，堕落日我从来不洗脸。”李小小冲王子轩喊道。

“好了，大姐。但是现在，我们是不是得找个地方避雨啊？”王子轩说着往前跑。

李小小一把把他拽住：“等等，我包里有伞。”李小小说着拉开包，从里面拿出一把鹅黄色、镶着蕾丝边和亮片的太阳伞撑开，“来。咱俩来个雨中漫步。”

王子轩瞅着李小小的伞使劲摇着头：“我不！这是女人的伞，我不打。”

“切！那淋着去！”李小小说着把伞拉回来放在自己头顶得意地笑着。

李小小打着伞，王子轩走在伞外。上了丁香园湿漉漉的水泥台阶，王子轩拔腿就跑，“我闪人了，不陪你在这遭罪了。”

“喂，今天是我们的堕落日，你答应陪着我过的。”李小小向着王子轩的背影喊道。

“寡人决定回去独自堕落，堕落的级别和经验回头面谈啊。”

李小小忍不住笑了。“接下来我干什么呢？总不能继续睡觉吧……”

第十四章

夏陌的视线快速扫过他轮胎一样的厚底凉鞋和涂得五彩缤纷的脚趾甲，顺着白色的牛仔裤缓缓上移，再经过藏蓝色的T恤与粉色、玫红色等独特色调组合的低调板块，最后停在他的脖子上，金黄色的链子缀着一颗绿莹莹的翡翠，像是一个华丽的标点，隔开了现实与梦幻。

但最具视觉冲击力的还是他超级个性的发型，在头部这个圆球上一分为二，一半寸草不生，一半是浅亚麻色的干枯茅草。

“妖孽。”夏陌脑子里迅速闪过这两个字。

“Men（男人）？Women（女人）？”夏陌小心地问。

“都可以，看你喜好。”“妖孽”绽放出无比灿烂的微笑。

“很抱歉，您长得太别致，太与众不同了。”夏陌挤出一丝微笑。

“多谢夸奖，我叫××，你呢？”“妖孽”很兴奋地挥舞着手臂，小拇指上碧绿的翡翠戒指在夏陌眼前欢快地跳动。夏陌完全没注意听他的名字，她个人认为“妖孽”用在此人身上实在是贴切无比，他真的是一个奇怪的人，有着说不出的味道。

“我……”夏陌觉得他并不讨厌，但依旧是陌生人，所以夏陌支支吾吾了半天也没说出自己的名字。

“妖孽”猛地激动起来，像是想到了一件特别让人震惊的事：“My god（我的神），我今天出门没刮胡子，怎么见人啊。”妖孽喊着拿手掩着脸，飞快地向商场外冲去。

“喂。”夏陌冲着他喊了一声，像是出于本能而不是出于本意地要叫他。夏陌觉得自己很失败。胡子？自己怎么没发现，还傻兮兮地问人家属于哪种性别群体。

“你的照片，很漂亮，回头给你送过来。”“妖孽”捂着下巴冲夏陌喊着，又兀自嘟囔着混入了人群消失了。

“喂，你是谁？我们认识吗？”夏陌向人群中喊道。

“××，是××。”他的声音匆匆地从人群中传来，却已不见了影子。

“妖孽。”夏陌念叨着，使劲晃了晃脑袋，眼前的景象依旧，“妖孽”像是虚幻的梦境，也许真的只是自己幻想出来的人物。

夏陌想着，使劲揉了揉脸，有些事必须得面对，否则今天就又成了一片空白，毫无收获。

“这份工作不适合我，可是那又怎么样呢？为了更好地生存，很多人都在干着不适合他们的事，这是一种修炼。”夏陌垂着肩膀喃喃地念叨着，这句话是谁说的，她不记得了，大概是李小小或者是某个网站上。

夏陌拿出电话翻出高尚的号码，看了看又按了返回键。屏幕上是黑猫Eva那张表情夸张的脸，她抿了抿嘴，把手机装起来，有些事只能靠自己，这个道理她是明白的。

夏陌闭着眼睛在原地转了两圈半，然后握着拳头，低着头向一个穿着淡蓝色连衣裙的女孩快速走过去。

“您好！我们婚纱店今天有很优惠的活动，姐姐可以了解一下个人写真，现在预订很划算的。”夏陌一口气说完，心脏“砰砰”地跳得厉害，脸也有点微烫，喉咙里似乎冒着热气。

“婚纱照都有什么活动？我和我老公想再拍一套。”

夏陌听女人这么问，突然就看到了希望，她脸上带着一丝欣喜的微笑抬起头。她的第一个客户，她成功了。

“有三种套餐，您可以……”夏陌抬起头和女人目光相遇的那刻，两个人都愣了。

“是你！”女人突然尖利地喊道。

夏陌愣了愣往后退了一步。

“你在这卖笑呢，你笑一个，我再考虑要不要去看看你们的活动。”女人脸上写满了鄙夷和厌恶。

“闭嘴！”夏陌冷冷地说道。

“闭嘴，该闭嘴的是你，你怎么这么恶毒，你毁了我的婚礼竟然还有脸在这给我推销婚纱照。”女人突然大声号叫起来。

“我没有，我……”

“你什么你，我表妹的医药费，500元钱，拿来！”

“我会还给你的，但是现在我没有。”

“没有？说得轻巧，没有今天你就别走。”女人说着伸手去拽夏陌的胳膊。

夏陌觉得胳膊上一阵灼痛，低头一看几道抓痕清晰地浮现出来。夏陌想甩开女人的手，她却更加肆虐地扑来，像成群黑压压的蝙蝠，齐齐地涌过来。

夏陌用尽所有的力气把她推开，女人跌倒在地，更加愤怒地瞪着夏陌，大声叫喊："喂！你们的工作人员打顾客了，你们管不管？"

第一个跑过来的依旧是那个男青年，他看着夏陌叹了口气像是彻底地失望了。

他对女人不停地道歉，女人却不理。她推开男青年又向夏陌扑来，越来越多的人围过来，几个工作人员极力地拉着女人，夏陌就那么硬挺挺地站着。

突然有人拉了夏陌一把，是婚纱店为她登记的那个女人，夏陌在她的劝说下，脱下缀着黄色亮片的马甲，从人群中退了出去。

身后传来了那个女人更加嚣张的叫声："她去哪了，叫她出来，你们的员工打了人你们得给我个说法。"

"大姐，发生这样的事，真的特不好意思。她是我们临时招来的，这会跑了，你看我们也……"

声音是那个特喜欢叫人家"姐"的男青年。

夏陌心里木木的，太阳照在楼房的侧面，看起来疲惫、无力，这个世界依旧闷热，让人窒息。

夏陌踢着被丢弃在路边的易拉罐走了很远，然后一脚踩扁，捡起来狠狠地掷进路边的金属垃圾桶里。她恨不得把自己也随着扔进去。"Lese（垃圾）"，夏陌在心里狠狠地骂道，在一天还没结束的时候，自己的希望就已经破灭了，那个女人会不会敲诈婚纱店？明天婚纱店的人会不会又找自己要钱？

"让我死去吧，最好快点。"夏陌无力地靠在珠宝店的广告牌上，看着候车厅头顶1米宽的灰蓝色玻璃喊道。

随着夏陌这一喊，候车厅的小青年、中年妇女和刚才一些没看清楚面孔的人就迅速地消失了。不知道从哪冒出一个穿制服的警察。

“您好，请问有什么需要帮忙吗？”

“没有。”夏陌冲他摇摇头。

“像你这么年轻漂亮的姑娘，别为一点小事想不开。”警察转身走了两步，又回头说。

“谢谢，我很好，非常好。”夏陌说着大步向路对面走去。

怎么会是一点小事呢？没钱吃饭，没钱交学费，没钱给夏小月交住院费。这叫什么？——灭顶之灾。老天爷就这么硬着心肠要把我灭掉。我到底得罪谁了？夏陌心里越发郁闷。

来来往往的人群、车辆，路边卖水果的小贩，仿佛是另一个世界的事物，跟她一丁点关系都没有。除非天上有大把的钞票掉下来，且准确无误地掉进她的口袋。

她想着冷笑了一声，突然觉得自己已经具备了“妄想症”的潜质。

夏陌穿过油渍斑斑、腌臜不堪的街道，看了一眼路边破旧的牛肉拉面店，不禁摇了摇头。两个月前，校园里到处都是关于这家牛肉面店的话题，但总的意思就是，某同学一早来这里吃牛肉面，结果拿筷子一搅，从里面夹出一只带着毛的老鼠。

某同学当即吐得稀里哗啦，有的人说某同学吐到最后都是黄水了，再吐一口就把胃吐出来了。

有的同学说这家和校食堂那家卖牛肉面的是一家，只不过学校食堂的那口煮牛肉面的大锅把老鼠熬化了。

在大家都咬紧牙关对牛肉面深恶痛绝的时候，夏陌却每天都吃，因为学校的牛肉面从2.2元一碗变成了2.8元一碗。对大多数学生来说，牛肉面也就是他们前半月把钱挥霍得差不多了，月底没钱的时候才吃的。但对夏陌来说却是很好的美餐了。很多时候她都吃馒头咸菜，当然是躲在没人的地方吃。所以学校里还有一种说法，说夏陌几天不吃东西都没事。网站论坛上有学生打趣说：冰姬夏陌会进行光合作用，她能把阳光转化成能量，所以不吃饭也行。

但这时牛肉面事件再次引起了同学们的高度关注。

“冰姬还真不是普通的人，什么都敢吃。”

“那是，她身上有一股强大的气场，冷得让人打战，但还是想让人靠近。”

“冰姬是谁，那是练成‘神级’的人物，咱普通人能比吗？”

同学们议论的焦点从牛肉面转向了夏陌，牛肉面的事情也就渐渐淡了下来。

夏陌回过神来，看了看小店，摇了摇头，什么事情都会淡，为什么自己的厄运不会断呢？

夏陌眼睛睁得大大的，看着路边那个脏兮兮的乞丐。他像这个城市不小心遗漏出来的鼻咯馇，形态那么的丑陋。

他低着头，夏陌看不到他的脸，只看到他的头疯狂地甩来甩去，极具节奏感，让人想起摇头丸的服用者。

一个小女孩拿着冰激凌停下来好奇地看着夏陌，小女孩被她妈妈拽走了，而夏陌以一种僵硬的姿态久久地立着。

“你干什么，要给钱就快点，不给就赶快让开，别耽误老子的生意。”乞丐终于觉察到了夏陌的存在，他把左右摇摆的头停下来，不耐烦地冲夏陌喊道。

"你一天能挣多少钱?"夏陌问道。

乞丐脸上突然露出似笑非笑的神情，像是看到了一个大大的笑话，一个漂亮的女孩竟然站在那里盘问他的收入。

"我是要饭的！"乞丐以一种嘲弄的口吻说。

"我知道！"

"你应该做的，是施舍给我钱，而不是这么问我，乞丐就是向所有不是乞丐的人行乞，明白？"

"你收我为徒吧。"

夏陌的这句话把乞丐吓得闪了一个趔趄，头碰在旁边灰色的水泥墙上。

"他一定觉得我是个重度精神病患者，可此刻我是认真的。我努力地去挣钱，却越来越穷，1分钱都挣不到，我很快就会被这个社会遗弃，变成垃圾，毫无希望，毫无色彩……既然已经这样，那做乞丐又怎么样呢？"夏陌心情灰暗地想着。

她遇见过一个乞丐，在冬初，在酒吧和几个同学一起。她是被王子轩硬拉去的。那是她第一次进酒吧，也是至今为止唯一的一次。酒吧的灯光暗且暧昧，音乐柔软得像绵绵的情话，打扮得时髦的年轻人在里面掷骰子、喝酒或者在舞池里疯狂地扭动身体。

吧台前，几个穿着缀着亮片的黑色露脐吊带衫和超级短的短裤的性感女孩，不时地在人群中搜索着钱包鼓胀、下身饥渴的男人。

夏陌他们坐在靠角落的一张桌子。夏陌看了看头上人工造的繁密的树叶，拿起瓶子喝了一口黑啤。她看着这里——一个陌生、诡异的世界。

她看着李小小和几个同学在下面疯狂地跳舞，很酷，很陶醉的模样。

旁边，几个女孩喝着白兰地，看着男男女女嬉笑打骂，看着暗处或者亮处恋人忘情地接吻。

一个穿着黑色皮衣、留着长发的男人从夏陌身旁走过，在不远处的一张桌子前坐下。

“他是个要饭的。”王子轩不知道什么时候走了过来，趴在夏陌耳边轻声说。

夏陌一脸疑惑，顺着王子轩指的方向看去，看到了那个穿皮衣的时髦男人。

夏陌摇了摇头，表示不相信。

据王子轩讲，那些要饭的乞丐其实都很有钱，收入很高，他们白天把自己打扮得脏兮兮的，在那行乞，晚上就换了行头来酒吧或者歌厅消费。

“他们一起的那几个都是乞丐，那个烫头发的，是在天桥那边的，不信你明天去看看。”王子轩说得很确定，而且事后，夏陌从天桥过的时候觉得天桥角落的那个腌臜的乞丐确实很像那个人。

夏陌收回思绪，在乞丐面前蹲下来：“这样，钱很好挣吗？”

“看运气，时好时坏。”乞丐诡秘地冲夏陌挤了挤眼。

夏陌突然有一种想吐的感觉，但她压下去了。只要能挣钱就行，到了这一步，还有什么好要求的？

“你快走吧，别耽误我要钱了，我知道你们年轻人现在都喜欢‘个性’‘非主流’‘特立独行’什么的，但这一行，你也就想想就行了。”乞丐说完又开始疯狂地甩头发。

夏陌看着他那头“秀发”，以很高的频率抽打着空气中飞舞着的灰尘，心想，这应该是这个城市里乞丐的特色吧，所有的乞丐都低着头近乎发疯地甩头发，不抬头看人，不说话，就用那种动作来表达他们的欲望和目的。

在酒吧的那天，李小小说：“乞丐怎么了，也是靠自己的劳动挣钱，头不停地甩啊甩啊，常人能做到吗？”

夏陌当时很鄙视李小小的这种说法，但现在她觉得的确是这样。精神上的乞丐要沦为现实中的乞丐，还真的需要勇气和技能。

“我连乞丐都做不了。”

她突然那么强烈地想见到高尚，她站起来顺着街道飞快地向前跑去……

所有的景物都在飞快地后退。仿佛一场没有尽头的梦魇，夏陌飞快地穿过一条又一条街道，像是要甩掉一些东西。她气喘吁吁地在一扇斑驳陈旧的防盗门前停下来，用力地捶打着。

高尚拉开门，她虚脱般地扑进高尚的怀里，高尚紧紧地抱着她：“怎么了，丫头，出什么事了？”

“我连乞丐都做不了，真的，是真的。”夏陌用胳膊紧紧地环着高尚的脖子喊道。

“好好的，干吗要做乞丐啊？你这个傻孩子。”

“你不明白。”夏陌松开胳膊垂头丧气坐在沙发上，随手拿起几张报纸一缕缕地撕下去，撕扯成碎碎的小片。

“不就是今天没挣着钱吗？那有什么关系，当作一次锻炼、一次开始就好了，何况这种工作根本就不适合你。”高尚皱着眉头倒了一杯热水放在桌子上。

“可是，可是我真的想快点挣到钱，哪怕10块、20块都行，起码是一个好的开端。”夏陌委屈的表情像个孩子。

“好了，好运在后面等着你呢，前面的挫折都是考验你的，明白？”

夏陌点了点头，想起自己去拜乞丐为师的事又破涕为笑。她把事情原原本本地给高尚讲了一遍，笑得高尚前仰后合的。

“幸亏他没收我这个徒弟，我要是整天那么甩头，估计会把脑髓甩出来的，或者在脑子没甩出来之前，胃里的东西就先出来了。”

夏陌和高尚的晚饭，做了个西红柿炒鸡蛋和炒青菜。吃完，夏陌在厨房洗碗，高尚进卧室换了衣服，然后探头说：“我晚上去给一个学生补课，你看一会儿电视，要不想回去就在这里睡吧。”

“你不是下午去吗？怎么晚上还去？”

“又接了个活，晚上是一个暑假辅导班。”高尚说着走过来摸了摸夏陌的头，“照顾好自己，别想那么多，大二的学费我会帮你凑齐的。”

夏陌使劲地摇摇头：“不要，我会自己想办法的，我觉得已经欠你很多了。”

夏陌把碗放进碗橱转身抱住高尚：“我给你添的麻烦太多了，我该怎么报答你呢？”

“傻丫头，两个人能遇见是缘分，我从来没想过要你报答。如果要报答就等你将来成功了吧，我会支持你的。”高尚低头在夏陌的额头上吻了一下，拍拍她的背转身出门。

夏陌蜷在沙发上等了一夜，高尚却一直没有回来。

“也许他不喜欢我。”夏陌想着，神色黯然地离开了，她的眼睛里又升起那种雾气般的忧伤。

高尚坐在小区外的24小时咖啡厅，看着夏陌离去，伸手抓了抓被自己揉乱的头发，喝掉杯子里最后一小口残余的咖啡，站起来。

夏陌回到宿舍，敲了敲门。李小小顶着乱糟糟的头发，一脸的不悦，拉开门又回去蒙着头继续睡觉。

桌子上、地上胡乱地扔着饮料瓶、啤酒瓶和一些膨化食品、巧克力的糖纸，整个宿舍像是经过了一场洗劫。

夏陌蹲下身抱黑猫Eva，却像触到了一块粗糙的硬布，她的身体颤了一下，连忙缩回手来。

夏陌又伸出颤抖的手去推黑猫Eva，没有一丝动静。

死了？死了！黑猫Eva死了！怎么会呢？

第十五章

李小小关掉手机的闹钟，拿掉眼罩，翻了个身，继续睡。她突然听见吱呀的开门声和猫叫声，忽地从床上跳下来，她光着脚站在地上看了看周围，宿舍门紧紧地关着，夏陌没有回来，也没有黑猫Eva。

李小小拍着胸口长长地舒了口气，套上牛仔短裤和玫红色的一字领T恤走出宿舍，关上宿舍门的那一刻她突然又折回来把放在枕边的巫毒娃娃塞进了包里。

外面的天是灰色的，好像从上午回来就是这样，老天爷的操作系统似乎也“死机”了，长久地“卡”着，屏幕就是一张灰突突的抹布似的面孔。

她走到学校门口突然有些迷茫，竟然不知道自己要去干什么。上课的时候总盼着放假，但现在又怀念起上课的时光。就算是上大课时，老师口里不断冒出的符号让人昏昏欲睡，现在想来也觉得有趣，因为那时可以睡觉，可以传纸条，可以看小说，还可以塞着耳机听音乐甚至逃课。李小小从后面溜过几次，但最刺激的一次是从别的教室溜出去那次。文科楼的两个阶梯教室是相通的，中间的通道里有一个厕所，李小小就趁老师在黑板上板书的时候猫着腰闪进里面，然后昂头挺胸迈着大步从另一个教室走出去，当时一百多双眼睛齐刷刷地盯着她，甚是惊讶和羡慕。出了教室门，她才觉得自己有点犯傻，幸亏这个教室的老师也在板书没看到她。

干吗绕到这儿呢？只因为这个老师不认识我。李小小笑着摇了摇头，又觉得自己这么在众目睽睽下逃课挺过瘾的，我肯定成为他们心中的偶像了。

“见过逃课的，没见过逃课还这么拽的。”李小小学蜡笔小新的声调说完，做了个胜利的手势。

李小小露出了微笑。我很善于自我调节嘛，就算天阴得像个大铁锅，我也能从0.01毫米的空隙里看到阳光。李小小想着，决定暂时放下夏陌和黑猫Eva的事，用一天的二分之一来愧疚就够了，不能把分分秒秒的时间都用完，总得留点时间干点别的事。

李小小的手机这时响了，手机屏幕上显示四个字——母亲大人。

“喂，妈，你怎么这个时候打电话，有什么事吗？”

“你个死妮子，怎么一直不开机？我打你电话都快打疯了。”妈妈在那边没好气地说道。

“哎呀，没电了，你别大惊小怪的，你女儿这么绝顶聪明，还能被人家骗去不成。”李小小说着眨了眨眼，眼里翻起潮湿的雾气。如果说自己一直在睡觉，那估计又得聆听母亲大人长达两个小时的教诲。她突然觉得想家了，她想妈妈做的糖醋鱼和红烧排骨。

“小小，回来吧。别打什么工了。”妈妈说着声音竟然充满了水气，好像轻轻一拧就会变成滴滴答答的眼泪。李小小真的心软了，她特别想扑到妈妈怀里，就算依旧要听那喋喋不休的唐僧式的唠叨。

“回来吧，回来多待几天，你在那也挣不了块儿八角的。”

李小小听到最后那句，柔软下来的心就猛地硬了起来，她又想起了那个账本，她不能就这么认输，她一定要靠自己的能力挣钱，然后快快乐乐地花钱，想干吗就干吗，想买什么就买什么。

李小小在脑子里幻想了一下那种忒爽的感觉，接着就想到了阎东山。得尽快把他拿下。如此想着，她神情肃穆地从包里拿出巫毒娃娃捂在手里放在胸前，闭着眼睛念道：

金来吧，

银来吧，

带来烫手或冰冷的钱币给我，

我需要钱，

现在就要，

让它快快来，

别问我怎么得到的……

李小小从出租车上跳下来走进了香榭街，这个城市传说中的乐土，一个存在于她思维之外的天堂。她从未想过走进这里。她跳跃着，旋转着，在浓密的法国梧桐树荫下像一个兴奋过头有点眩晕的小鸟。

“欧洲贵族”——李小小看着街道两旁那整整齐齐的白色小楼、欧式的庭院，不禁想起了这个词。如果穿上上次在商场看到的那条裙子就好了。就差一吻，裙子就没了。李小小突然怨恨起王子轩，他为什么在那个时候出现，自己的好事被搅局。

李小小看到一个穿着讲究的中年男人，停放在路边掏出Zippo（之宝）打火机点燃一支烟。她禁不住绕过去看了看，宝蓝色的轿车，帅得不得了，上面那个金灿灿的标志和英文字母，她完全不认得。男人说车是从法国进口来的，内地估计没有第二辆了，并邀请她坐进去体验一下。

她脸上的笑容哗啦啦地绽开，像一个突然得到惊喜的孩童，她遇到了一个比阎东山更阔绰的男人。如果这个男人对她再表现出一点兴趣和好感的话，她就立马把阎东山踹了。

李小小手机又响了，是阎东山。她慌忙按断，对着车里的男人笑笑，接着踮着脚尖小跑般地绕过去。拉开车门的那刻，她闻到了一股特别好闻的香气，一定是非常名贵的法国香水。李小小对着男人又笑着点了点头正准备坐进去，却听到一个女人的声音。

女人边和男人讲话边不屑地扫了一眼扶着车门愣愣地立在那的李小小。

“哪来的黄毛丫头？”女人不悦地对男人说。

“刚碰到的，没见过什么世面，看见我们的车惊奇得不得了，我就让她看看。”男人眯着眼一脸的笑意。

“我说呢，还以为你品位都降到这种档次了，连村姑你都乐意要呢。”女人说着伸手轻轻地拍了拍男人的脸颊，娇媚地一笑，绕了过来。沉甸甸的胸部有一半暴露在空气中，走起来带着幅度很大的颤动，手里甩着的小巧手袋带着一层耀眼的光环。

她手指上那颗大大的钻戒灼伤了李小小的眼睛。女人走过来的时候她依旧愣愣地站在那，女人拿出纸巾垫着把她的手拉下，把她往后推了推，笑着说：“走吧，这里不是你来的地方。”

汽车在那条柏油路上消失，那种烟灰色的尾气像无数个耳光，重重地打在李小小的脸上。

阎东山的电话又打来，“我临时有点急事，过不去了，你先吃点，等我应酬完，给你打电话。”

“嗯。”她木木地应着在路边坐下。心里疼痛地揪扯着，一切都是“钱”的问题。她突然想起小的时候，那时她家还没搬到县城，妈妈在村子里开着一间小卖部，里面有很多很多裹着花花绿绿包装纸的零食。

但李小小很少吃，妈妈觉得那些填不饱肚子的东西，花钱买来吃简直毫无意义。她那时常常躲在柜台的角落里，看着别的小孩拿着几毛钱来买自己喜欢的东西，橡皮糖或者一个果冻。妈妈却极少给她吃过。

有一次她哭闹了半天还挨了一顿打，才得到一包五颜六色的小糖豆。她拿袖子抹着脸上的泪水，高兴地跑出去要让别的小孩看她的糖果，结果踩着一个小砖头后摔倒在地上，五颜六色的糖果就滚到了泥土里，她哇地哭了，哭得很伤心。妈妈听到声音从小卖店里冲出来，一把拽起她。

“你看看那点本事，这一包糖豆5毛钱呢，我卖十包才能赚回这一包的钱。”

李小小听着妈妈的唠叨，揉了揉眼睛说：“妈，我还想要一包，你再给我一包吧，等我长大了给你1元钱。”

李小小说完，就又迎来了一巴掌。

她终于知道，在妈妈眼里，她没有花花绿绿的钞票可爱。因为她没有钱给妈妈，所以她什么都吃不到。自那以后她就很少要吃的，她盼望着自己快点长大，挣很多钱给妈妈，妈妈就会把店里所有的东西抱过来让她吃。

但她没等到长大。那种叫巧克力的东西实在太诱人了，很好吃的样子。于是她想了很久，终于趁妈妈出去的时候爬上高凳子，够到了货架最上层那块包着好看糖纸的巧克力。其实她想要下面那种小花形状的，但那个盒子就在妈妈眼前，她一定会发现的。

她刚刚撕开巧克力咬了一口，甚至还没品出是什么味道，就听到妈妈一声大叫。她吃了店里最贵的巧克力，妈妈生气地把她吊在里屋的梁上，狠狠地拿扫把打她的屁股，无论她怎么求饶，妈妈都不肯原谅她。妈妈说："你不说要给我钱吗？5元钱！拿来呀。"

李小小再也不说话了，一个劲地哭，她哽咽着小声说："我没有钱。"

……

李小小回过神来，眼泪啪嗒啪嗒地掉下来。现在她长大了，可是依旧没有足够的钱让自己活得更好一些。

李小小在一个戴着白帽的老爷爷那里买了一个棉花糖，用手举着，把嘴张得大大的，用舌头把棉絮一样的东西吃进嘴里，松松软软的棉花糖立刻在嘴里融化，甜甜的。

生活其实还算过得去。她念叨着，不经意的一低头，眼里突然掉出一滴泪，落在棉花糖里砸出一个皱巴巴的凹洞，李小小就把那一块扯下来填进嘴里。"如果同学碰见，一定觉得我很好笑吧。这么大个人，吃小孩子的玩意，可是那又怎么样呢？我喜欢，我喜欢别人就管不着。"

李小小走在马路上，看着自己变形的影子在路灯下拉长缩短，自己的手和棉花糖在花花绿绿的霓虹灯下变成不同的色彩。她又抬头看了看商场外面不断闪现的香甜可口的美食和名牌服饰的广告。

"名牌服饰——都见鬼去吧，你只会包裹女人虚荣的心，可我就是喜欢虚荣，虚荣也是一种美好，知道吗？白痴！”李小小把最后一块棉花糖扯下来塞进嘴里，视线移到广告牌下面开始寻找阎东山。

阎东山坐在广告牌下面的台阶上，灰突突的一团。李小小走到他面前的时候才发现。阎东山涨红着脸，满嘴的酒气，他一把拉过她。李小小就在阎东山怀里忍受着他嘴里那种浓重的臭气和身上散发出的那一股难闻的体味，她心里默默地念着“香榭街”三个字，就是那三个字让她充满了力量。

“晚上怎么喝那么多酒啊，我送你回家吧。”

“什么家啊。我这样的人，是没有家的！”

“香榭街啊！你把钥匙给我，告诉我是几号，我们一起回家。”李小小很耐心地哄着阎东山。

“亲一口。”阎东山噘着嘴凑了过来，李小小连忙拿手挡了一下，他就在她手上啪地吻了一下。

“你拽什么拽，老子不就亲你一下吗？那是看得起你，你信不信我回头把你关起来，让你替别人生娃娃。”阎东山气急败坏地骂道。

李小小愣了愣转身准备离开，阎东山却又拽住了她的胳膊。“别生气，开玩笑呢。我们回香榭街。”阎东山笑了笑又说，“你，别人没碰过吧？”

李小小把脸扭向一旁，恶狠狠地说，“除了我自己碰过我自己。”

阎东山做了个OK的手势说：“能卖个好价钱哦。”

李小小闭上眼睛想了想可爱的别墅，在心里默念：“为了我的别墅，原谅这个愚蠢的人吧。”

李小小转身长出了一口气，就又开始柔声细气地劝他回家，可他只是稀里糊涂地说着一些不着边际的话，最后干脆歪在她肩上睡着了。

“不带这样的吧？”

李小小推了推阎东山，他的呼噜声却更大了，让李小小想起了那个肥头大耳的动物。

“我最近招谁惹谁了，这么耍我。”李小小边郁闷地念叨，边想着香榭街别墅内豪华气派的房间，今天晚上不是该和阎东山在别墅洋房里喝着洋酒听钢琴曲吗？

李小小使劲推开阎东山，自己慢慢地挪出来，让阎东山倒在地上，然后跑到旁边的小店要了两瓶矿泉水，拧开一瓶咕咚咚地喝了几大口，然后把另一瓶拧开给阎东山喝。

“喂，喂，你醒醒！”李小小用劲推推他，依旧没反应，她只好弯下腰把瓶嘴塞进阎东山嘴里，然后竖起瓶子，却不料瓶子一滑，水洒了阎东山一脸。

阎东山一个激灵坐起来，抹了把脸嚷嚷道：“下雨了，下雨了，快回家。”

李小小看着阎东山挣扎着从地上站起来，闪了一个趔趄差点摔倒，她连忙过去扶着他。他说要回家，等到了香榭街的别墅我随便把他往哪个屋子的地上一扔，我一个人就可以好好Happy（快乐）。

李小小想象着跟电影院的屏幕那么大的液晶电视，那么多古董花瓶、器皿，随便塞进口袋里一个孙子辈的小瓶子，就价值连城。

阎东山又一个趔趄，李小小才回过神来。阎东山太重了，肥嘟嘟的一身肉，李小小只能拿瘦小的身躯勉强支着他。

“金屋子银屋子，都在香榭街的大房子！”李小小喊着口号，费力地挪动着脚步。终于到了路边，她刚刚抬手去拦出租车，阎东山就甩开她跌跌撞撞地向前走去。

“你干吗？”李小小气呼呼地喊道。

“我走走，散步，知道吗？散步，很高雅吧？”

“高雅什么？你高烧还差不多。”李小小在心里骂着，又追过去扶阎东山。

阎东山的体重再次压过来，她揽着阎东山的腰，滚在路边的绿化带里，脚蹭在水泥花坛上，生疼生疼，被四季青刺得遍体鳞伤。

李小小爬起来，坐在路边。脱掉鞋，用纸巾轻轻地擦掉脚上的血迹，嘴里念叨着：“没有人能够随随便便成功。”这时她又想起了阎东山的话，要得到什么，就要有等量的付出，公平的交易才不容易引起事端。

如果这算是付出，那么我接受，只要能得到我想要的。李小小仰起头对着天空眨了眨眼睛，让眼眶里的液体流回去。

李小小抱着腿，把下巴搁在膝盖上昏昏欲睡的时候，突然被一只手拉了一把，只见阎东山摇摇晃晃地站起来嘟囔着要回家。

李小小揉揉眼睛，跳起来，一只胳膊搀着阎东山，一只手拼命地向出租车使劲地招手。

香榭街，我来了……

李小小想着破涕为笑。

夜晚的香榭街，无论是雅静的庭院，还是举办着Party（聚会）的热闹别墅，都让人心醉。香榭街是一种豪华、美好与梦幻的象征。李小小想着松开阎东山，自己欢快地向前跑了几步。这里的空气是甜的，比巧克力在嘴里融化的感觉更好。

“快走啊，我们回家！”李小小双手抱在胸前继续说，“知道吗？

其实我挺喜欢你的，真的，我们回去再喝一瓶。”

当然这是谎言，但她不会为了这谎言而觉得内疚，为了达到目的，就必须掩藏自己一部分真实的想法，这叫善于抓主要矛盾。

“你很喜欢钱吗？”

“不是，不是你想的那样……”李小小听到这句话的时候，好像突然听到了大楼坍塌的声音，她焦急地转过身，看见阎东山歪在马路边上那个树桩样的垃圾桶旁边。

“真的，你相信我，我真的不是，不是的。我以前根本不知道你在这里有别墅，所以我不是为了你的钱……”李小小语无伦次地解释着，又觉得自己的解释很假很虚伪，她急得满手心都是汗。她搓着手，边说边走向阎东山。

她看着阎东山低着头一动不动。天哪，他根本不相信我的话，什么都没有了，香榭街、别墅和古董。李小小着急得眼里溢出了泪。

“好吧，既然你认定事情是这样的，那么你very right（非常正确），是你说的，交易就要平等，你不是也一直想从我身上得到一些东西吗？”李小小说着在阎东山旁边坐下哭起来，而且越哭越伤心。她不知道自己在说什么，做什么。她心里那种悲哀，从一小块化成了大片大片的，无所不在。

后来，李小小差点把心啊肝啊都哭出来，可是阎东山一点反应都没有。她停下来，听到了阎东山毫无规律的鼾声。他睡着了，什么时候的事？难道他说的只是梦话？李小小拍着胸口长长地舒了口气。就算不是梦话，他醒来估计也记不得了。他现在这样子，肯定是喝断片了。

李小小在阎东山口袋里找到了一串钥匙，她把钥匙放在手心里，仔细地打量每一把，最终挑选了一把质地很好很大的梅花形钥匙。

一定是这把，她想着站起来，向对面的别墅走去，16号，里面没有灯，白色的小楼像熟睡的爵士，院子里飘出好闻的香气。李小小拿出钥匙捂在手里对着月亮默默地祈祷完，然后对着钥匙孔往进送，完全不对型号，李小小用手推了推门，后退了几步。

这么多房子的灯都没亮，一定有一栋是，李小小想着拔腿就往街道的深处跑去，每到一扇门前，就拿着钥匙开。

“打不开，打不开。”她嘴里一边喃喃地喊着，一边发疯般地去开另一扇门，所有的门都紧闭着，她伸手抹掉额头上细密的汗珠，总会找到的，一定能找到。

“What are you doing（你在干什么）？”

李小小转过身，看见一个黄头发高个子、穿着美式蓝制服的男人站在自己后面。

“我是中文系的。”李小小一脸诚恳。

“我问你在这干吗？没问你是哪个系的，你想偷东西？那你可真是个超级大笨贼，我看你跑了这么久，一扇门都没打开。”保安抬手看了看手腕上的表，“现在刚好30分钟28秒。”

“这么久了？”李小小叹了口气摇了摇头，又看着保安问，“你不是纯种的汉族吗，干吗给我说英语？”

“这是什么地方，知道不？说英语是为了配合这里的档次和品位，不瞒你说，哥们为了来这里当保安，学了一年的英语，最后还是没把四级证拿下，就弄了个假的。”保安说着得意地掏出一支烟点燃，“你说你一个漂亮姑娘，干什么不好，干吗非干这一行？”

“假的也行啊？那他们不面试吗？”李小小答非所问。

“面试啊，但是我运气好，刚好有一保安家里有急事辞职了，我就直接填了空缺。”保安说着故作优雅地弹了弹烟灰。

“你运气真好。”李小小说着抬头看了看保安，“能给我一支烟吗？”

保安递给李小小一支，她就叼着烟对着保安手里的打火机“嗤嗤”跳动的火苗吸了几下，然后拿下烟咳了几声嗽，转身准备走，没想被保安拦了下来。

“我们一起走吧？”保安说。

“去哪？”

“Police Office（警察局）。”保安顿了顿接着说，“怎么样，我的发音还算标准吧。”

“Why（为什么）？”李小小冲着保安大喊了一声，然后转身继续向前走，又被跟上来的保安拦下了。

第十六章

夏陌在墙上画完第十只猫咪停了下来，跌坐在亮亮的光束中。黑猫Eva死了，夏陌紧紧地咬着自己的手臂，泪水从睁得大大的眼睛里一滴滴地滚落。

她穿着宽大的白T恤、牛仔短裤，披着绸缎般黑亮柔顺的头发，呆呆地坐在黑猫Eva的尸体前，直到从窗户射进的那束发白的光线变成柔和的金色，她才站起来，走到床边，跪在地上从下面找出一块20厘米长的木板，然后拿起窗台上的黑色马克笔，一笔一画地写上——“爱猫，Eva之家”。

夏陌面无表情地把牌子放下，拉出床下的大箱子来。箱子是大红色的帆布料。考上大学的时候高尚送的，也是自己所有物品中颜色最为鲜艳的。夏陌拨了密码掀开箱子，一件件地翻找里面的衣服，都是春、秋和冬季的衣服，夏季都不能穿。

她的手机在桌子上响着单调的铃音。她完全不理会，慢慢地从箱子里拿出一件白色薄绒衣贴在脸上试了试，很柔软，然后就拿着它，站了起来。

还没转身，手机又固执地响起来。夏陌站在那里，面无表情地听着单调的铃音，无动于衷。她想也许她该给黑猫Eva打个电话，告诉它，如果在另一个世界觉得不好玩，它可以飞奔回来，她会等着它，她再也不会整天整夜地把它自己扔在宿舍了。它一定是寂寞了才离开的。

“黑猫Eva，你怎么可以这样，夏陌都没有逃避，遇到了那么多事都没有逃避。”她一字一顿地说道，脸上依旧冷冷的，没有任何表情。

手机一直执着地响着，夏陌缓缓地走过去，按通电话放在耳边。

“夏陌，你怎么不接电话，急死我了，出什么事了？”高尚焦急地问。

“死——了。”夏陌吐出两个字后挂了电话，把手机设置成震动塞进口袋里。然后拿起那件白色的绒衣，跪在黑猫Eva的窝前，把它包好抱在怀里。

校园里看不到一个人。大家也许都在这个假期里好好地享受着生活，肆意地挥霍青春与快乐，而自己好像这年月里的一根刺，生活就那么活生生地把她拔出来。夏陌看到路边一只松鼠探了探头跑出来又迅速跑走了，头顶晃动的树叶把橘色的阳光打成细碎的一片。

夏陌顺着丁香园的台阶一步步地走下去，口袋里的手机一直在震动，像是悲痛的哀乐，在夏陌走下最后一个台阶后才安静下来。

夏陌走到丁香园角落里一棵繁盛的丁香树下，把黑猫Eva放在草地上，自己拿出剪子在地上画了一所房子，房子的门口还有挂着很多小鱼的竿子，每条都是馋嘴黑猫Eva的最爱。

夏陌想着把剪子尖对着她画的门开始一点一点挖，把整座房子一点一点挖到坍塌。自己的希望、生活、目标，仿佛都被自己挖出来的泥土一点点覆盖。“我努力了，真的，可我得到的除了500元钱的债务和失去黑猫Eva还有什么？”

夏陌想着，狠狠地拿剪子向着地上一下一下地剜着。天色渐渐暗下来，她对着自己挖的那个坑，发了会呆，然后小心地把黑猫Eva放进去，再用手捧着土一把一把地撒上去。

“夏陌，夏陌。”

夏陌听见喊声，又拍了拍自己拢起来的小土堆，向外走去。她看见高尚气喘吁吁、满头大汗地四下张望着。

她呆呆地站在那一声不吭，高尚差点撞着她。

“出什么事了，丫头，你怎么不接电话？”高尚一把夏陌拽进怀里紧紧地抱着，眼圈红红的，蓄满了液体。

“你吓死我了，我以为你出什么事了。”他看她的时候，她依旧没有任何表情，只是转过身向丁香园深处走去。

高尚跟了过去，他看到了那个微隆的土丘，前边竖着一块破旧的木牌，高尚看了看，挨着夏陌蹲了下来：“出什么事了，黑猫Eva怎么会死？”

夏陌依旧冷冷地不说话，抓了一把土放在手心里玩弄着，黑猫Eva是她最好的朋友，可黑猫Eva不要她了。

这是一个诡异的地方，到处都是盘根错节的树根和密不透风的枝丫，脚下是淡蓝色的水，清澈见底，里面是近乎透明的、精灵似的小鱼，绿莹莹的水草和深褐色的、圆润的鹅卵石。

夏陌一步步地走进去，像是受了某种牵引。黑猫Eva猛地跳到夏陌面前，脖子里带着一个白色小翅膀的金色铃铛，发出好听的声响。

黑猫Eva没死，原来它的葬礼只是一个梦，夏陌高兴地伸出手去抚摸它的脊背，温热的气息、光滑的皮毛。夏陌高兴得流出了眼泪，她去抱它时，黑猫Eva猛地跳了起来，看了看她向前跑去，一条粗粗的藤蔓从树上掉下来，膨大成一条绿色的小路，夏陌拔腿追了过去。

黑猫Eva不时地回头冲她叫着，像是呼喊。

夏陌突然看到了一层透明如玻璃样的东西，但她来不及停下来，撞了上去。玻璃样的东西在她落地的瞬间变成了无数晶莹的露珠洒在绿莹莹的草地上。她看着地上冒出一些植物，飞速地生长，最大的一株根部竟然缠绕成一个人形，裸露在外面。夏陌捂着嘴轻声地尖叫。

难道我已经死了，而不是黑猫Eva复活？这里是天堂的入口还是去地狱的大门？夏陌摇了摇头，站了起来，看着高贵典雅而神秘的黑色花朵散发着妖娆迷醉的香气。再往前走几步，同样的花，却是紫色的，左边是蓝色，还有粉色、绿色的。

夏陌伸手摘了一朵绿色的，凑在鼻子前闻闻了。脚下的地突然开始剧烈地震颤，一朵矩形的花朵从下面长出来，夏陌掉在花蕊里。

“哇哦，夏陌好棒啊，选了绿色曼陀罗。”是黑猫Eva的声音。

夏陌拼命地大叫着，但黑猫Eva说它会回去找夏陌的，然后就不见了。

夏陌正准备说话，一股凉凉的，有辣味的液体流下来，夏陌挣扎着坐起来。

学校小礼堂。上面挂满的气球和艳丽得让人讨厌的拉花，热闹的说笑声，闪烁的彩灯和浓重的烟酒味。

“对不起，对不起，我不是故意的。”一个胖嘟嘟的男孩手里拿着一次性杯子，慌乱地伸手去拉夏陌。

王子轩一把推开男孩，把纸巾递给夏陌。

这是一个舞会，学生自发组织的。夏陌本来不想来，但她无事可做，待在宿舍里，觉得像进了一个砖砌的方格子，喘不过气来，不是黑猫Eva的影子，就是那凶巴巴的女人问自己讨要那500元钱。

夏陌面无表情地推开礼堂的门，震耳欲聋的音乐声和青春舞动的狂乱气息流出来。她刚走进去，门就吱呀一声关了，一个男生把一把带着锈迹的大锁锁上。

“你干吗？”夏陌突然有种上当的感觉，“我一会儿要走的。”

“干吗走呀？来了就好好玩呗，今晚很多节目呢，你会跳舞吗？我们跳舞吧。”另一个男孩走过来，满脸绅士的笑。

“不会。”夏陌转过身去，“为什么锁门？”

“哎呀，你好笨，不锁行吗？一会儿要是学校的领导或者某个爱管闲事的人过来了，不是破坏我们的兴致吗？现在好了，是我们自己的天地了。”男孩说着从角落里拿起一个透明的一次性杯子，拿起大瓶的橙汁倒了一杯递给夏陌，“恭喜你成为快乐岁月舞会的最后一名幸运嘉宾。”

夏陌看了看眯着眼笑得很好看的男孩，说了声谢谢，端着橙汁喝了一口向里走去。女孩都画了很漂亮的妆，穿着漂亮的波西米亚长裙或者短而性感的包臀短裙，隆起的胸部和性感的嘴唇彰显着女性的魅力。

夏陌在靠角落的长凳上坐下，听着旁边的几个男孩在讲笑话，说他们宿舍的一个男孩玩诚实大胆的游戏时输了，他们就让他去租“带点色”的碟子，他去了音像店，却怎么都不好意思说出来。30多岁的女老板问：“你想看哪一类的？”男孩不回答，抿着嘴笑笑；女老板再问，他还是抿着嘴笑笑，如此三番五次，女老板终于恍然大悟，“你要租生活片吧？”

男孩一听使劲地点头，等老板拿出碟，他就夺过来一路飞奔回去。他们说的这个男孩好像是高中时期的王子轩，李小小讲过这个故事，大致情形相同，细节有所改动。

夏陌站起来走到左边的桌子前，拿了个一次性杯子，倒了一杯冰镇啤酒，喝了一大口，绕过前面的台子向后走去。这个礼堂很小，很简陋，基本上很少用，台子的屏风后面堆着一些乱七八糟的物品。

夏陌突然听到里面有奇怪的声音。她绕过几张破旧的桌子向后走去，看见两个年轻的身体喘息着缠绕在一起。

夏陌一惊，腿踢在一个坏了的凳子上，地上的两个人听到动静，停下来看着夏陌，同时露出了微笑。男孩若无其事地对夏陌说："晚上好，美女，怎么不去跳舞？玩得愉快点啊。"

夏陌慌忙转身逃了出来，面部火辣辣的，好像是自己做了荒唐的事。她拿起杯子一口气把啤酒灌下去，又抓起酒瓶倒了半杯，慌乱之中把半杯白酒倒进了嘴里，当喉咙和胃部一同火辣辣的燃烧时，她已经来不及后悔了。

她又倒了半杯，对着面前无数晃动的人影笑着喊起来："人生得意须尽欢，莫使金樽空对月。"

……

夏陌坐起来接过纸巾慌忙擦了一下脸，眼睛清澈得像只小鹿。她混沌的脑子渐渐清醒，原来自己喝了太多的酒睡着了。巨大的绿色花朵和黑猫Eva仅仅是个梦。夏陌抬眼看着王子轩脸上柔柔的微笑，亮亮的眼睛有些失神，眼里快速滑过一丝柔软。

"请冰姬美女跳个舞吧。"王子轩很绅士地弯下腰，伸出手。

“我要走了。”夏陌说着，站起来就往外走。但已经走不了了，校儒与冰姬的热情碰撞是很多人期待的。夏陌转头的时候发现所有的目光都射向了她和王子轩，微笑、期待、吼声、起哄声和口哨声在狭小、局促的空间里一层层地泛起。

“我不会跳舞。”夏陌凑到王子轩耳边小声说。

王子轩对着夏陌笑了笑，一把拉着她走到台上：“这样吧，我这张老脸大家都看腻了，我们就让冰姬美女给我们唱首歌吧。”

“跳舞，跳舞。”下面的同学起哄着大喊。

王子轩拍了拍手：“下面的哪位美女想跳舞啊，待会哥哥奉陪。”

所有的漂亮美眉都捂着嘴尖叫，大声喊着王子轩的名字。

“这么多美女，你奉陪得过来吗？”一个特别好听的声音从人群中传过来。是李小小，她穿着红色的吊带裙，头发高高地挽在脑后笑眯眯地走过来。

夏陌看着李小小。

自从黑猫Eva死后，李小小就如人间蒸发了一般，夏陌只是太伤心而已，对李小小的埋怨之情并没有她想的那么强烈。

李小小走过来很亲密地揽住夏陌的肩膀：“请冰姬美女唱歌吧，你们肯定还没听过夏陌唱歌吧，真的很棒，我保证。”

下面的学生又激动起来，男生挥着手臂喊着，眼里就差点喷出泪水了；女生也摇曳着身体开始喊：“夏陌，来一个。”

“下面，我们采访一下我们美丽的冰姬美眉给我们带来什么歌曲呢。”站在前面的那个全班重量级的男孩突然单膝跪地，伸出拳头做话筒状。

“唱什么？”

夏陌正茫然无措的时候，李小小趴在她耳边问。

“我。”夏陌紧张地脸部微微地涨红。

“王菲的《笑忘书》吧，那天我听你在宿舍里哼，觉得特好听。”

夏陌点了点头，王子轩抓起吉他在旁边的桌子旁坐下，然后把话筒递给夏陌。

清澈的音乐缓缓从王子轩手指间流出。夏陌张开嘴，天籁般纯净的声音，犹如金属相碰的清脆，又有圆润的音质，还有感情的音色。喧闹的场面顿时安静下来。所有人都屏住呼吸，拼命地把夏陌的歌声往耳朵里吸，生怕漏掉一个字：

没没有蜡烛，就不用勉强庆祝

没没想到答案，就不用寻找题目

没没有退路，问我也不要思路

没没人去仰慕，那我就继续忙碌

来来

思前想后，

差一点忘记了怎么投诉

来啊来

从此以后，不要犯同一个错误

将这样的感触，写一封情书，送给我自己

感动得要哭，很久没哭

不失为天大的幸福，将这一份礼物

这一封情书给自己祝福

可以不在乎，才能对别人在乎

有一点帮助，就可以对谁倾诉

有一个人保护，就不用自我保护

有一点满足，就准备如何结束

有一点点领悟，就可以往后回顾……

夏陌唱着唱着，眼底就升腾起潮湿的雾气。

王子轩深情地望着夏陌，眼里也升起一层水雾，越发清透明亮。

夏陌唱完，是一段漫长的寂静，接下来才响起雷鸣般的掌声。王子轩、李小小和夏陌拥抱在一起，校摄影协会的会员啪啪地按着快门，记录下这美好的时刻。

“黑猫Eva的事，真的很对不起，我不是故意的，真的。”李小小说。

“都过去了，黑猫Eva去了一个开着花朵的神奇的地方，它在那里很好。”夏陌看了看李小小，“晚上回宿舍吧。”

李小小笑着点了点头，三个人往下走去，台下却响起了新的吼声，大家让李小小来个节目。李小小很大度地笑笑，接着放了一首节奏很强的英文歌，跳起了火辣的舞蹈。

王子轩拉着夏陌走出了礼堂，外面的空气清爽，一股细小的风拂过发际让人觉得很受用。王子轩和夏陌肩并肩来到操场上，顺着环形跑道慢慢地走着。

“我可以保护你，照顾你，不让你受到一点点伤害，我发誓。”

夏陌看着王子轩认真的样子，翘起嘴角露出一丝毫无温度的笑：“不用，我很好，不用保护。”

“给你这个。”

夏陌满脸疑惑地看着王子轩手里的钥匙，在她眼前轻轻地晃动，像一个金色的精灵。

“你不是想去图书馆吗？我已经申请下来，你现在就是暑期的图书管理员，你可以随时进去看书，但每周二上午图书馆要开放，就是说周二同学们可以借书还书。”

“谢谢你。”夏陌把钥匙放在手心轻轻地抚摸着。

“对了，你每个月的工资是500元。可能有点少，不过你知道，教务处的主任很抠门的，我已经尽力了。”王子轩摊开手，露出纯净的微笑。

夏陌伸开手臂抱了抱王子轩，“真的很感谢你，真的。”

李小小站在操场上面，看着夏陌和王子轩拥抱在一起，转头走了。

夏陌看了看王子轩：“朋友，你是我的好朋友。”

王子轩高兴地跳起来，尽管夏陌又一次拒绝了他，但她可以拿他当好朋友，说明他离爱又近了一步。

“我先走了。”夏陌冲王子轩招招手，跑出操场。

王子轩抱着头仰望着天空，脸上洋溢着满足与幸福。也许自己真是原生动物，原生动物没什么不好，我宁愿为这点小小的收获而感动。

夏陌一路小跑着向图书馆走去，图书馆古典的红木大门紧闭着，像一座沉睡的城堡。

第 十 七 章

李小小捂着头在原地转圈，哭笑不得：“你脑子是糨糊吗？没看我拿着钥匙都打不开门，有这么笨的小偷吗？真崩溃，拜托，大哥，你用脑子想想好不好？”她说着仰起脸看着保安：“你见过我这种超级清纯，美丽无敌的贼吗？我能做偷东西这么低级的事吗？本姑娘要偷也偷的是‘心’，你可明白？”

保安看着她愣了愣抿起嘴笑了：“那你把我的‘心’偷走吧。”

“不带这样的吧。我手指还没勾呢，你就自动送上门了，能不能有点挑战性？”她说着伸出小拇指做了个勾的动作。

李小小转身准备离开，没想那保安又堵到了她面前，李小小简直要崩溃了。

她焦急地比画着，说自己是送喝醉的阎东山回来，但是拿着钥匙不知道是几号别墅，所以只能一个个地试。

“阎东山？不认识！”保安使劲摇了摇头。

“这里住的人你都认识吗？”

“一部分，还认不全。”

“这不就结了吗？拜托大哥，你夜里巡夜寂寞，也不能拉着我在这跟你瞎侃啊。”

“我还是不能确认你说的话是真是假。”

李小小生气地拽着保安的胳膊往回走，她想只要保安看到阎东山，一切就都清楚了，阎东山肯定会训保安一顿。李小小想着保安点头哈腰的三孙子样子，加快了脚步。

垃圾桶旁边没人了，阎东山不见了。

“人呢？”保安用手推开李小小的手。

李小小愣愣地看着阎东山刚才坐的位置，除了呕吐出来的一片污渍之外，没人影了。

“真的，刚在这呢，我送他回来的。你看，这就是他吐的。”李小小解释道。

她看着保安那种凛冽的眼神，慌忙掏出手机，“我可以给他打电话，你等会。”

保安一把抓住她：“别装了，没用的。”

“我说的是真的，你到底想怎么样？”

“知人知面不知心，这年头什么样的事情都有，你还是得跟我去派出所说清楚。”保安固执地挡在她面前。

李小小郁闷地抱着头在地上蹲下，难道今天对着天空打喷嚏冲撞了某个神灵，那也不至于这么背吧？

保安正准备伸手拉她，一个穿制服腆着肚子的中年人边叫保安边向这边走来。保安立刻挺直脊背，满脸堆笑地冲那人打招呼。然后回头小声示意李小小先站到边上。

“晦气，还真拿我当贼了。”李小小想着拍拍保安的肩膀，“那是你上司？”

保安甩开她的手，又转过去站得笔直。

“喂，一会儿要不要我把你没面试，英语四级证是假的事再重复一遍？”李小小说着伸手揽住保安的肩膀。

说话间中年男人已经走了过来。他看了看笑眯眯地揽着保安肩膀的李小小，问保安：“她是谁？”

“我是他朋友，路过，过来看看他。”李小小笑着拍拍保安的肩膀。

“Yes，sir（是的，先生）。”保安拿掉李小小的手，打了一个蹩脚的敬礼。

“不打扰你值班了，我先走了。”李小小说着冲他挤挤眼，离开了。

出了香榭街，她松了口气，在一个商店的台阶上坐下来。阎东山的电话一直是无法接通，她恼怒地用手揉着头，气呼呼地骂了几句。

“小美女，你需要什么，别不好意思，进来吧。”

李小小看着一个长相龌龊的老男人从自已身后的玻璃门里探出头来，她抬头一看，头顶竟然是红色的霓虹灯组成的“夫妻保健”四个字。

“真见鬼。”李小小站起来，快速地向前走去。

男人依旧哑着嗓子在后面喊：“小美女，以后需要什么尽管来……”

李小小用脚跟贴着脚尖沿着街道一点点地走，在100米的长度内来来回回走了12趟，天知道这种“无家可归”的滋味。

她一想到要回宿舍就浑身无力，夏陌那种冷冷的目光，黑猫Eva那亮亮的眼睛，都像一把把锋利的刀。

她靠着路灯杆，影子在脚下缩成小小的一团。夏陌在宿舍的墙上画满了猫，一个个都像飘在空中的幽灵。

我到底做错了什么？李小小抱着头在路边蹲了下来。夏陌是不会相信我的，可是，虽然我想报复她，但我也不会对黑猫Eva下手啊，尽管那两天我对它有些不友好。

那个下午下了一点雨，很短暂很急促，像是阴郁的云朵和太阳玩的一个游戏。李小小刚刚走到宿舍下面，天就放晴了，好好的一个堕落日联盟就被这鬼天气毁了。李小小又打电话约王子轩，他说他睡了，死活不肯出来，于是她决定自己要把“堕落日”进行到底。

她走进宿舍对面的穆斯林商店，把口袋里所有的钱都掏出来，抱着满满的一大袋零食回了宿舍。

她打开门的时候，黑猫Eva正在屋里转圈，拼命地叫着。它看到李小小好像看到了一大块美味的点心，就扑过来，兴奋过度的表情让李小小觉得很讨厌，她护着怀里的零食没好气地踹了它一脚。

“喂，你主人跟我抢男人，你还要跟我抢吃的吗？”

李小小噘着嘴绕过仰着小脑袋喵喵叫着的黑猫Eva，把零食呼啦一下倒在床上，然后自己跳上去，拿起一包薯片，吃得脆生生地响。本来她是想再打击打击黑猫Eva那咕噜噜叫的肚子，但黑猫Eva和它主人不一样，它没摆出一副无所谓的冷冰冰的样子，而是冲上来夺走了李小小手里的薯片，它咬着薯片袋子，跑了一阵，等停下了的时候才发现袋子是空的，地上和床上洒满了薯片。

李小小正追着它打，忽然看见它那副不解的委屈样顿时哈哈大笑，她顺手拿起一块巧克力，熟练地撕开包装袋，掰成两块儿，一半丢给黑猫Eva，一半塞进自己的嘴里。

她和黑猫Eva一起度过了这个下午，和一堆被称作“垃圾食品”的美味。那个下午她就觉得嘴在不停地动，胃里鼓鼓囊囊的——乱七八糟的东西在里面堆砌着，脸、胃和身体的各个部分都肿胀着，她动弹不得，只能躺在那等待着随时“破裂”。

那个时候黑猫Eva在干什么？好像也在疯狂地吃，像遇到了这辈子最美好的节日。

后来，什么都不记得了，她只记得迷迷糊糊中，母亲的呵斥，拿着一根棍子捶打着她鼓鼓囊囊的胃，好像在说——吐出来，她又浪费了那么多钱之类的话。

接着是一声尖叫，却是真实的，因为她睁开眼睛，看到了夏陌冰冷的、愤怒的目光。

“瞧，我们都吃了很多东西，但事实说明我比你更‘吃苦耐劳’，你牺牲了，可是我还痛苦地活着，连睡觉的地方都没有。”李小小想着在路边坐下来，托着腮帮子。

她看着自以为是花花公子、风流帅哥、心态超级好的“青蛙”们从自己面前走过，迈着自以为优雅的步子。

“革命尚未成功，同志仍需努力！”李小小吸了口气跳了起来，她得去找阎东山，那只超级癞蛤蟆眼看就要变成“镀金的青蛙王子”了，怎么能让他溜掉呢。

李小小右手快速地敲着上下左右键，左手敲着空格键，眼睛看着屏幕上那个小人动感十足地跟着音乐跳着舞。

说实话，她宁愿自己跳，用手指来操控毕竟没自己全身投入来得舒畅。可自己没钱，也没精力去酒吧或者舞厅。再说了，一个女孩子家家的，大半夜到那种地方也不安全。

一首舞曲下来，李小小打了个呵欠，在劲舞团的房间里看了看邀请自己跳舞的帅哥，转身走了出去。谁知道那一张张完美的王子面孔下面究竟是什么，鳄鱼、恐龙、癞蛤蟆都有吧。

李小小去商城买了一身很贵很靓的衣服，然后就在里面转悠，上面的消息不停地往外冒，有找师傅的，有胡乱斗嘴的，有骂人的，有说情话的。有一条很吸引眼球的消息，一个叫“妖孽”的在里面满世界地喊：求包养，有没有女的愿意包养我！

“妖孽”这个名字很熟悉，李小小想了很久才想起他曾经说希望自己做他女朋友。

“姐包了！”李小小笑嘻嘻地在屏幕上敲出这三个字，心里美极了。别看现实生活中自己都快食不果腹了，但在劲舞游戏里无论级别还是经济实力那都是很棒的。

那个小男生在劲舞开了个房间，高高兴兴地给李小小发出了邀请，李小小进去看了一眼男生说：“以后，你就是姐的人了，谁敢欺负你，姐弄死他。”

李小小觉着这么说话很过瘾，很有老大的派头。

“跳舞吧？”李小小问。

“NO，没兴趣。”妖孽发了一个郁闷的表情，“我穿得这么丑，跟他们都一样一样的，老郁闷了，不是，是快郁闷死了，我受不了，这种毫无个性、毫无美感的衣服。”

“那又怎么样，系统送的衣服本来就那两样。”李小小啪啪地敲着键盘。

“给我买衣服！”妖孽又敲出一行字。

“凭什么！”李小小就这么一说，妖孽就要转身去找新的女人，李小小只能恍然大悟般地说，“你是我的人了，对呀，不就衣服吗？随便挑。”

妖孽挑了一套很贵但很有范的衣服，李小小咬咬牙付了钱，要知道这些钱都是她在里面一点一点成年累月积攒的。

李小小给妖孽买了衣服，然后两个人玩到凌晨2：00，李小小觉得困意肆虐，就退出了劲舞团，加了妖孽的QQ。妖孽说他今天有些郁闷才来玩游戏的，其实平时他根本不玩这些，他是一个摄影师。

李小小虽然在心里表示100%的不相信，但表面上还是说了些暧昧的情话，既然他说他是摄影师，那我就假装相信吧。

李小小伸了个懒腰站起来，吸着网吧里混沌污浊、带着复杂气味的黏糊糊的空气，心里木木的。这什么日子啊，知足吧，总比回去面对夏陌那足以把自己扯碎的目光好得多。李小小绕过满脸发绿、埋头“练级”的小青年，走过眼睛眯成一条线看着电影昏昏欲睡的女孩，走过流着口水趴在电脑前的包夜者，去洗手间解决了一下内急，然后回来陷在巨大的黑色椅子里昏昏欲睡。

妖孽的头像依旧在不停地跳，他说：“老大，你是做什么工作的，来我这当模特有兴趣吗？”

李小小眯着眼用一只手在键盘上敲出几个字：“我是恐龙，不想抛头露面去损伤大伙的视觉神经……”

李小小揉着眼睛站在学校门口，看着阎东山从一辆出租车上下来。

她扑到阎东山怀里，眼泪像断了线的珠子一样往下掉。

阎东山用肥腻腻的手拍着她的后背，“怎么了宝贝？”

“都怪你，昨天说去你家呢。结果你喝成那样，等我去开门的时候，你却偷偷跑掉了，害得我差点被人家当小偷抓起来。”李小小边哭边想着自己的演技真是太好了。但哭着哭着却成了真的伤心，不是因为阎东山，而是自己有宿舍不能回，身上的钱也少得可怜。李小小眼泪汪汪地看着阎东山，握着拳头想，喂，你这个一毛不拔的铁公鸡还真是难缠。

阎东山看起来有些紧张，脸红红地扭成不怎么好看的形状：“你说谁要把你当小偷抓起来？”

“你们那的保安啊。”李小小噘着嘴说。

“你没说什么吧？”阎东山小心翼翼地问。

“能说什么啊？我带他去找你，可是你走了。”

“幸亏我走了。”阎东山拍着胸口松了口气。

李小小瞪大眼睛满脸疑惑，阎东山慌忙解释道，“哦，我是说喝成那样，让保安看见太丢人了。”

阎东山这个人有些奇怪，应该是很神秘。李小小这么认为，他有很大的公司，她却搞不清楚他公司是做什么的，他常常接到电话说一些奇怪的话，就跟暗号似的。皮包公司，一定是的。李小小想了想又觉得无所谓，管他是干什么的呢，有她想要的东西就行，其他的不在她的掌控范围内，她也没兴趣掌控。

李小小想着又打了个呵欠，把钥匙扔给阎东山，自己准备找个地方补觉。

阎东山猛地凑上来在她脸上亲了一口，李小小瞪大眼睛，擦掉脸上沾着的黏糊糊的唾液，大喊：“喂，你怎么可以这样？”

“我喜欢你，真的，我控制不住。”阎东山一脸的肥肉组合出无辜的表情。

“给钱！”李小小噘着嘴伸出手。

“宝贝想要钱啊，那好说，钱是什么东西啊，不就几张印着数字的纸吗？这样吧，只要你跟了我，我是不会亏待你的。”阎东山伸着脖子一副让人想收拾一通的模样。

“我没意见啊，不过这先结了。”李小小眯起眼睛，撒娇地晃着阎东山的胳膊，“我都快吃馒头就咸菜了，你忍心吗？”

阎东山伸手在李小小鼻子上刮了一下，从裤子口袋摸了半天，摸出一个皱巴巴的黑色钱包，从里面掏出两张递给李小小，“今天的饭钱，拿着，甭客气，钱就是用来花的。”

李小小接过钱，脸上划过一丝不悦，两张50元钱，呵，亏他拿得出来。

李小小接过钱塞进口袋，阎东山凑过去想再亲她一口，被她伸手挡住了。

“好了，别这么着急，以后时间长着呢。”

“钱不多，别介意，这不都是卡嘛，现金昨晚用了，没来得及取。”阎东山说着又凑到她耳边说，“回头哥给你张卡，随便刷，想买什么就买什么。”

李小小笑着点了点头，绽放了一个迷人的微笑，“好嘞，先谢谢哥了。”

“谢啥，自己人。”阎东山冲她挤了挤眼，“晚上我来接你，咱一起吃饭。”

李小小做了个OK的手势，冲阎东山摆摆手，随手从口袋里拿出一片口香糖，卷了卷塞进嘴里，吹着口哨向宿舍走去。夏陌还在宿舍吗？也许还在睡觉吧。

李小小想着刚走到宿舍门口，就听到一个陌生的声音叫自己。

她回过头，见高尚在宿舍对面小卖部外面的桌子旁边坐着，笑着冲她招手。

第十八章

这是周二，夏陌精心地整理着图书馆的书。整整一个上午，没有一个学生来借书或者还书，或许该写张海报贴在显眼的地方，要么大家怎么知道周二图书馆是可以进来的呢。

夏陌正想着手机响了，一个陌生的号码。

她按通还没来得及说话，电话那头的声音已经噼里啪啦地涌了过来：“喂，亲，你在干吗呢？晚上一块吃饭吧，我有好消息告诉你，你一定喜欢的。”

夏陌猛地把电话按掉，心脏紧紧缩成一团又迅速地恢复原状，激烈地跳动着。

骚扰电话，一定是。夏陌想着紧紧地用手捂着手机，生怕那个声音再传来。

可是谁会这么无聊地打我手机上呢？夏陌想起前几天自己正在梦里挣扎，突然一阵刺耳的铃声，夏陌翻身下床拿起座机，电话里传来一个超级变态的声音，分不清男女，像来自另一个世界，让人毛骨悚然，他说：“喂，美眉你在干吗？出来喝酒吧。”夏陌当时满身像鸡皮疙瘩似的噼里啪啦往下掉，感觉每根汗毛都竖立着、颤抖着。她把电话线拔掉才松了口气。可现在这个电话，对方不像是精神病院跑出来的，除了过分的亲昵和热情外没什么不对，但自己身边好像没有如此亲密的朋友。

手机又响了起来，还是那个号码。夏陌咽了口唾液小心地拿起手机。

“陌，你在干吗呀，怎么挂了？”

“我。”夏陌顿了顿，“请问您是？”

“我是××，你忘记了。”

“××。”夏陌在记忆里快速地搜索着与此人有关的信息，一无所获。

“对不起，你搞错了吧，我们好像不认识。”夏陌觉得这么说很合情理，但也很疑惑。不认识的人，怎么知道我的名字和手机号码？也许是谁搞的恶作剧，但她没有兴趣玩这种无聊的游戏。

夏陌准备挂电话，对方才着急地喊起来，叽里呱啦地说了一大堆。夏陌把那些话在脑子里过了一遍才恍然大悟，他是那天她去当那个失败至极的“小蜜蜂”时遇到的，一个奇怪的男人，他说他有很多她的照片。

“妖孽。”

夏陌脱口而出。

“哇！你知道我的绰号！我们的缘分指数简直太高了，快出来喝酒聊会，我想见到你，迫不及待！”

“噢，我今天约了朋友。改天吧，实在不好意思，我先挂了，拜拜。”夏陌一口气说完挂了电话。电话后来没再响起。

她从书架上顺手抽了一本叔本华的《人生的智慧》，却怎么也看不进去，就趴在阅览室的桌子上仔细地辨认各式各样的字，有的已经融入了岁月的痕迹，有的却很新，像是刚刻上去不久。

夏陌把上面的字一一摄入眼睛：

如文身般的爱情——字很小，秀气得如同几个滚在桌面上的泪滴。

征婚，1347898××××，条件不限。（起码也要异性吧！）

夏陌又看到了下面的一首诗和一则广告，她不禁念出声：人之初，性本善；一只鸡、两个蛋；没事做，找事干；挖墙脚，最乐呵；挖不动，貌之过；挖得慢，品德错。

批注：只要锄头舞得好，没有墙角挖不倒。

广告内容是：

本工作室承接各种业务——

1. 占座，想坐哪我们占哪，你掏钱你是爷；

2. 代追女孩，为你跑腿送信，外加全程专业指导——不想虚度大学光阴的速与本人联系；

3. 激发老师，根据具体情况和操作方案收费；

4. 代上课点名，代考试，详情面谈，长期合作者——优惠。

夏陌笑了笑，直起身来，从包里摸出一支烟点燃，她想别人一定过着和她不一样的生活。她想得到的是人民币，那是生存之本。

“但到现在为止，自己的努力不但没有收获，而且越来越糟，也许自己会死掉的——不定什么时候。在这之前呢，我连个可以‘合二为一’的爱人都没有。”夏陌脑子里突然浮现出小说中对性的描写，男女之间竟是那般的美妙。可如此缠绵的东西，她却没有，如果死了那不是很遗憾嘛。

夏陌的脸猛地红了。怎么会想这些乱七八糟的事呢。要挣钱，挣钱知道吗？挣钱，才能好好地活下去……

伴随着叫她名字的声音，王子轩带着梦幻般的微笑站在门口。他说："我们明天去师大吧，我给我的朋友说了，明天他们在学校门口有活动，都是参加找家教工作的一些同学，你不是一直想找份工作吗？"

夏陌愣愣地看着王子轩，阳光在他后面打出一个长方形的横截面，仿佛一扇神奇的门，他站在那里，等着夏陌走过去。

夏陌在丁香园的角落里蹲下，把地上的落叶拢在一起洒在小土堆上，那块写着黑猫Eva名字的木牌，已经显得破旧而古老，沧桑得像另一个无色的童话世界，好像时间在她转身的瞬间迅速地退到了很远的以前。

夏陌在地上坐下来，用手轻抚肩膀上的牙印，像一个不祥的诅咒。那个可怕的梦境，最近越发频繁地出现，依旧是那干巴巴的手，依旧是那喊声。夏陌捂着耳朵，那个声音依旧在回荡："你毁了我的一生，你就是魔鬼的化身，你要还债……"

"我会的，我会的，请再给我点时间。"夏陌在心里大喊。

她在地上呆呆地坐了很久，直到一个熟悉的身影从丁香园的小路上走过。

是高尚。他匆匆地从丁香园的台阶上消失。夏陌张了张嘴，最终没有叫出声。她真的觉得很累，不想动，不想说话，不想思考。他找不到我会给我打电话的。

夏陌看着两个陌生的男孩和一对恋人从丁香园的小径上走过，然后是李小小，她没直接走过去，而是绕向了左边，她回头向四下里看了一下，走到不远处的一面灰色的水泥墙前，往墙上挂的那个白铁柜子样的东西里投入了一个硬币，沉默了几秒钟又塞进去两个硬币，然后抓着什么东西迅速地塞进包里。

夏陌看着李小小走了，面无表情地走到那个铁皮箱子前。箱子是白色的，上面印着红色的图案，是一个男人和一个女人拥抱的剪影，上面有一行小字——确保安全，只需一套，下面较大的红字是“安全套自动售货机”。夏陌从口袋里摸出一个硬币塞进去，出口处就快速吐出一个绿色包装的套子。夏陌拿在手里捏了捏，塞进裤袋里。

高尚没有打电话。夏陌沿着小路漫无目的地走着，最后在小操场篮球架下的台阶上坐下来，看着路上偶尔走过的学生。

高尚大约是过了20分钟出现的，他和李小小说笑着，李小小蹦蹦跳跳地绕在高尚周围，满脸灿烂的笑。

过了30分钟，或者40分钟，也许更长的时间，夏陌从台阶上站了起来。腿颤抖着打了个趔趄，然后向学校的西门走去。她除了肩膀上那个揪扯着疼痛的牙印，身上的其他部分都是木木的。

校园西门口的门店和校园里一样冷清。大家放假回家了，他们就失去了90%的客户源。夏陌的视线掠过冷清的饭馆和打印店，在一个看起来颓废神秘、敞着黑洞洞的门的一家私人诊所前停了下来，大夫是一个中年妇女，脾气暴躁。夏陌只来过这里一次，那次她不知道为什么肚子揪扯着疼痛，下身不停地流血，流不完的月经，就像她犹豫时的心情，总之糟糕透了。

那次她走到校门口的时候肚子突然发生痉挛，疼痛难忍，就像有人用手在用力拧她的肠子。她捂着肚子蹲下，她在心里说："你放过我吧，我知道你恨我，你一直诅咒我，可是那有什么用呢，你不是依旧眼睁睁地看着我一天天地强大，你放弃你的怨恨吧，现在你要靠我生活，你知道吗？"

夏陌捂着肚子站起来，突然眼前的景物变得模糊。她努力地让自己站好，努力地看清眼前的一切。她捂着肚子，跌跌撞撞地冲进这个诊所，大夫正用一种特别不耐烦的口吻问一个扎着丸子头的女孩："多久没来了？"

"一个多月吧。"女孩以一种无所谓的口吻说。

接着那个大夫就开始发脾气，她大概是说你们现在这些女孩怎么搞的，动不动就怀孕，身体不是自己的吗？

夏陌靠在门口的墙上，看着大夫满腔愤怒地说了很多，直到那个女孩拍桌子而去。女孩说："我愿意，关你屁事啊！"

大夫又在那里愤怒地数落了很久，才注意到坐在自己对面的夏陌。

"怎么了？"大夫依旧是一脸的不耐烦。

"月经不正常。"

"你说你们现在的女孩子，怎么就不知道自爱，你们父母都是怎么教你们的……"

"我没父母。"夏陌皱着眉头，用毫无温度的语调说，"你还看病吗？"

"多久没来月经？"大夫没好气地抛过一句话。

"不是没来，是来了，一直不肯停下。"夏陌这么说的时候，感觉自己的血已经滴滴答答地顺着某个出口快流完了。

女大夫一听这话，突然露出了笑容，没事没事，调理一下就好了，说着起身给夏陌倒开水，说："先给你拿点药吃……"

夏陌看着那个黑洞洞的门口冷笑，她似乎看到了李小小坐在那个大夫对面，她怀孕了，她说那是高尚的孩子。

怎么可能，她买了安全套来着。夏陌想着想着就觉得胃部强烈地不适，她要去找高尚……

夏陌拿出安全套撕开，把绿色的包装袋扔进脚边的垃圾桶，然后把套子套在不停滴水的水龙头上，又从头上拽下皮筋绑在上面。

"好了，确保节约，只需一套。"夏陌拍拍手，转身看着高尚。夏陌看着他不解、惊讶的表情，突然觉得很好笑，"你没想到我口袋里会有这个是吗？你真笨，这叫自我保护，随时迎接某种美妙的体验，可能是你身边的人，你想不到的！"

她说着摊开手耸了耸肩。

"陌陌，这不像你。"

"不像我？那什么样才像我？好了，我要走了，不打扰你休息了。"夏陌说着砰地关上了门。

高尚愣了愣，拉开门追了出去。

"夏陌，你到底怎么了？你别这样，有话好好说。"

夏陌吸了吸鼻子，甩开高尚的手，"你跟着我干吗？我们彼此都有自己的生活，有谈恋爱过性生活的自由，我也是成年人，你没权干涉我。"

"对不起。"高尚愣了愣，在路边抱着头蹲下来。夏陌冷冷地笑着大步走入人流中，眼里挂着温热的液体。

那个夜晚李小小依旧没有回来，墙上到处都是黑猫Eva的画像，它乖巧地冲着夏陌喵喵直叫，它没能阻止她噩梦的再度来袭，依旧是那干巴巴的手指和喊叫。

夏陌靠在墙上，抱着膝盖缩成一团，肩膀上的牙印像是被某种东西撕裂，一直痛到心里。

小村庄宁静的夜晚，窗户上印着深黑色的光秃秃的枝干，刺骨的风在外面呼啸着徘徊，寻找冲进来的机会。

夏小月尖利地叫着，满头大汗，手死死地抓着床单，头发凌乱地贴在额前，一个三四十岁的女人，惊慌、混乱地忙着。

“你小声点，别让人听到。”女人叹了口气，眼里蓄满复杂的感情，“用力，快出来了。”

随着一声嘹亮、稚嫩的哭声，夏小月和女人的身体都颤抖了一下。

“是个女婴，扔了吧。”女人皱着眉头说。

“不！给我！给我！”夏小月少气无力地喊道，满脸的泪水。

女人颤抖着把孩子递给夏小月，她在女婴的肩上狠狠地咬了一口，在女婴尖利的哭声和挣扎中冷冷地说了一句：“魔鬼！”

然后夏小月把女婴丢在一旁：“如果她今晚没有死掉的话……”

女婴颤抖着紧紧缩成一团，在寒冷的夜里蜷在床边，艰难、费力、孱弱地挣扎着，痛哭着。在寒冷、漫长的冬夜，女婴的哭声、动作，越来越小，越来越弱。

女婴没死，且在岁月中变得越发美丽、妖娆。

“魔鬼，你就是魔鬼！”夏小月充满恨意的骂声一遍遍地回响。

……

夏陌的心翻搅着疼痛，黑暗中，她紧紧地缩成一团，急促地喘息。

某个黑漆漆的夜晚潜入夏小月房子的那个男人就是夏陌的父亲，没有人知道他是谁，没有人知道他的容貌，只有夏陌可以证明他真实的存在过。用夏小月的话说，她——夏陌，就是肮脏的延续，是魔鬼。

夏陌用手指狠狠地抠在牙印上，指甲嵌入黑青色的牙印，渗出鲜红的血迹。

窗外又传来王子轩的吉他声和歌声，以及那些女孩花痴般的尖叫。

不知道过了多久，吉他声与歌声戛然而止。王子轩在下面喊道："亲爱的，晚安，别忘了明天的约定。"

早上的时候，夏陌挂着泪痕睁开眼睛，她看到了黑猫Eva和梦里那巨大的绿色花朵——曼陀罗，绿色的。书上说，它代表"生生不息的希望"。

光明会来临的，一点点，一寸寸地照亮她的生活。

明天，一定要好好表现，不能再输掉了，必须得到这份工作。

夏陌把头发松松地扎起来，然后对着镜子照了照，就出发了。

一路上王子轩不停地说话，讲他在学校的趣事或是笑话，讲得自己傻乐，夏陌脸上却依旧没有任何表情。

他们到师大门口的时候是上午9：00，天阴沉沉的，没有一丝风。夏陌伸手擦掉额头上细密的汗珠："你说别人会用我们吗？我们才大一。"

"怎么不会用，大一怎么了，大一更清楚高考的模式，这是一种优势。"王子轩见夏陌开口，脸上立刻漾开笑意。

“若是真与高考挂上边，还真让人郁闷，好像黑色的7月又以另一种形式重演了。”

王子轩突然大笑起来：“我也不喜欢，不喜欢高考，也不喜欢任何形式的考试，总觉得那是精神上的强奸，但是你又不得不接受，拒绝的话就会被烙上‘坏学生’的标志，可能还会被学校活生生地害死。”

夏陌回头看了看王子轩，快步向师大校门口走去。王子轩跑了两步追上来，“其实你可以试试，比如像我这样……”

夏陌见王子轩脸上挂着滑稽而夸张的笑容，忍不住笑出来，但很快又收了回去，依旧是惯有的面孔，没表情，没温度。

她看见师大校门口生机勃勃的梧桐树下，十几个学生说说笑笑地忙碌着。搬桌子，在树上拉起红色的横条幅，整理传单和桌子上各门学科家教的牌子。

一个戴眼镜的瘦高男孩跑过来，热情地拍拍王子轩的肩膀：“怎么样，条幅？上面的字是我找美术系的学生弄的。”

夏陌抬头看了看，条幅上贴着黄色的楷体字——暑假“找家教”活动，您孩子直线攀升的成绩，是我们共同的追求。

戴眼镜的男孩边给王子轩递烟，边笑着：“这位想来就是夏陌吧，美女！真的！兄弟好眼力啊。”

王子轩接过烟叼在嘴上，脸上划过一丝略带羞涩的笑意：“别胡说，我们是好朋友。”

“我是子轩的朋友，欢迎美女加入我们的团队。”

男孩说着伸手要和夏陌握手，夏陌却绕过他的手，把手伸到他面前，盯着他嘴里叼着的烟。

男孩连忙从屁股袋里摸出皱巴巴的烟盒，掏出一支，笑着给夏陌点燃。

夏陌深吸了一口，又把淡蓝色的烟雾缓缓地从鼻孔喷出来。

夏陌看着王子轩惊讶的表情，在心里苦笑："吃惊吗？我本来就不是你心中想象的那个乖巧的女孩，不是我不想，而是现实压根就没给我'乖巧'的机会。"

男孩笑着在王子轩胸前捣了一下，热情地招呼他和夏陌来到桌子前。基本上就绪，夏陌站在桌子后面露出淡淡的笑，她接过一个胖嘟嘟的女孩手里的抹布，把桌子擦了一遍。

王子轩站在另一张桌子后面对着她傻笑。

是一种温暖，而不是厌恶。夏陌迅速地低下头，她不允许自己有这种感觉。

她用力眨眼睛的一刹那又听到了相机的咔嚓声，不远处一个人正拿着相机向她挥手，他手指上碧绿的翡翠戒指，像是一颗完美的泪滴。

夏陌刚往前迈了一步，那个人就钻进了一辆咖啡金色的轿车里，很快在她视线中消失了。

接着她的手机响了一下，是一个陌生的号码发来的短信：亲，我有急事，先走了，回头聊。

"妖孽"，夏陌脑海中迅速地跳出这两个字，却没有时间细想了，一些家长带着孩子陆陆续续地向这边走来。

第十九章

“我包养的男人肯定要飞了。”李小小在QQ心情签名一栏这样写道。

“您忒有才了！都开始包养男人了，佩服佩服。”王子轩在下面留言。

李小小正准备说话，就看见妖孽的头像使劲晃动了一下：“喂，你干吗造我的谣，我什么时候说要飞了，我很专一的。不是随随便便谁想包就包的。”

李小小立刻发了一个泪流满面的表情，“出了‘劲舞’的地盘，我就一无所有了，你离开我还不是早晚的事。”

妖孽：“哪能呢！我就是暂时不玩‘劲舞’了。再说了，那是我儿子的号，我看他整天玩得乐呵，就试了试。”

“你儿子多大？”李小小问。

“8岁了。”

李小小立刻发了一个崩溃的表情，“你说我怎么这样，连未成年儿童都不放过。”

李小小想了想又啪啪地敲动键盘，“那你求包养之前，说要做我男朋友，是你说的还是你儿子？”

“我儿子吧，之前我没玩过。”

“吹的吧，一个8岁的小孩会给自己起名叫妖孽？”

“号是我的，一直是我儿子在玩。”

李小小哭得更加痛不欲生，“我被一个8岁的小孩调戏了，悲催啊……”

妖孽发了一个大笑的表情，“偶逗你玩呢，我儿子是条京巴狗，才1岁。”

李小小就发了一个拿起锤在头上狠狠地敲的表情。

妖孽：“问个问题，你为什么要在网上包养男人？”

说到这么个涉及心理学的问题，李小小觉得值得思考一下。她脑子快速地转了两圈，就啪啪地敲出一串字符：“寻求心理平衡，因为在现实中我连大饼都快吃不起了，只能快速挣钱，所有我就找了个直接简单的方法，就是找个男人让他把他口袋里的钱心甘情愿地掏给我。”

“其实也不怎么简单。”李小小又补充道。

“精辟，那要这么说，我是不是一边在网上让你包养我，一边再找个现实中的美眉包养包养？”

李小小：“还用找吗，这不是有现成的吗？”

妖孽：“谁？”

李小小：“我啊！”

然后两个人就同时笑了。

李小小对他其实没什么兴趣，他说他是摄影师，知名的。天知道网上的知名摄影师是不是捡破烂的，反正李小小不相信，只不过在这里乱侃找点乐子而已。

李小小正聊着，手机响了，是高尚，他问她在哪，她随口就说宿舍。挂了电话才想起自己是在学校门口的网吧。

不过没关系，她正打算回宿舍换身衣服，晚上还要见阎东山，不把自己打扮得漂亮点，怎么把他拿下。

结了账，李小小向学校走去。走到丁香园，她停了下来，瞥了瞥挂在墙角的白色自动售套机，她觉得自己该准备些“TT(套套)”，但又不甘心把自己这朵鲜花插在牛粪上。

最终她说服自己向着自动售套机走去。看情况吧，尽量智取，但也要有所准备才好。鲜花长在恶劣的环境中就顾不了那么多了，阎东山这摊牛粪可是掺杂着大量“金子”的。

她扔进去一个硬币，下面就吐出一个绿色包装的套套，李小小觉得很好玩，就又扔进去两个硬币，然后把三个套套塞进包里，向宿舍走去。

李小小冲高尚招手告别。

“谢谢啊，又浪费了你一下午的时间。”高尚露出微笑。

“甭客气，互相‘利用’嘛，各取所需，现在关键是快点找到它，那样我就不用看见夏陌就哆嗦了。”李小小举起手里的雪糕，“谢谢你的雪糕，明天老时间，老地方见。”

高尚做了个OK的手势，笑着摆了摆手。

李小小刚一转身电话就响了，母亲大人四个字在屏幕上闪动着。

她一边咬雪糕一边按通电话，妈妈的声音涌过来，很熟悉，李小小突然觉得鼻子酸酸。

“小小，你在干吗？工作怎么样，我给你卡上打了800元钱，你省着点花，别买那些乱七八糟的东西，知道吗？”

“真是的。我说过了不用给我打钱的，我有。”李小小说着眼里泛起了泪花，要不是中午自己死乞白赖跟着高尚蹭了顿饭，恐怕要喝西北风了。

“有你个头，死丫头，你那点本事我又不是不知道，还逞能。我告诉你啊，每天要记得吃个鸡蛋，不喜欢也得吃，那有营养。”

“好啰唆的老太太啊。好了，我知道了，我自己会挣钱的，明年的学费我自己就可以搞定，你就放心吧。”

“你说的啊，可别反悔啊。”

李小小听着妈妈在电话那头笑，在心里说，当然不会反悔，我会让你们刮目相看的。

挂了电话，李小小久久地站在阳光中发呆，想着妈妈在那个绿皮、带着红花的本子上又记上一笔，然后说，李小小你又欠我800元钱，看你什么时候还，我可记下来了。

一片白。

阳光把这个世界照得有些晃眼。李小小的雪糕在她手里一点点融化，回过神来她赶紧舔掉雪糕棍上的最后一点雪糕，把冰糕棍准确地投进了垃圾桶，然后站在挂着花花绿绿衣服的小店外，拨通了阎东山的电话。

“喂，山哥，在干吗呢？我有一万八千秒没见你了，想你……”

“在外面和一个朋友谈点事。”

“我去找你。”李小小对着电话甜甜地笑。

“好啊，一小时后，我们到那家咖啡馆见面。”

“一小时，好长时间啊。”李小小嗲声嗲气地说完，按断电话做了个呕吐的姿势。

一个小时。换一身新的行头。

李小小笑眯眯地从包里拿出银行卡亲了一下，走到自动取款机前，屏幕上有很可爱的一个8，后面加了两个0，李小小伸出食指在50元的选项上点了一下，下面的出钞口就吐出一张绿色的钞票。她当时特希望自动取款机坏掉，比如它多吐出几张100的。当然，最好的情况是失控，刷刷刷地一直往外吐钱……

李小小把手放在出钞口等了一阵，直到取款机的屏幕上出现取卡的提示，李小小才按了退出键。显然，这个高智能的家伙，程序是没那么容易紊乱的。

李小小一手拿着卡，一手拿着50元钱，看了很久才下决心又把卡塞进去，取出第二张绿色钞票，站在那又愣了很久，最后又咬咬牙，第三次取了50元钱，这才蹦蹦跳跳地钻进了地下商场。

一股廉价的香水味夹杂着汗腥味，以及别的体味、气体，在空间有限的地下商场里发酵，所有的东西都潮腻腻的。李小小搓了搓手心的汗，站到一家小店的摇头扇前，拉着衣服领子晃了晃，一个长相年轻、打扮成熟、涂着艳色口红的女孩笑眯眯地站在她面前。

“姐，看看吧，新来的款，今年最流行的。”女孩嘴角大幅度上挑的时候脸上的粉簌簌地往下落。

李小小抬头看了看，墙上挂得满满的，镂空的金色、红色、碎布片一样的衣服，逃也似的跑了出来，身上渗出一层细细的、黏糊糊的汗珠。

李小小穿梭在迷宫一样的地下商场里，看着装修得花花绿绿的小店，觉得疲惫不堪，完全没有心情试衣服了。在氧气不足的空间里，人们的爱美之心就容易收缩。

她走到一个拐角处，看见一家小店的墙上写着一行黑色的字：内有空调，然后是一个血淋淋的箭头。李小小掀开黑色布帘钻了进去，一个箭步跨到空调前。

一个穿着紧身黑色蕾丝吊带、露着诱人乳沟的女人，扭着细细的腰肢从冰箱里取出一杯冰镇的菊花茶递给她。

李小小一口气灌下去，就觉得通身所有纠结着的血管和神经通畅了。

然后就是女人哗啦啦一番洗脑，让你感觉你要是不在这里换一身“装备”，就无颜出去面对“光明”，女人要是不喜欢打扮，那就是一种心理疾病和自虐。

李小小一脸虔诚地接受了服装店老板的指导，从上到下买了一身，然后昂首挺胸地走出了服装店，把自己换下来的衣服随手扔进了店门口的垃圾筒。

但她在阳光下走了一段，刚才那爽快的心情就没有了，刚刚花了250元钱，连口袋里的毛毛钱都数了数给那个女人了，这种衣服在其他小店顶多百十元钱，还有我的衣服，神经病啊，好好的干吗扔掉？

李小小冲回去的时候，垃圾桶里已经空空如也，除了几个坏了的水果和嗡嗡乱飞的苍蝇。

李小小再次冲进去和女人吵了一架，然后，退衣服的想法顷刻间荡然无存，总不能光着身子出去吧。李小小干笑了一声，向出口走去。她急于见到阎东山，他也许能让她心情好起来。

李小小用餐巾纸擦了擦嘴角流出来的黑胡椒汁液，笑嘻嘻地把吃得干干净净的盘子推到阎东山面前，然后看着阎东山把他又点的一份牛排分成小块推到自己面前。李小小拿叉子扎起一块吃完，用舌头小心地舔了舔嘴角的汁液，味道依旧很不错。

阎东山其实还不错，除了丑点。李小小一边想着一边快速消灭了面前的牛排。

阎东山抬手招呼服务生把桌子上的盘子撤掉，又要了两杯红酒。李小小握着高脚杯，对着杯子里颜色好看的液体露出了优雅的微笑。

“我们回家吧。”李小小甜腻腻地向阎东山眨了眨眼睛。

“回家？”阎东山略微伸了伸满是褶皱的脖子。

“香榭街啊，我们总不能老在外面晃悠。”李小小撒娇地说道。

“还没到时候。”

李小小噘着嘴把脸扭向一边假装生气，阎东山伸手在她鼻子上刮了一下，“我们还没正式确立恋爱关系。”

“怎么确立？你们男人真龌龊。”

阎东山摇了摇头：“其实我是个很缺乏安全感的人，只要你让我觉得安全，我可以把我的一切都给你。”

李小小喝到嘴里的一口红酒差点喷出来，缺乏安全感几个字和阎东山扯在一起，像是很怪异的组合。

“我让你没有安全感？”李小小问。

“漂亮的女人都让我没安全感。”

“那你为啥不找一个长相‘安全’的？”

“那会让我觉得人生灰暗。”

李小小捂着嘴笑起来。

“我想和你在一起。”阎东山很认真的神态有点像犹豫的大马猴。

“你不害怕我玩你？”

“害怕。”阎东山说着从口袋里掏出一张皱巴巴的带着汗味的纸在桌子上铺平，“我喜欢你，咱俩签个合同怎么样？我是真的很想和你在一起。”

李小小看看阎东山可怜巴巴地低着头，伸手拿过那张纸：合同，情人合同。

李小小笑了笑，用弯曲着的食指顶着下巴逐条看下去——

1.双方交往纯属自由恋爱，本着双方自愿的原则，无胁迫，实属你情我愿。

2.恋爱期间的费用均由男方出，女方负责享受。

3.恋爱关系结束后，不得追究对方任何责任。

……

李小小正准备翻到第二页，阎东山笑着按住了：“快签字吧宝贝，不要让我怀疑你的真诚。”

李小小点了点头，噗地笑出声了。估计只有她脑子彻底地腐烂变质，没有运转能力的时候才会这么傻乎乎的。

李小小在合同后面签上自己的名字，笑着说，“是不是该加上一条，你身上所有的附加价值都属于我。”

“你们现在的小女孩真狠。”阎东山说着摸出一支烟，“我还得生活不是，这样吧，你不是喜欢香榭街的房子嘛，我把那套房子送给你就是。”

“你又耍我。”李小小瞪大眼睛。

“没那个嗜好，我说过我是真的喜欢你，何况那些东西都是身外之物。”

“你到底害怕我黏着你？还是害怕我甩了你？你不觉得你的思维很怪异吗？”李小小晃了晃手中的合同。

“这个社会上本来就没有正常的人。”阎东山吐出一堆乱七八糟的烟雾。

李小小把合同推到他面前，“你得写上，我也是很缺乏安全感的人。”

“什么？”

“香榭街的房子啊。”

“还没到时候。”阎东山神秘地笑笑，站起来向收银台走去。

李小小追了过来。

“什么时候才到时候？”

“你真正成为女人的时候。”阎东山笑着摸了摸她的下巴，转身向街对面走去，“好好想想吧。”

李小小看着阎东山的背影，张了张嘴，没发出任何声音。

“晦气！能不能做个面子活，起码让你看着表面有些美感？至于这么直接，这么坦诚吗。去死吧！一单该死的交易。”李小小双手不安地揉搓着，心里暗骂道。

李小小拿着一个大饼走在校园里，她一块块地把饼掰下来塞进嘴里，还不忘弄些碎末喂喂地上的勤劳的小蚂蚁。

她满脑子都是阎东山那种毫无美感的面孔和香榭街漂亮的别墅，以至于王子轩蹑手蹑脚地跟在身后，她都没察觉。

王子轩一把抢过她手里的大饼。

但此刻，她对王子轩一点兴趣都没有。傻子都知道一栋别墅比一个帅哥更具实际价值。王子轩竟然还满脸亢奋地和她讨论师大举办找家教的活动。

“做家教可以赚栋别墅回来吗？”李小小抢回大饼咬了一大口。

“你发烧了？”王子轩故作惊讶地把手放在她额头上摸了摸，“你想要别墅的话，我可以在操场上给你画个！占地20平方米！

李小小拨开他的手，赖着王子轩给她买了一个饼加海带丝，才放他走掉。

糟糕的一天，整整一天手机都没有一点动静，阎东山没有再联系她。

还用考虑吗?

别墅耶!

李小小不是不想要别墅，只是一切来得太突然。

她以一个固定的姿态在商店外面印着饮料广告的遮阳伞下坐了四个小时。直到自己头顶的路灯亮起，她才眨了眨眼睛，站了起来。

宿舍里没有灯光，夏陌不在。李小小脑子里闪过的这个念头就立刻又变成了一片空白。

她回到宿舍把门从里面反锁，然后穿着背心短裤坐在床上。自己第一个男人，竟然是阎东山。李小小苦笑，眼里透明的液体啪啪地掉下来。

可这样的交易也很划算啊，以后我就再也不用发愁了，这不是比我预期的更好吗？

李小小哭了一阵，然后就站起来，拨通了王子轩的电话。

“我有事找你，20分钟后，你去学校东门口那个小区，我待会告诉你具体地点。”

“喂，什么事啊？”

“你不来会死人的事。”李小小说完啪地挂了电话。

她想象着王子轩带着满脑子的问号向学校门口跑的样子，又开心地笑出声来。

“傻孩子。”她说着换上上次在地上商场淘的黑色蕾丝内衣，抓起金色手包匆匆出门。

第二十章

夏陌觉得事情很不顺利，或者说相当糟糕，家长们过来问几句就去别处了，他们好像更喜欢那些长相“务实”的家教。

我怎么说我是大一的呢，明明该上大二了。夏陌想着长长地吐了口气，刚刚涌上来的人流明显减少了很多。

“漂亮姐姐你好，你可以做我的家庭教师吗？”

夏陌低头看见一个小男孩，大约六七岁的模样。一双黑亮的眼睛忽闪忽闪的。

“好呀，你想学什么？”夏陌弯下腰高兴地对小男孩说。

“什么都好。”小男孩踮起脚尖凑到夏陌面前小声说，“你先答应我，学一会儿，就可以玩会。”

“好啊，那要看你学得好不好，学得好的话，我可以陪你玩啊。”

“太好了！”小男孩拍着手跳起来。接下来，小男孩冲夏陌招招手，夏陌弯下腰来，小男孩踮起脚尖在夏陌脸上亲了一口，“我喜欢你。”

夏陌直起身来，脸颊微烫，小男孩那粉嘟嘟的唇，柔柔地触感让她心里升起一丝温暖。

“你真可爱。”夏陌伸手摸摸小男孩黑亮的头发。

“大家都这么说。”小男孩仰起满脸的骄傲。

“你爸爸妈妈呢？”夏陌问。

“在那边。”小男孩指指正在和那个胖女孩说着什么的时髦女人。

“你叫什么？我去告诉我妈妈。”

夏陌抽出一张传单，在上面写上自己的名字和电话递给男孩：“把这个给你妈妈。”

夏陌看着男孩点了点头，跑到女人身旁，拉着女人的手晃了晃。

“妈妈，我找到家教了，可以教我的。”

夏陌看着女人低下头，跟男孩说了什么，男孩很委屈的模样，把夏陌给他的那张纸卷在一起。

女人很快拿出手机和胖女孩互换了号码，夏陌眼睁睁地看着女人拉着男孩离去。

夏陌的眼神黯淡下来。

一个黑不见底的深潭，怎么爬都不爬不上去。夏陌用食指在桌子上轻敲了两下，不是嫌自己是大一的，就是嫌自己没做过家教的经验，一个涂着厚厚粉底液的女人竟然说，漂亮的女人，除了脸蛋什么都没有。

夏陌当时真想给她一个耳光，但那样的话，估计今天就没人敢找她当家教了。

结局一样。夏陌脸上滑过一丝冷笑。她看了看两边，王子轩正在和一对夫妇说着什么，其他的同学都各自忙着。夏陌正准备转身离去，突然一辆炫黑的奥迪A8停了下来，一个脸上长着痣的矮胖男人大致看了看，径直向夏陌走过来，怀里抱着一只跟狐狸一样的狗，耳朵是浅红色，四肢和颈是雪白的毛。

“您好，请问您找家教吗？”夏陌尽量让自己笑得自然些，毕竟微笑不是她的特长。

“我家亨特，我想叫他学数学或者认些简单的字，你也知道我很忙，平时没空教他这些。”

男人脸上的笑堆积得让人觉得很别扭。

“请问亨特几岁了？”夏陌用自己能发出的最柔和的声调说。

“2岁。”

“2岁？”

“是啊，我家亨特很聪明的。”男人说着抓起怀里的狗的爪子晃了晃，“来，给漂亮美眉打个招呼，告诉她你很聪明的。”

夏陌皱起眉头，“您说的是它？”

“是啊，怎么样，这是纯种的威尔斯科基犬，很名贵的。”

“对不起，恐怕不行，我和它语言不通。”夏陌摇了摇头。

“你要知道，我家亨特可不是普通的狗。”

“我知道，可是我觉得那么简单的东西，您可以自己教它。”

“我哪有时间啊。我的时间是什么？那是金钱，我要有那闲工夫，还至于到这儿吗？”男人摸着狗的脑袋，脸上显出不悦。

“可是它毕竟只是一只狗，你可以随便找个认字的人教它。”

“你竟敢看不上我家亨特，我告诉你，你不教，抢着教我家亨特的人多了。”男人说着，不知从什么地方抓出一把百元钞票，往空中一扔，“谁愿意给我们亨特当家教，一小时100元钱。”

很多人涌过来，学生或者是来找家教的家长，或是路人，他们拥挤着捡地上的钞票。夏陌抬头看着红票子飘飘悠悠地落在自己面前，但很快被一只只手抓走。

他们捡完钱，争着挤到男人面前，一边夸狗聪明、名贵，一边介绍自己的情况。

夏陌愣愣地看着，直到一双温热的手握着她冰凉的手指，她才回过神来。王子轩拉着她的手，微笑着注视着她。

夏陌甩开他的手，向马路对面跑去。

夏陌走到学校对面的小饭馆要了一碗汤面片，并让师傅多放了点洋芋（土豆），吃大饼吃了好几天了，不好好吃顿饭补充一下能量，怎么有力气在这个世界上直立行走呢。

夏陌刚把一口面片送到嘴里，电话就响了，是高尚。夏陌照例拒绝了和他见面，她说自己这两天很忙，在准备家教的东西。她这么说的时候，心口隐隐痛了一下，除了口袋里的25.55元钱以外，她已经一无所有了。

昨晚在她沮丧至极的时候，夏小月依旧没有放过她，精神病院的电话响得尖利刺耳，依旧是那个护士冷冰冰的声音："喂，夏陌吗，住院费你什么时候付？以我的能力，真的帮你拖不了多久。再说了，很多事不是拖一拖就能过去的，财务上一直挂着你的欠费，恐怕也不好吧？"

"对不起，我会尽快想办法的。"夏陌说着，对方已经把电话挂了。她不明白这个电话为什么总在晚上的时候打来，让自己的心情比夜色更加沉重。

她最近一直住在图书馆里，如果那个头发稀薄的管理员老师知道了会大发雷霆吧？夏陌脸上露出一丝苦笑，靠在图书馆的架子上，拉了拉被单把自己裹起来。

这里真的是一个清净的世界。但是现在有很多东西挤进来，无处可逃。

夏陌回过神来，涌上一丝困意，昨晚一夜都没睡好，小饭馆的老板娘移动着水桶般的身躯走过来。

“结账，老板。”夏陌说着从口袋里掏出叠得整整齐齐的钱，数了数递给老板娘。

“请问你们这里需要服务员吗？”夏陌在老板娘准备转身的时候问道。

“需要啊，一个月200元钱，随时来都可以。”老板娘对夏陌笑笑。

夏陌又伸手拿起一次性杯子倒了半杯开水喝下去，夏小月的住院费要2000块钱呢。

一个月200元钱？夏陌在心里打了个大大的问号。

这时电话又响了，还是高尚，夏陌有些烦躁地按断电话。

接着他又发了一条短信：“我在学校西门口等你。”

夏陌拽了一截桌子上廉价的卷纸擦了擦嘴站起来。

她看到高尚的那刻心情就好了些。高尚那种柔和的笑容让她觉得暖暖的，她走过去抱着高尚把头贴在他胸前，什么也不说就这么站着。过了许久，夏陌才缓缓地松开高尚。

她踮起脚尖在他脸颊上亲了一下。

高尚咧开嘴露出一排整齐的牙齿，他从口袋里掏出一个牛皮纸信封：“陌陌，这是2600元钱，你先把你妈妈的住院费交了吧，明年的学费你不必操心，我会想办法的。”

她看着高尚，摇了摇头：“谢谢你，但是真的不用，我自己会有办法的。”

夏陌冲着高尚笑了笑然后转身走了。他和自己算是什么关系？我凭什么要他的钱，他已经给我太多了，不是吗？

绿色曼陀罗——生生不息的希望，可是希望又在哪里呢？每一次的努力换来的不过是“希望”的坍塌，把前面的路给堵死。

“谁能告诉我出路在哪里？”

夏陌在心里呼喊，没有回应。这个世界总是善于设置迷宫，善于行动，却不善于回答或者说不屑于回答。

好在事情还没有夏陌预想的那么糟，在她完全不知道的情况下就出现了转机，那个电话给她带来了新的希望。

花园小区7号楼，5楼西户。

夏陌看了看字条上的字按响了门铃，是一个女人的声音。夏陌拉开楼道口的防盗门一口气跑到5楼，女人已经打开了门，招呼夏陌在米色的布艺沙发上坐下。

坐下来，夏陌四下看了看，房子是两层的复式，装修得不算华丽，却很讲究，从电视柜、冰箱到一个小小的摆设都花了不小的心思。

没有女人所说的小男孩的影子，一个挽着头发的，穿着××家政公司的阿姨从厨房走出来，摘下袖套，看了看客厅的挂钟，很客气地说一共两个小时。女人就从钱夹子里拿出40元钱递给阿姨，她便拿起放在墙角的一个橘色布包出门了，临走前还帮夏陌倒了杯水。

女人关上门，在夏陌面前坐下：“你很漂亮啊。”

听到这句话，夏陌不知道脸上该挂上何种表情，她只是很礼貌地说了声谢谢。

“直接进入正题吧，我是请你来当家教的，是我儿子看上你的，我把他惯坏了，本来我已经给他找好了家教，他却非要你来不可。”女人笑了笑拿出那张被卷得皱巴巴的宣传页。

“每周晚上7点到8点，一个小时，每个小时30元钱，你觉得怎么样？”

“白天不行吗？”

“不行，白天他要学跆拳道、钢琴，还有英语口语训练班。”女人简洁地说。

夏陌点了点头，这样也好，白天她可以找别的工作。

女人简单地说了她的打算：老师不仅要教他儿子数学、语文，而且要全面地对孩子进行综合素质的教育。

“我想我可以。”夏陌微笑着说。

“但愿。”女人说着站起来把充好电的手机拔下来，点开看了看短信。

突然响起了敲门声，一个穿着黄色T恤的小伙子领着小男孩进来，小伙子是跑腿公司的，被女人雇来帮她接送孩子，这当然是男孩后来告诉她的。

男孩叫卡卡，瓷器般可爱的孩子，就是那天跑到她面前请她当家教的男孩。女人帮男孩拿下书包，男孩跑过来拉着夏陌的手高兴地表示了自己的欢迎，然后就被女人打发到楼顶的阁楼自己看动画片去了。

女人从茶几下面拿出一张打好的表格，推到夏陌面前，夏陌看了看怎么都觉得像问卷调查。年龄，性别，身份证号，联系电话，后面还有个人简历、特长及爱好，等等。夏陌拿起笔在作息规律、很少与社会上的人交往的选项后面打了对号，然后在是否抽烟后面写上“是”，是否喝酒后面写上“偶尔”，然后很礼貌地递给女人，女人看了看皱皱眉头，然后重申了几点要求，就把拟好的合同递给夏陌，女人已经在下面签了字，并附上了自己的身份证复印件。

夏陌签了字递给女人，然后起身告辞，女人说明天记得把你的身份证复印件和学生证复印件带过来。

夏陌出了门就打电话把这个好消息告诉了高尚，然后向学校走去。她想上网吧查一些资料，比如怎么跟她的学生沟通，或者都该教他些什么。

30元，30天，900……

夏陌给卡卡辅导完，边走边算着这月的家教工作应得的收入：“900元，如果白天再找一份工作，或者多找几份兼职的话，一个月应该可以拿到2000元钱。可以先给夏小月交1000元，其余的再想办法。”夏陌想着心情就好起来，虽然不太顺利，也算是良好的一个开始。

夏陌正想着，手机响了，还是那个号码，还是那个女人。夏陌身体抖了一下，皱起眉头，她找出删除键，停了停又按开了短信：“你别想着完事了，我说过我不会放过你的，500元钱，但现在你要还1000块，你给我造成的伤害，是无法用钱弥补的，你最好识相点，明天上午，我在张掖路××地方等你，不来的话后果自负。”

夏陌狠狠地按了删除键，然后郁闷地把手机塞进口袋，本以为一切都过去了，可这个女人依旧这么纠缠不清。那是我的错吗？你觉得这样有意思吗？

她参加的那场噩梦般的婚礼，竟然还拖着这么条让人反胃的尾巴。

敲诈。勒索。报警。

夏陌把脑海中跳出的这三个词快速地抹掉。就算报警，那自己是不是也得赔她500元钱的医疗费？可我根本就没有钱。

正走着，夏陌无意间看到了左边的小街道上站着两个人，男人抱着女人胡乱地在她脸上啃着，手不停地在她身上摸索。被男人顶在墙边的女人，骂着、推着男人，却毫无效果，男人拿什么堵住了女人的嘴。

夏陌一步步走过去，她看到了地上小巧的金色手包。

李小小。夏陌在心里惊叫。

她冲过去，一把推开男人。

男人长相猥琐，嘴里散发着浓重的酒气，李小小含着泪。夏陌伸手拽掉李小小嘴里堵着的一件汗衫。

李小小低头“哇”的一声吐了，带着浓重的酒味和食物的酸味。

“又来一美女，来我们一起玩。”男人说着摇摇晃晃地向夏陌走过来。

夏陌直直地站着，直到男人走近她，她猛地一抬脚踢在男人裆下，男人嗷嗷地叫着捂着蹲在地上。

“快滚！如果不想后半辈子有性功能障碍的话。”夏陌冷冷地说道。

男人弯着腰，痛苦地捂着私处逃走了。

“你没事吧？”夏陌伸手去扶李小小，李小小干笑了两声甩开她的手。

“很酷啊，你学过散打？”

“没，就会这一招。”夏陌说着，又去拉李小小。

她甩开夏陌跌跌撞撞地向前走：“要不是他那么多哥们灌我酒，他根本就不是我的对手。”

夏陌追上去想跟李小小一起回宿舍，李小小却根本不听，她的脸和眼睛都是红红的，不知道是酒精的作用，还是刚刚哭喊的原因。

“离我远点，我们没什么关系，如果有那就是我害死了黑猫Eva，还有我们是一个宿舍的。”李小小伸出食指在面前晃了晃，继续向前走去，她上衣领口被拽掉了一个扣子，头发凌乱。

夏陌追上去，用力把李小小向自己怀里拽。

李小小的额头磕在夏陌的鼻子上。

夏陌一手揽着李小小，一手揉了揉磕得生疼的鼻子，吸了口气说：“我们回去好吗？”

“不！不要！”李小小说着，身体已经软下来靠在夏陌身上睡着了。

夏陌用力支撑着她，一只手对亮着空车标志的出租车使劲招手。

第二十一章

李小小站在东门口橘黄色的路灯下，愣了愣，一对情侣亲昵地从她面前走过。她绕过胡同进了一个没有名字的小区，小区灰色的楼房显得有些破旧。

这个小区住着一些学生，他们逃离宿舍，寻找让心灵和身体完全贴合的地方；也住着一些经济收入不是很好的人或者老者，他们不愿或者没条件去买新的房子；当然还有一些很具经济头脑的人，把房子收拾出来，弄成一个微型旅社。

李小小在小区门口，隔着墙边脏兮兮的垃圾堆和没头没脑乱撞的苍蝇，看到了喷在红色砖墙上的那个号码。

电话那边是中年女人热情的声音，李小小按照她的指点很快拐进了一个门洞，一口气跑到5楼。

深绿色的防盗门紧闭，上面还贴着褪了色的“福”字和斑驳的、看不清字的对联。李小小抬头在右上侧看到了“住宿”两个字，是用红色的粉笔写出来的。

李小小按了按门铃，一个穿着宽大睡衣的女人拉开了门。

“一晚上30块钱。”女人端详着自己黑亮的指甲说。

李小小点了点头把钱递给女人，进了右手边的一间。

房子的整个格局已经被房东装修得面目全非，除了女人坐着收钱的2平方米和一台脸那么大的电视外，客厅也被割成了单间。也就是说，这旅社有四间房，每间都小得可怜。李小小看了看铺着白床单的床和破旧的床头柜上绿色的暖壶，吐出一口气。她拿出手机把地点和房间号码快速地发给王子轩。

她坐在床头，手里拿着绿色包装的安全套发愣。门外传来脚步声，接着是一阵响动，很快又演变成床吱吱呀呀的响声和一个女人响亮的呻吟。

李小小慌忙用手堵住耳朵。她脸部滚烫，以至于王子轩进来的时候她慌乱之间碰掉了桌子上的杯子。

“小小，你来这种地方干吗？”王子轩说着伸手拉起她试图往外走。

李小小扑过去紧紧地抱着王子轩：“我想你帮我个忙，我不会让你负责的，过了今晚，我们就当什么事都没发生过。”

“小小，你冷静点，你说过我们是最好的朋友。”

“就算我求你了，你帮帮我。”李小小呼吸急促，趴在王子轩肩膀上大口地喘着气。

“不行，我不能，夏陌……”

“夏陌，你心里只有夏陌，我哪一点比她差了？”李小小猛地推开王子轩喊道，“你滚，你滚啊。”

李小小靠着床瘫在地上哭起来。

王子轩走过去把她抱在怀里，他开始亲吻她流着泪水的脸，开始笨拙地解她的衣服。

“你爱我吗？”李小小突然抬头问道。

王子轩停了下来，不说话。

李小小扯掉黑色的胸罩，扔在床上，一把揽住王子轩的脖子：“我说过，不需要你负责任，我的王子，让我看到你的英勇吧。”

王子轩呼吸开始急促起来，他抱起李小小放在床上，他伸手去扯她的内裤。

李小小却像触电般弹跳起来，她猛地推开王子轩，开始哭泣。她突然觉得委屈，她根本就不爱王子轩，她只是想跟夏陌比个高下而已。

李小小蜷缩在墙角泣不成声，别处房间电视的响声和女人响亮的呻吟从不同的方向涌来，她紧紧地抱着自己，眼里的液体在脸颊上形成汹涌的河流。

“切！真是的，我怎么会这样。”王子轩挠了挠自己的头发，摇了摇头，不停地给李小小道歉。

“你走吧，我想自己待会儿。”李小小觉得身体里神经混乱地纠结，怎么理都理不清。

王子轩关上门离开后，李小小再次失声痛哭。

门外传来了敲门声，是刚刚那个女人，她在外面喊道：“帅的小伙都靠不住。”

李小小抹了把眼泪，猛地拉开门，狠狠地瞪了女人一眼，转身离开。

女人在后面喊道：“你还回来不？不回来我就把房间给别人了。”

李小小走到楼梯口的时候，电话响了，是阎东山，他叫李小小一起吃饭，说约了几个要好的哥们。

李小小走在马路上美滋滋地吃着甜筒，没钱吃饭，有钱吃雪糕，这也是一种境界。

李小小装出一副很享受很知足的模样，果然就开心起来。有时候心智是会被表面的东西迷惑的。李小小伸手拦了辆出租车，思绪却一直陷在回忆里。

她记得，大一刚进校的时候，大家都一副很傻很天真的模样，喝个小酒，牵个小手，抽一支5元钱一盒的烟，就觉得世界无限美好了。

还记得“贱人”曾约她到后山看过夕阳。贱人是她一老乡，老喜欢缠着她，她就随口送人家了这么一个绰号，但贱人的厚脸皮还真把这两字更深刻地诠释了。

刚开学不久，贱人约她去登山，他们从学校西北角的操场旁边上去，走了20分钟就到了山顶。山上有一条盘山公路，山后面是一个小村庄，李小小当时还幻想了一下村庄里世外桃源般自给自足的生活状况。

太阳落山的时候，李小小建议回去，贱人却非拉着她看夕阳，当时还吟了一首小诗，内容李小小一句也记不得了，只记得当时贱人满脸陶醉的模样和自己眼前成群飞舞着的让人苦不堪言的蚊子。

后来贱人被她彻底“斩杀”了，否则她觉得自己早晚会被贱人弄得精神失常。

李小小又回忆起军训如何偷懒，早晨上操如何一个人变换不同的声调替同宿舍的四个人喊“到”，中秋节的时候，全班如何在山上分吃月饼……

想了这么多，她依然觉得心里很空，就又想到了妈妈。

一栋别墅！这单生意是不是很划算，妈妈会赞成，还是会“啪”地给她一个耳光？

李小小抬头看着车窗外，突然就看到了那个小村庄，矮小的房屋，有些昏暗的灯光，还有妈妈每晚坐在床上把白天商店里卖的钱一张张地铺平，放在一起。

记忆中都是皱巴巴的票子，1元的，5角、2角、1角的，带着各种难闻的臭气。

“妈妈，这钱真的太丑了，皱巴巴的，好难闻，你别弄了。”李小小捂着鼻子说。

“呸呸呸，别说这么不吉利的话，嫌钱脏，你就别吃别喝啊！”正美滋滋地数钱的妈妈抬手给了她一巴掌，“你要知道我这么辛辛苦苦地赚钱是为了谁，你将来要努力地考大学，把花的钱都赚回来，知道吗？”

李小小低着头小声说：“知道，我会赚很多钱给妈妈花。”

妈妈捋捋她的头发，让李小小和她一起整理钱，一起算账。

在少年的很长一段时间都是这么度过的，她和妈妈一起数钱，一起算今天的收入，就算多赚5角钱都会高兴半天。

李小小现在想来觉得妈妈说得对，钱的确很重要，能满足你许多高尚或者不高尚的需求。妈妈靠自己的俭省，把他们家从农村搬到了县城，如果再有钱一点，他们可能就能搬到上海、北京这些大城市，或者买艘太空飞船，在上面俯视地球，当然，这仅仅是假设。

李小小正想着，车“吱”的一声停了下来。她看到了“快乐老家”那几个亮闪闪的字，阎东山已经笑盈盈地迎在门口。李小小冲他一招手，他就跑过来乐颠颠地替她拉开车门，付了车费。

“我已经想好了，你也要履行你的承诺。”李小小低着头看着脚尖小声说。

“小小，快来，今天来的都是我老家的一些哥们，来认识认识。”阎东山笑了笑，答非所问。

阎东山说着向里面的一个包间走去。

“他对我的话怎么没反应呢，是没听见，还是打算反悔了？”李小小胡思乱想着快走了几步，跟了上去。

外面白晃晃的一片，李小小动了动困顿的身体，使劲把眼皮分开。

好熟悉的地方！这是哪里？——宿舍，真的是宿舍。我怎么在这里？她伸手按了按疼痛的头，坐了起来。

她嘴里散发着难闻的气味，脑子里也塞满了恶山臭水，让人难受。

李小小拿起桌子上的水杯喝了一口，让糨糊似的脑子动起来，企图寻找一点零星的记忆。

昨晚，好像和阎东山喝酒来着，有三四个人。李小小本来建议去那个超级豪华的酒楼，要知道第一次和阎东山见面，在“芬瑟岛”包厢等了那么久，最后却吃的是夜市地摊，李小小一直想着有机会再进那家餐馆，那吃的不是饭，是情调。

虚荣？Yes（是的）！

李小小在心里自问自答。人类要是没这份虚荣心，会有那么多人努力往上爬？人类会进步？

但李小小的愿望，阎东山很轻易就掐灭了，他说本来打算去的，但没订上位置。

李小小觉得在理，就乐呵呵地和他们拼酒。阎东山的朋友是清一色的老男人，阎东山坐在他们中间就显得“漂亮”了些。这让李小小怀疑，这几个人是阎东山故意挑选出来衬托他自己的。她这么想的时候，就觉得阎东山幼稚得有些可爱了，她为的是他身体之外的那些“生不带来，死不带去”的附加物，她只是想帮他消耗一些，不至于到他“Over（结束）”的时候，看着没花完的钱难受。

他们喝的茅台，酱香型的，口感醇香。这么贵的酒，李小小第一次喝，所以表现得相当豪迈，谁给她碰她都喝，最后自己端着酒杯跑着和各位碰酒。

阎东山的一帮朋友都是脑子进水的货色，你说他们对什么感兴趣不好，偏偏对生孩子感兴趣，其中一个糟鼻头的煤老板说，李小小屁股大，准生男孩。

然后呢，她记不太清楚了，只觉得自己轻飘飘地在大街上走，好像还有阎东山，他拉着她的手，或者是她拽着他，但不知道最后怎么就到了那个黑乎乎的小胡同。她想打劫阎东山？有那么一点可能，喝醉酒的人思维一般都比较混乱，但她当时肯定只是想劫财，跟色无关。

但阎东山全部的思维恐怕就跟这个“色”字紧密相连了，他失控了，企图非礼她，自己一点力气都没有。

然后呢？李小小又努力想了一会儿。

她记起来了，冲过来一个漂亮的女侠，一脚踹中了阎东山的宝贝，估计够他受的。李小小不禁笑了起来。

但她的笑容突然僵在脸上。夏陌，是夏陌，她干吗要多管闲事？否则一切都顺理成章，恍惚中什么都成了定局，那么今天早上她就不会是躺在宿舍这张狭窄寒碜的床上了。

如果那样的话，那自己现在会怎么样？满脸傻笑着接过写着自己名字的房产证？

李小小正美滋滋地做着白日梦，手机响了，她就又觉得头剧烈地疼痛起来。

她一只手揉着脑袋，一只手按通电话：“喂，你饶了我吧，我快死掉了。”

“你们现在这些孩子，动不动就‘死掉了’，就不能积极向上，向气蓬勃点？”

“你谁啊？”李小小没好气地问道。

“高尚。”

“噢，高叔叔啊，你好你好。”李小小提高声音说。

“我有那么老吗？”

“谁让你说我——这孩子的，你再这么叫我，我就叫你高爷爷。”李小小说着打了个呵欠，“今天我好困啊，能不能明天？”

“约好的事，怎么能失言呢，我们不是说好了，不达到目不肯罢休的嘛？”高尚在电话里咳了一声继续说道，“年纪轻轻，怎么能老睡觉……”

“打住！立马下去。”李小小说着挂了电话，她可不愿听高尚继续唠叨下去。

到了楼下，她伸出手掌和高尚击掌喊道：“今天一定得找到，找不到我不回来。”

说完她又觉得饿了，就揉着肚子对着高尚甜甜地叫了声哥。那“哥”叫的，让你觉得你不帮她做点什么都不好意思。

第二十二章

夏陌打着呵欠，伸了个懒腰。阳光透过图书馆古典的玻璃窗射进来，照在她身上。

美好的开始。

两天过去了，那个女人没再打电话，也没发短信。她也许实在要不着钱，就放弃了。这样的结局很棒，夏陌觉得她不会再骚扰自己了，自己连500元钱都没有，怎么可能有1000元，让那个糟糕的婚礼远去吧，夏陌再也不愿想起。

夏陌拉开图书馆的门，打了个呵欠，然后把门锁好。回到宿舍，她开始洗漱。宿舍依旧是空的，李小小不在。

这丫头到底在搞什么鬼？夏陌又想起了高尚，他怎么会和李小小一起？

夏陌急于找到答案，她洗漱完就换上衣服匆匆出门。她来到高尚家的时候，高尚正傻兮兮地站在狭小简陋的阳台上做操。

“怎么这么早？”高尚说着给夏陌倒了杯水，“吃早餐走？”

夏陌点了点头。

他们在路口的牛肉面店要了两碗牛肉面。夏陌从高尚碗里挑了一块肉塞进自己嘴里。

“你最近忙什么呢？”夏陌面无表情地问。

“能忙什么啊，给学生补补课，没事晃晃。”

“对了，你知道李小小吧？”夏陌边说边用筷子挑起热腾腾的牛肉面往嘴里送。

“嗯，知道，你们宿舍那姑娘，挺活泼的。”

“不知道她最近在干吗，老不见人影。”夏陌停下来看着高尚，“你最近见她了吗？”

“见了，不，没见。”高尚笑了笑，“我怎么可能见她啊？”

她微微点了点头，埋头吃面，吃完喝了几口汤，站起来。

“我先走了，还有事。”夏陌说完转身就走。

走到路口的时候夏陌停下，她看了看脚边一行歪歪的白字：办证1382330××××。

也许我需要这个。夏陌想了想抬起踩在字上的脚，沉思了几秒钟就顺着来的路飞奔回去。

一切都暗下来，像进入了一个黑漆漆的隧道，没有灯，没有出口，心脏也被收入一个狭小的盒子里，不能呼吸，不能跳动。

高尚能帮她。

她想着，飞快地向前跑，黑乎乎的隧道里看不清颜色的墙上，满是那丑陋的两个字，那两个字是她的名字。

不，不是我，那不是我，我叫夏陌。夏陌想着猛地推开了牛肉面馆的门。

里面都是陌生的面孔和一张张饥饿的大嘴，大口地吃着长长的面条。

夏陌咽了口唾液，她又觉得饿了，胃里、心里都是空的，空得难受。外面的光线丝丝缕缕，在她闭上眼睛的时候被割断。

夏陌回到原地，那个办证的手机号码已经被一个勤劳的清洁工擦掉了。

“这个号码？您记得吗？”

穿着亮黄色带反光条纹短袖的清洁工拧着眉头：“姑娘，违法乱纪的事最好别干。”

夏陌不想违法，只是想把身份证上的名字换掉，身份证号码是一样的，只不过换个名字，人还是同一个，不会危害劳苦大众的。夏陌认定这是个一劳永逸的办法，再也不用害怕别人知道自己身份证上的名字。

但眼下已经来不及了，晚上就要用，夏陌又想起了小男孩妈妈的话——记得把你的身份证复印件带过来。

看来只能按原定计划进行，夏陌想着快步向学校走去。

走到校园的时候，她看见李小小和王子轩站在右手边花坛的小径上。在蔷薇花丛中，李小小踮起脚尖把唇印在王子轩的唇上，这看起来柔软完美的贴合，却让夏陌的心剧烈地撕扯了一下，露出了一个大大的豁口。她抓着这个豁口把它紧紧地拧在一起快步走回宿舍。

宿舍里飘浮着细小的尘埃和阳光的味道，李小小刚刚换下来的衣服还散发着网吧里那种复杂的混合气味。

夏陌端起桌子上的杯子，把里面的凉开水统统浇到胃里，依旧是灼热。她拉上窗帘，扯掉衣服，穿着白色的三角内裤，坐在宿舍的角落里，海藻般的长发垂在胸前，她戴上耳机把音乐放到最大声，却依旧不能平息紧张的呼吸。她决定找李小小谈谈。

李小小是在她发出短信25分钟36秒后回到宿舍的，她看到夏陌有些微愣。细瓷般的皮肤，修长的腿，含蓄凸起的胸部，总之，所有的一切都让人想到纯洁和美好两个词，李小小突然想起《人形电脑天使心》里面的那个电脑女孩。

夏陌站起来，径直走到李小小面前，看着她不说话。

“我，我可不是‘玻璃’，我喜欢帅哥，性别取向方面没问题。”李小小把手护在胸前，身子往后倾斜。

夏陌涌起的一股笑意，没来得及浮现就收了回去，这让李小小觉得她是在冷笑。

“我只是想和你聊聊，很坦诚地。”

李小小吐了口气，露出俏皮的微笑：“早说嘛，吓死我了，坦诚相见——我也很喜欢。”

李小小说着，把裙子褪下来，拿起桌子上一个印着治疗不孕不育和性病的专科医院广告的塑料扇子，边扇边盘腿坐在床上：“热死我了，你不知道，收到你的短信，我就以迅雷不及掩耳之势飞奔回来了。”李小小说着又睁大眼睛问，“黑猫Eva的事，你不怪我了？”

“我不是要跟你说这个。”夏陌依旧是惯有的表情。

“你真的喜欢王子轩？”夏陌问。

“不确定，但是我知道两个孤单的人可以互相取暖。”李小小依旧嘿嘿地笑着。

“你不要伤害他，我知道你喜欢的只是有钱的男人。王子轩达不到你的要求，高尚差得更远。”夏陌的面孔变得更加冷。

李小小笑了笑，掏出一支烟点燃，又扔给夏陌一支。

“王子轩，你不用担心，我已经不喜欢他了。他很幼稚的，好像不知道这个社会有多现实。”李小小剧烈地咳嗽了两下。

“可是刚刚你们还在……”夏陌把烟揉碎一点点地洒在地上。

“接吻吗？”李小小把烟摁灭，抓起裙子套上，“我们只是在体验接吻的滋味，或者只是在互相排遣寂寞。”

李小小说着站起来：“记得那次我们听李教授讲的大学生性教育的讲座吗？男人不能长期压抑，否则会造成性障碍，或者患忧郁症，王子轩喜欢的是你，你确定要把他毁掉吗？”

李小小说着关上宿舍门出去了。

夏陌站起来，披上白色短袖衬衣，拿着洗脸盆在水房接了盆水，顺着脖子浇下。“夏陌，你在干吗，你有时间和闲情在这谈情说爱吗？努力挣钱，努力地让自己生存下去才是最重要的。谈情说爱，创造祖国下一代的事，就先交给他们吧。”夏陌自言自语着湿淋淋地走回宿舍，拿起毛巾擦了擦脸，还得赶快去弄身份证呢。

晚上7点，夏陌到达花园小区，她攥着身份证复印件蹬蹬地爬上5楼。

她的临时学生卡卡正坐在楼道里，托着脑袋打盹，柔和的金色阳光透过窗子照在他长长的睫毛上。

“卡卡。”夏陌弯下腰，轻轻地喊道。

男孩睁开眼，高兴地扑到夏陌怀里。

夏陌拉着他准备去敲门的时候，男孩做了一个“嘘”的手势，然后拉着夏陌在楼梯上坐下。

“怎么不回家，你没带钥匙？”

男孩点点头。

“那你妈妈什么时候回来？”

“妈妈在家。”男孩说着眨了眨长长的睫毛，低下头。

“哦，那老师帮你去敲门，好不好？”夏陌正要站起来，却被男孩拉住。

“不！妈妈不喜欢被打扰。”

“被打扰？”

男孩看着夏陌使劲点了点头：“我们在这玩石头剪子布吧，妈妈很快就会开门叫卡卡回家的。”

夏陌一直输。就算如此简单的游戏，她差点就捶着脑袋骂自己智力低下了。

夏陌停下来展开手里的身份证复印件给男孩看，她指着名字一栏问男孩，你认识这两个字吗。

男孩用手指着身份证名字一栏，很认真地念道：“夏。”

对啊，以后叫我夏老师就可以了。

男孩摇了摇头：“我要叫姐姐，我不喜欢老师。”

“怎么都行。”夏陌做了个OK的手势，男孩也举起手学着夏陌做了个同样的手势。

夏陌又让男孩认后面那个字，男孩摇了摇头。

“陌。”

“姐姐，‘陌’是什么意思？”

“陌生，不熟悉。”夏陌想着笑了笑，“陌，多好的字，一切都是陌生的，陌生得好像我们从来不认识，连同我自己。我是谁？不知道，只是一个会说话会思考会直立行走的高级动物。”

夏陌说着拿过身份证复印件看了看，做得还真是完美，堪称专业水准。

身份证复印件是夏陌在校门口的复印店做的，现在是假期，复印店的生意很冷清，所以那个小伙子很乐意花时间做这些无聊的工作。

夏陌看着他把身份证复印下来，然后把夏陌两个字打印出来，贴住身份证上的名字，再复印。然后扫描，把贴名字处的印记在电脑上消掉，再打印出来。

这样身份证上的名字就换掉了。人类真的很聪明。

夏陌正想着门开了，传来了女人充满“水气”的声音，夏陌回头见男孩的妈妈正在和一个中年男人亲吻告别，女人穿着黑色的蕾丝低胸睡衣，男人拥抱着在她背上摸了一把。

“叔叔好。”小男孩站起来走过去很礼貌地问候男人。

“小卡真乖。”男人摸摸男孩的头，从口袋里掏出100元钱塞给卡卡，叫他买自己喜欢的玩具，男孩很礼貌地道了谢。

夏陌跟着男孩进屋的时候，女人很不高兴地瞪了她两眼，只因为刚刚那个男人走的时候又回头对夏陌笑了笑。

夏陌很恭敬地把自己的身份证复印件递过去，接着又听了一番女人不怎么好听的警告才进了男孩的房间。

男孩打开落地台灯，随手把男人给他的100元钱扔在地板上。

“你爸爸呢？”夏陌问。

“没有。”

“刚刚那个叔叔是谁？”

“妈妈的一个朋友。”男孩用一种无所谓的语气说。

“你喜欢他吗？”

“不喜欢，但是妈妈说她喜欢。妈妈说，我们是不同的个体，都有自己的喜好，所以我只能祝福妈妈。”

夏陌愣了愣。不同的个体，自己的选择，一个孩子都懂的道理，自己却一直都没想明白，夏小月也不明白。

她一直在和夏小月斗争。她鄙视甚至试图阻止夏小月那一次次看起来毫无幸福可言的婚姻，夏小月准备和她的第二个男人举办仪式的早上，她剪破了夏小月的礼服，遭到了一顿毒打，但也没能阻止夏小月嫁给那个男人。当时她觉得是自己太小了，等自己再大一点就可以打过夏小月，然后像夏小月把她捆在椅子上一样，把夏小月捆在那，阻止她结婚。

而夏小月，从夏陌15岁开始，就阻止她读书，想把她早早地嫁出去。

夏小月总认为一个名正言顺的婚姻比什么都重要。这很愚蠢，不是吗？

反正夏陌无法接受她的想法，她也无法接受夏陌的想法。

夏陌胡思乱想了一阵，拿出自己准备的资料，给男孩辅导了一个小时的“珠算”，然后离开。

她走到大街上，突然特别想给夏小月打个电话，她想告诉夏小月那句话——我们是不同的个体，有自己的喜好，谁也用不着干涉谁，和平共处怎么样？

她拨通了精神病院的电话，接电话的是个年轻的护士，很不耐烦的声音，但她出人意料地把电话给了夏小月。

夏陌紧紧地把手机按在耳朵上，里面的声音遥远、陌生，却又很熟悉，夏小月呜呜哇哇地念叨着什么，掺杂着毫无美感的笑声。

“喂，你说话，你别装疯了！你再不说话，我就不给你交钱！让你没饭吃！”夏陌对着电话喊。

“我是你妈妈，但是你没有爸爸啊，怎么办？怎么办？……”夏小月在电话里哭喊着。

夏陌在一家叫“上帝”的KTV门口停下，梦幻般的霓虹灯铺满整个墙面，屋脊上是一个巨大的白色人头雕像，白面孔、白胡子、白头发，看不清五官，只看到眼的位置有两个上千瓦的灯泡射出两道明亮的光束。

这就是所谓的‘上帝’吗？除了两只亮而空洞的眼睛，脸上一塌糊涂，原来上帝也喜欢“糊涂学”。

夏陌把头收回到平行的位置，又看了看门口贴的那张画得花里胡哨的招聘海报，才推开门进去。

“欢迎光临。”两个穿着白裙子带着白翅膀的天使小妞向她鞠躬。

“我不是‘上帝’。”夏陌摆了摆手。

“进来的顾客都是我们的上帝。”天使小妞笑得很甜。

“我是来伺候‘上帝’的。”夏陌顿了顿，向前台走去，“请问，你们招聘前台收银？”

“是啊，我们招聘的是夜班，从晚上9点到凌晨2点。”天使小妞脸上露出怀疑的神色。

“我可以干啊，我是××大学的，这是我的学生证和身份证。”夏陌说着把下午多做的那份复印件拿出来递过去。

天使小妞对着她点了点头，然后拿起电话拨通说了什么，就对夏陌微笑着说，“你去302包厢吧，我们老板在那等你。”

“谢谢。”夏陌抓起身份证复印件向楼上跑去。

“那边有电梯。”天使小妞喊道。

“走楼梯就行。”夏陌说着蹬蹬地上了楼。

302室，夏陌深吸了口气，轻轻地敲了敲门，却没有反应，加大敲门声依旧没有反应，里面声嘶力竭的歌声掩盖了一切低分贝的响声。夏陌只好推门而入。

里面坐着三个男人和三个美女，穿着黑色蕾丝吊带的金发女孩正在唱张惠妹的《听海》，另外两个坐在长相周正但举止又猥琐的男人怀里喝酒。

夏陌呆呆地看着，愣在门口。

一个带着耳环的男人冲夏陌招了招手，示意夏陌进去。

“我是来应聘的，请问张总在吗？”夏陌站在那，拘谨地搓着手。

“我就是，你叫什么名字？”男人说着递过一杯红酒。

夏陌的声音被音乐声淹没。旁边的两个男人坏坏地笑着，色眯眯地看着夏陌，趴在张总耳边耳语了几句，张总就示意夏陌在他旁边坐下。

“谢谢，不用了，我是来应聘收银员的。”夏陌抬高声音说着，把复印件递过去。

男人看了一眼，扔到桌子上，示意前面唱歌的女孩停下，然后冲夏陌指指，让她选歌。

夏陌摇摇头。

“这是面试，在KTV上班，哪有不会唱歌的。”张总说着把话筒塞给她。

夏陌抓着话筒迟疑了片刻，放下话筒，转身出门。

刚走到楼梯口就被追出来的张总拦住了：“喂，我说你，既然出来混，就得识点大体，你唱首歌又怎么了？”

“我应聘的收银员，不是陪唱，如果前台不缺收银的话，那我走先了，打扰您了。”夏陌说着向楼下快步走去。

“等一下。”男人倚在楼梯口喊，“上班的时间你知道吧？一个月休息两天，工资600元钱，你看合适的话可以留下，毕竟前台有一位美女，也算是KTV的门面。”

“谢谢张总，请问我什么时候可以来上班？”

“明天。”

“好的。”夏陌看着男人转身走了，才咚咚地下楼。

出了KTV的大门，夏陌伸了伸手臂，晚上7点到8点给卡卡上课，晚上9点到凌晨2点在KTV做收银员，白天还可以再找份工作。夏陌觉得心里充满力量。

她又到学校门口的网吧，上了半小时网查了查招聘信息才回宿舍。

宿舍依旧没有灯光，李小小不在。

夏陌打开门，听到了猫叫声，竖起耳朵仔细听，的确是猫的叫声。

夏陌猛地按亮灯，一个黑色的毛球，歪着脑袋看着她，和黑猫Eva一模一样的一只猫，它旁边还有一只白色的猫。

“黑猫Eva。”夏陌试着叫了一声，黑猫高兴地向夏陌跑来。

第二十三章

李小小拿着一杯玫瑰味的奶茶走在学校的小花园里，如果这个花园再扩大100～200倍，那就是童话世界，但事实上，正是因为美好的东西有限，这个世界才显出难得的真实。

李小小走过微型拱桥，看了看下面粉色、白色的睡莲，伸手掐了一朵蔷薇花，咬着细密的花瓣在嘴里嚼了嚼咽下去，又伸手摘第二朵，第三朵……

“小小，你……”

她抬头见对面不知道什么时候冒出来一张愁苦脆弱的脸，是王子轩。

李小小对他笑了笑，又拽了一朵蔷薇，把花瓣咬进嘴里。

“小小，你……”王子轩的喉结抖动了一下，“你干吗吃这个？会肚子疼的。”

李小小捏着细细的花茎，粉嫩的唇上贴着黄色的花瓣，眨了眨眼睛：“不会啊，我吃的是永恒的微笑。”

她脸上带着那种甜甜的微笑，一步步地走近他，嘴唇轻轻地印在他温润的唇上。

王子轩语无伦次地说了很多，李小小一句也没听明白，她的耳朵热热的。

“你喜欢我？”王子轩认真的表情很可爱。

“不喜欢！”李小小说着喝了口奶茶。

“不喜欢？”王子轩惊讶地睁大眼睛。

“你别这么自恋好不好，我就是拿你练练。别郁闷啊，我们顶多算是好朋友间的恋爱实习。”李小小说着又走近了一步，抱着王子轩亲吻。

“只是练习，爱的练习，练习接吻，感受接吻。”李小小想着，又趴在王子轩耳边说：“说好了，永远是朋友，我们这只是接吻练习。”

李小小见王子轩不说话，就接着说：“你不想有高超的接吻技巧吗？”

王子轩点了点头，又摇了摇头，李小小看到了熟悉的身影，是夏陌。李小小露出了微笑，她贴着王子轩的唇闭上了眼睛。

夏陌走远了，李小小才推开王子轩，用手指点了点他红红的脸蛋，笑了笑：“我是在帮你。”

“我会对你负责的。”王子轩认真地说。

“不需要！嘻嘻！我自己会负责。”李小小笑着往前走。

“小小，你不是想找工作吗？我回头帮你问问吧。”

李小小笑起来，她觉得王子轩真的很傻，很可爱。工作，他们能找什么工作，无非是在餐厅里刷碗、刷盘子，或者去当家教，一个月几百元钱，连买件漂亮的衣服都不够。

李小小的手机响了，她看了看，冲王子轩眨了眨眼睛：“夏陌找我，先走了。”

“小小……”

李小小看着王子轩欲言又止的样子，“啪”的一个飞吻：“我们什么事都没有，只是朋友，OK？”

很名贵的咖啡，都是看不懂的文字。

李小小端起带着异域风情的咖啡杯，从巨大的欧式沙发上站起来。房间里亮着一对法国鎏金黑奴人物壁灯，看不清房间的整体格局。

只看见阎东山摇晃着费力地把窗帘拉上，窗帘有三层，遮光效果极好。

李小小打开了房间里巨大的水晶吊灯。房间很大，白色的欧式雕花和一些精致的工艺品，显得高贵典雅。

这里即将属于自己，李小小刚在心里抒了一下情，房间就又啪地陷入了黑暗。

阎东山从背后抱着她的腰，把脸贴在她脸上，满是汗气。

“你关灯干吗？我还没好好欣赏呢。”她说着又伸手按开关。这栋房子即将属于她了，她要把这栋房子的每一寸都印在脑子里，形成一幅画。

阎东山猛地抓住她的手，“别开灯，别人会发现。”

“发现？”李小小重复道。

“不，是我自己，我一直害怕住在这里……”阎东山说着转身倒了两杯红酒。

李小小接过酒杯，心里笑嘻嘻地说，放心，我会帮你解决这个麻烦的。

“为什么？”李小小装出一副惊讶的模样。

“以前什么都没有，啃馒头睡地下室，现在面对这么大的房子，突然就有一种不真实的感觉，或者说是恐惧，一来这里，我就害怕突然有一天我会失去，重新变成穷光蛋。”

阎东山说着泪水啪啪地掉下来，李小小看着阎东山不够清澈的泪水，心里软了一下，伸手揽着阎东山。

“有我呢。乖，不怕。”

李小小这么说的时候在心里感慨，你还有很多东西，你失去的只是这幢让你痛苦的房子。

佛不是说吗，我不下地狱，谁下地狱。就让我在这所豪华的地狱里，炼成摩登女孩吧。

阎东山抹了把脸上的泪水，断断续续地喝了很多酒，最后他看着她，下决心似的自言自语道：“管不了那么多了，人以后再找，钱也总会有的。”

他说完走过去揽着李小小，把唇一点点地靠近她，手也不安分起来：“放心，宝贝，这个房子的过户手续这两天我就安排人去办。”

“去洗洗澡吧。”李小小娇羞地推开他。

阎东山在她脸颊上亲了一下，光着脚向卫生间跑去。

李小小观察过了，卫生间有很名贵的浴缸——这让阎东山用，真是糟蹋了！

她想着又给自己倒了一杯红酒，一口气喝下去。

哗啦啦的流水声和阎东山的声音从里面传来：“宝贝，等我，马上就好。”

李小小靠着床，坐在地毯上抱紧自己，她心里突然酸酸的，大颗的泪滴涌了出来。

“为什么遇到的不是王子？王子只存在于平面的空间，比如印刷品上。”李小小吸了吸鼻子，心里想到。

洗手间里的流水声戛然而止。

李小小的心猛地揪起来，阎东山裹着与他毫不相称的粉色浴巾，光着脚跑出来，一把把她抱起来。

李小小低下头掩饰了下眼里的泪花，甜腻腻地说：“别急嘛，等我去洗洗。”

李小小快步走进洗手间把门反锁，打开淋浴头泪流满面。

真衰！

为什么遇到的不是一个长得稍微周正点的男人？

你真脆弱！他不周正，但也没让你呕吐吧。

可是我无法想象和他在一起。

……

李小小故意把淋浴的水换成了凉水，淋洒的凉水让她打了激灵。

阎东山在外面敲着宽大的磨砂玻璃门：“好了没，宝贝，我给你找了件很漂亮的丝绸睡衣。”

“噢，还没……”李小小把水开到最大，让水声把阎东山的声音淹没。

李小小记得刚考上大学时，妈妈整天一脸憧憬地说：“小小，好好学，上大学了，也不能放松，咬着牙绷着劲给我考研，知道吗？”

李小小点了点头：“那欠你的钱不就更多了，我怕我还不起。”

李小小这么说的时候，妈妈就在后面追着打她。

进了大学，李小小才对考研这件事有了更深刻的认识。她认为，考研不过是花更多的钱，浪费更多的时间，造就更多的无业游民。去招聘会现场看看，跟菜市场没有什么两样，乱哄哄的。听听用人单位怎么说——

“我们宁可用有工作经验的大专、本科生，也不要研究生，他们要价太高，眼也看得高，我们庙小，盛不下，也不愿意盛。”

“大庙”又说：“研究生！切！普通劳动者嘛，我们这里博士、‘海归’多的是。”

所以李小小很快就为自己规划了人生之路：上学→找工作→赚钱。

如果能赚到钱，那就不用辛辛苦苦地工作了。

李小小不禁想起妈妈的辛劳——他们刚刚搬到镇上那会，没有店面也没有太多的钱。夏天妈妈早上4点就起床，骑车去进冰糕，往返十几里，又热又累，出一身臭汗；冬天更吃苦，天不亮就顶着寒风蹬着三轮车去进菜，棉衣里汗水直流，内衣都溻了，等回来就在摊前匆匆吃点东西，汗下去了，顾不上换一下湿凉的内衣，只能靠体温暖干……

记得一个秋天的傍晚，突然下起很大的雨，爸爸和妈妈就在雨地里推着三轮车卖伞。她远远地看着爸妈热情地推销着雨伞，浑身淋得通透，偷偷地哭了很久。那天爸妈回家很晚，李小小听见门响，慌忙跑出去，他们浑身是水，滴滴答答地落在门口形成一摊小小的水渍。

“小小，你看妈妈给你买了什么？”妈妈说着从怀里拿出一个红色的塑料袋，里面装着两块蛋糕，“城里的孩子都喜欢吃这个，你尝尝，少吃点，吃完早点睡觉，明天早上起来背书的时候再吃。”

李小小笑了，眼里却蓄满了泪水，她撒娇着说：“妈，多少钱？要不要记账？我给您拿本子。”

妈妈伸手在她额头上点了一下：“好了，别嘴贫了，今天的不记了。”

“妈妈万岁！放心吧妈，以后我会给你买可大的房子，让你在里面享福。”李小小掰了一块蛋糕堵住自己哽噎的喉咙。

可是，上大学只知道学习有用吗？毕业了，依旧得去挤人才市场，把自己包装得体体面面依旧被用人单位扒拉来扒拉去。

李小小想着，从白色的浴缸里伸手抓了把泡沫抹在抬起的腿上。她觉得自己的思绪有些混乱，但唯一可以肯定的事，这栋房子确实是不小的诱惑。

阎东山又在外面敲门：“宝贝，你怎么还不出来？”

“这个浴缸好棒啊！我要在里面多待一会儿。”李小小捏着嗓子以一种兴奋的声调说。

阎东山又在外面叽里呱啦地说了一堆，最后无奈地从门口消失。

李小小仰着头吹着胳膊上的泡沫，她想拖延时间，似乎拖延时间就可以跳过某些环节，但前提是保证结果。

李小小用双手抱着头，嘟着嘴，她想起来自己的第一次要给阎东山，就相当郁闷。

她脑子突然快速地一转，就有了个不错的主意。

她穿好衣服，趁阎东山给她拿睡衣的时候，跑了出去。

奇怪的是，阎东山发现她偷溜之后，没有喊，也没有追出来。

李小小回到学校听说了一个爆炸性新闻，让她忙不迭地睁大眼睛，竖起耳朵，把那些消息通通吸进自己的耳朵里。

她拨通了王子轩的电话，约他在学校正门口的书吧见面。

李小小要了一杯加冰的柚子蜂蜜茶，然后到后面的书架上抽了几本时尚杂志坐下来翻看。

阳光透过百叶窗在桌子上刻出一条条的楞，像一种具有魔力的符号。

王子轩穿着红色的球衣跑过来，额头上挂着细密的汗珠。他在她对面坐下来，要了一杯冰镇雪碧。

“你，找我，有事吗？”王子轩认真地问。

李小小突然被他的表情逗乐了，冲他摆摆手让他凑过来，然后啪地在他脸颊上亲了一口。

“我演练，没别的意思啊。”

“我不想做靶子。”

“那实练！”李小小挑挑眉毛。

“不要！夏陌知道了会误会的……”

李小小大笑起来，但心里有些不服气，自己并不比夏陌差，那就说明这孩子眼光有问题，死脑筋。

李小小想着就想起了叫王子轩来的主要目的。

“夏陌，现在干吗呢？”

“在当家教。”

“除了当家教呢？”

“在‘上帝’收银。”王子轩脸上浮现出不悦。

李小小突然放弃了刚才想出来的那些刻薄的话，甚至连把听到的话转述的想法也没有了。

刚经过学校礼堂的时候还听到有人议论说——

“夏陌去KTV当‘天使’了，可不可以找她陪唱？”

“何止陪唱……”几个男生很暧昧地大笑。

学校BBS论坛上关于此事的讨论更是热烈，冰姬的名号很快就把她这个火姬淹没了，怪不得名人都喜欢时不时传出点绯闻。

但那些看似无害、自娱自乐的调侃下面，却有很大的两个字——混蛋！

这当然是本年度最受关注的三个人当中的校儒王子轩说的，于是校儒也就成了大家讨论的话题，比如他和冰姬的关系……

这么看来最消停的就是她自己了。

李小小托着腮帮子想，回头找个美术系的PS个自己和王子轩的暧昧照，裸露一点，大胆一点，那本年度最具人气奖就肯定是自己的了。

李小小想着，看了看坐在对面蔫蔫的王子轩。

她伸手拍了一下他的肩膀：“没事，哥们，你要相信夏陌。再说了，就算夏陌不行了，不还有我吗？”

李小小冲王子轩眨眨眼睛。

王子轩喝到嘴里的可乐猛地呛出来喷了一地。

“喂，你至于吗？”李小小站起来抓起桌子上的手机转身离去，身后传来了王子轩的声音，“小小，我们做朋友吧。”

“本来就只是朋友，你以为呢。”李小小仰着头，冲他做了个鄙视的手势，转身离开。

夏陌要去当家教，然后去KTV上班，应该不会回来，一切按原计划进行，这将是李小小一辈子都无法忘记的夜晚，她把自己变成唯一的主角，这个夜晚只属于她，一切准备就绪，只等自己拿着号令牌说——开始。

李小小没拿着刀啊、枪啊的向前冲，而是拿着一支圆珠笔，一圈一圈地转，越转越快，心情越来越乱。

看着窗外的灯光她都觉得心情复杂。

“简单美好！美好简单！”李小小这么念着，关上宿舍的门，然后看了看床周围自己用布做的帘子，“哗”的一声拉上，自己躲在里面。

她觉得舒服多了，狭小的空间更容易聚集高浓度的安全感。

她拿着圆珠笔又转了几圈，然后叼在嘴里，在牙上划拉出不怎么动听的音乐。

放弃吧！

NO（不）！

她在心里自问自答。

多好的主意，等若干年或者几百个小时后我未来的老公问我，乖，你把第一次给谁了。我就可以理直气壮地说，给我自己了！显得多豪迈，多帅气啊。但她眨了眨眼睛就有很多复杂的东西，以最简单的方式冒出来。

李小小觉得自己不是女权主义者，只是现在还没出现适合拿走自己第一次的那个人，所以还是自己解决的好，决不让阎东山占这么大的便宜。

用李小小的话说，他不是处男，我凭什么是处女，他承受不了，万一高血压、心脏病、失心疯一起发作，那多不好。

李小小在床上躺下，闭上眼睛，身体紧张地绷着……

很疼。

就是疼。

撕裂地疼痛。

李小小睁开眼睛坐起来，身下是大片的血渍。在她思维中应该是白色的床单上留下梅花一样的鲜红，很好看的那种。

她惊慌地坐在床上，看着床上的血，大声哭起来，根本没注意开门声。

“小小，小小。”

是夏陌，李小小吸了口气用红色的床单裹住自己，擦了擦泪，拉开帘子。

“你怎么回来了，我困了，我要睡了。”当她准备拉上帘子的时候，传来了夏陌的一声惊叫。

夏陌一副惊慌失措的样子，她看到了床上的血渍。

面对夏陌关切的询问，她淡淡地说：“大姨妈来了，你至于这么吃惊？”

夏陌从抽屉里拿出红糖，冲了一杯水，放在她床头边的桌子上，转身拿起脸盆洗漱去了。

李小小喝了口红糖水，眼眶就又湿润了，一滴泪在杯子里溅起一小朵水花。

她突然想起了高尚，明天一定要和高尚一起去找到它，夏陌看到它一定会开心的。

第二十四章

夏陌的手指轻轻地掠过黑猫Eva乌黑光滑的皮毛，高尚端着一杯水放在茶几上，在她旁边坐下，他们静静地看着窗外，细细的灯杆上挑着的橘色灯泡。许久夏陌嘴里才飘出呓语般的声音。

“你和她就是为了它？”夏陌冲黑猫Eva努努嘴。

高尚挠挠头笑笑：“她不是有意的。”

“我当然知道，她没必要去谋杀一只猫。”

“我们怕你难过。”高尚伸手去摸黑猫Eva。

“就算真的饿了，也不能吃下太多的东西，杀手——是它自己。”夏陌眨了眨眼睛，看着体型比黑猫Eva小一号的黑猫，“你已经重生了，你会重新做‘猫’，对吗？”

黑猫Eva仰起脑袋喵地叫了一声。

“谢谢你。”夏陌用食指沾了些杯子里的清水在短裤外裸露的肌肤上轻轻地画着不规则的图形。

小型号的黑猫Eva就是高尚和李小小的秘密。

今天她才知道，高尚和李小小相约见面，是为了去找一只看起来和黑猫Eva一样的猫，高尚说很抱歉，他们跑了四天，跑遍了大大小小的宠物市场，只找到了这只比黑猫Eva小一点的猫咪。但夏陌觉得像极了，那天夏陌推开宿舍门的时候，它正在抓着她的床单玩。

夏陌和它四目相对，双方都微愣了一下，夏陌轻轻地喊出黑猫Eva的名字，小猫高兴地跑过去蹭着她。

“黑猫Eva。”夏陌把黑猫毛茸茸的小脑袋贴在自己脸上。

她眼里滚烫的泪珠顺着脸颊滑下，小猫伸出舌头轻轻地舔去。

她抱着猫咪坐在地上哭起来，心里的“云”聚集多了，就需要变成液态排出体外。她尽情发泄的时候突然感觉另一只毛球在自己腿上蹭，她低下头一看，是只白色的小猫，夏陌只是在进门的时候瞥见了它一眼，便完全忘却了。夏陌伸手去摸白猫的脑袋，白猫跳着，脸上挂着滑稽的表情，夏陌忍不住笑出声来。

“那只白色的猫？”夏陌回过神来转头问高尚。

“噢，小小那丫头说了，她要和你并肩而行，你抱只黑猫，她抱只白猫，这样冰姬和火姬就更像一对完美的组合了。”高尚学着李小小的口气带着满脸灿烂的笑。

“你笑得真傻，简直像被李小小那小妞附体了。”夏陌说着把黑猫Eva放在沙发上，“它，我先寄存在你这了，我要走了，还有10分钟，以我超级的竞走速度，应该没问题。”

“10分钟？”高尚惊讶地重复道。

“Yes（是的）。”

“这么晚了，你去哪？”

“去我该去的地方，为我的美好未来而拼搏。”夏陌说着用左手握着右手把关节抓得咔咔响。

“你该去的地方是哪里？”

“‘上帝’那里。”夏陌说着穿上鞋转身出门，高尚追了出来。

夏陌快速地迈动双腿，高尚小跑着追在旁边，他需要知道，到底是怎么一回事，夏陌简略地介绍了工作的时间、地点和内容。

高尚听完一个大跨步挡在夏陌的前面：“那种地方，什么人都有，不安全。”

“我知道，我不会做对不起社会，对不起自己的事。”夏陌绕开他继续往前走。

“你不想危害社会，危害别人，不代表别人不愿意主动被你危害。”

“我没那想法，也不会有那方面的行为。”

“你跟我回家！学费生活费你都不用管，我会想办法的。”高尚冲过来抓住夏陌的胳膊，“你本身就是最有杀伤力的武器，你会让那种地方乱套的。”

“你是说我能让所有的男人疯狂吗？”夏陌转过头吐了口气，“那你呢？”

高尚刚要张嘴说话，夏陌伸出手指堵住了他的嘴：“记住，高尚哥哥，我不是你身上的寄生虫，我不需要你为我做那么多。你没这样的权利，也没这样的义务，我有自己的生活，自己会把握好尺寸的。”

夏陌甩开高尚的手向前走去。迎着夜晚的风，把眼里潮湿的雾气狠狠地吸进去，她在心里说：“你以为你是谁，我的救世主吗？你就一刚刚脱离贫困线的普通公民……”

旅行？立马出发！现在！

等一下我，夏陌说着飞奔上楼，她觉得自己有必要带上洗漱用品和自己那点少得可怜的钱。

老师突然宣布要集体出游，大家都带好了东西排好队，满脸喜气，只有她在大家准备走的时候才知道这件事。宿舍的楼是一个横切面，宿舍像一个个方格子，潮湿、黑暗，没有楼梯，夏陌也不知道自己怎么上去的，她胡乱地把东西塞进一个背包里，然后冲下来。

他们到了另一个城市，依旧是夜晚，天好像一直都未曾亮起，等大家安顿好休息的时候，李小小拉着她在这个城市的马路上溜达，天色和身边的景物都是微冷的色泽，像一幅静而遥远的工笔画。

“告诉你一个秘密。”李小小说着抖动肩膀就长出了白色的羽翼，“我们是有翅膀的。”

李小小抖动着翅膀飘在灰蒙蒙的天上。

夏陌按照李小小的指导抖了抖肩膀果然长出白色的羽翼，但是很小，好像还没长大，所以只能扑棱两下，却飞不起来。

李小小愉快地在空中画了个圈，然后向前飞去，一直向前冲，夏陌怎么叫，她都听不到，她撞在一个男人身上，翅膀猛地折了，变成一堆血淋淋的羽毛，夏陌哭喊着要去拉李小小，却被一帮奇奇怪怪的人拽住，他们试图割下自己的翅膀，他们说，她的翅膀不会长大了，锯掉吧。

夏陌拼命地捂着肩膀挣扎，哭喊着：“会的，会的，会长大，会飞起来的……”

……

“美女，美女，醒醒……”

夏陌抬起头，闻见一股汉堡的香气，麦当劳。自己在麦当劳趴着睡着了，夏陌松开抓着肩膀的手，笑着对服务生表示感谢。

外面的景物在微亮的天色下，看起来清新极了，像刚用清水冲洗过。夏陌伸手揉了揉太阳穴，赶走脑子里KTV的那种喧嚣、沉闷，裹着不同人体味发酵膨胀的空气。

昨晚她到达“上帝”的时候，那个扎马尾辫、打着6个耳洞的女孩正望眼欲穿，她看到夏陌进来就急忙钻进更衣室换了衣服离开了。

夏陌穿上紧身、带着白色亮片的抹胸连衣裙，戴上灰突突的白色羽翼翅膀，打着耳洞的女孩伸手给她拽掉：“你不用戴这个，你是收银，不是‘天使’。”

夏陌点了点头，到前台的电脑后面站好，侧面的冷气吹得她前额的几缕头发不安地跳动着，蛋清般的面孔在彩色灯光的照射下，像是透明的。

“有包间吗？”一个男人嚼着口香糖伸过头，如果他的脖子再长一些，估计他会把头伸到里面的电脑屏幕前。

“有的先生，请问您几位？”夏陌脸上没有微笑，却依旧让人觉得亲切。

“一位！”男人指了指自己，又伸手指了指夏陌，“加上你，两位！”

夏陌的手指在键盘上停下来：“对不起先生，您一位的话，就定个小包吧，303。”

“两位！包括你！”

“对不起，先生，我在上班。”

男人正准备说什么，就被后面的一群人往旁边挤，男生女生叽叽喳喳地喊着："帅哥，你好了没，我们等着定房间呢。"

男人只得讪讪地离开。

那一群男孩女孩围上来，你一句我一句地问道：

"冰姬，你在这上班啊？"

"冰姬，咱们照个合影吧。"

"冰姬，你跟我们一起进去唱歌吧，请会儿假。"

……

还有的举着手机啪啪地给夏陌拍照。好像她突然变成了一个新奇的物种，夏陌拘谨地绷直脊背，各色的灯光让夏陌觉得视线模糊，她感觉自己好像被许多人拽着、拉扯着，他们的热情让夏陌无所适从。

她愣了许久才蹦出了四个字："我在上班。"

他们都是夏陌的校友，虽然叫不出名字，但都觉得熟悉，直到旁边的女孩提醒夏陌认识的人可以给个内部折扣，夏陌才反应过来，在电脑上选了一个大包间，然后告诉他们可以6折优惠。

看着一帮同学欢呼雀跃地涌进电梯，她才松了口气。

夏陌回过神来，舔了舔干干的嘴唇，对服务生说："能不能给我一杯水？"

"对不起，我们这没有，我们有奶茶、雪碧、咖啡，您可以去前台点餐。"打扫卫生的工作人员说。

夏陌说了声谢谢，走出麦当劳。

再回去补会觉吧。

“他们要身份证你就给他们看，名字就是个符号。”

夏陌打了个呵欠对高尚说，“是个不好的符号，好了，我挂了。”夏陌说着把电话扔到桌子上，自己重重地倒在床上。

“上帝”的那个长相畸形、心理变态的大叔老要什么身份证，还要看原件，总之是件让人超级崩溃的事。夏陌不想、也不愿意让人看到她的身份证，那上面的名字就像恶毒的诅咒，死死地嵌在她的血肉里。

今天是第三天，应该一切都搞定了。夏陌打了个呵欠，本来想睡会，却听见外面下起了小雨，她只得翻身下床向学校西门跑去。

西门是一个公路桥，桥下是火车道，顺着本该是水流的地方延伸，看上去寂寥、荒凉。这个城市是缺水的，雨也下得细腻温润，细细地打在脸上，犹如一个娇羞的姑娘，总不敢大声言语，唯恐惊吓了路上的行人，所以桥下没有被水聚集淹没的危险。

桥下路过的火车很少，偶尔会有一辆轰鸣着驶过。

她拍了拍脸颊，享受了一下天然的润肤水，虽然它含着大量的杂质。

夏陌拽着草小心地向桥下走，很快就看到了她摞起来的几块砖头。她蹲下来，双手合十对着天空默默祈祷：“我真的不愿意干这违法的事情，我没有别的办法，总之我不会，也不打算去危害别人，这就够了，我只是为了让自己少受点嘲笑和伤害。”

夏陌想着眼眶里就泛起了温润的热，她小心地挪开砖头，身份证的复印件原样在那，100元钱却不见踪影。

夏陌掏出手机拨那个办假证的电话，却一直是无法接通。

她沮丧地拿着那张身份证复印件在那发呆，直到一辆列车轰隆隆地从下面驶过，夏陌才回过神来。

“我叫丑丑。”

夏陌流着泪喊道。车窗里有某个乘客好奇地扭头，还没看清楚女孩的面容就被火车载着把视线拽走了。

但那两个字就像刀一样深深地在她心上割下去。

“你真的那么憎恨我吗？夏小月？”夏陌看着身份证上夏丑丑三个字，吸了吸鼻子，“还真是对不起，让您失望了，我没发育成丑得让人呕吐的形状。”

从夏陌记事起，这个名字就像一个愚蠢的符号，自己同龄的孩子总是大声喊着她的名字，而自己就像一个小丑一样被他们拉出来嘲笑。记得曾经有一个同学问她：“你为什么叫丑丑？你并不丑啊。”夏陌听完冷冷地笑了一声，转身离开。那个同学尴尬地站在那里。

夏陌只能是冷冷的样子，这样就能排除很多玩笑和有意无意的伤害。没人接近她，她也不允许任何人靠近，看见同学很亲密地挽着手谈笑的样子，她也很羡慕，但不能走近。

也许，名字就是夏小月对我的厌倦和诅咒，从容貌到生活我越糟糕她就越开心吧。“可惜你输了。”夏陌站起来，冷冷地一笑，震落了眼里的液体。

她上大学的时候给自己改名叫夏陌，但身份证上无法改变，像一道一直在加深疼痛着的伤疤。

夏陌有些恍惚，她面无表情地走回宿舍，在床上躺下闭着眼睛睡去，她迷迷糊糊地听到李小小回来又出去，李小小折断的羽翼，那天床上的血迹突然让夏陌在梦中打了个冷战。

“你想怎么样？”夏陌没好气地说。

“想叫你出来请我吃个饭，我昨天花光了所有的钱，我这个人很感性，你知道的。”

“疯了，我们根本不认识好不好！”

“就吃一份牛排！我保证别的我都不点，就算我吃不饱，也会露出吃饱喝足后才会有的甜美微笑，保证不破坏你的心情。”

“我现在的心情已经被你破坏得一塌糊涂了。”夏陌拿着电话咬牙切齿，“以骚扰别人为乐，是不是你一贯的作风？”

“My god（我的神）！算了，我只是想和你合作，遇到我你会有不一样的生活。”

“我现在生活得很好，麻烦你别试图把你臭烘烘的脚伸进来打扰我！”

“嗯，好的，拜拜。”对方声音黯淡下去。

夏陌吐了口气，心里突然难受起来，她不想伤害别人，但她也没有精力和时间在这里和一个陌生人瞎聊。

夏陌张开五指把头发捋上去，又按开手机找到刚才的那个号码发短信说：“对不起，妖孽，我不是有意的，但是你对我来说真的只是陌生人……”

妖孽没回信息，夏陌想他肯定是觉得与自己玩太不起劲了，所以放弃了与自己周旋的想法，那样的话，还真是谢天谢地。

太阳从楼房的顶端开始下坠，这个城市里阴影的面积越来越大，直到融进灰色的天幕里。夏陌突然觉得疲惫不堪，最近几天她没有好好地睡过觉，总是做一些稀奇古怪的梦，出现概率最高的就是夏小月，她像是自己最大的债主，仅仅因为她把自己带到这个世界上。

夏陌拨通了精神病院的电话，接电话的护士热情和甜美的声音让夏陌觉得不正常，她甚至怀疑是哪个房间的病人跑出来溜进了值班室，因为以往守在电话旁的总是那个半死不活的、毫无生气的女中音。

“喂，请问你找谁？”

“403号房的夏小月，她还好吗？”

“没什么大的问题，就那样，你知道的，除了神智不清醒外，没有其他异常，身体非常好，从来不感冒发烧。”

“当然，我没死掉前，她不会放弃生命的，她这是故意折磨我。”夏陌小声地感叹道，尽管这样想着，她心里的某根神经还是突然跳动了一下。

“好的，我知道了，她还有康复的可能吗？”夏陌问道。

“也许吧，她的状况算比较好的。”女孩正说着，电话那头就骚乱起来，含糊不清的喊声，杂乱的脚步声，还有医生说话的声音，好像是在给病人注射镇定药。

“丑丑！丑丑！你给我出来！”

夏陌猛地打了个激灵，慌忙按断电话。是夏小月的声音。

我是夏陌，不是夏丑丑，夏小月你听好了。夏陌在宿舍前的台阶上坐下来，她想象着细细的针头扎进夏小月的皮肤，然后她沉沉地睡去。夏陌脸上滑过一丝冷笑，眼里却滑出一滴液体，滴在她冰凉的手背上。

花园小区。

夏陌加快了脚步，后面依旧被同样频率的脚步声跟随着，夏陌停下来，猛地回头，见离自己500米远的地方一个人影闪进了旁边的楼房。

夏陌攥着拳头，手心渗出细密的汗珠。

跟踪我？是谁？

夏陌吸了口气让自己镇静下来，试探着喊道：“妖孽。”

没有回声，看来不是妖孽恶作剧的跟拍。夏陌看了看四周，拔腿向7号楼跑去。

开门的依旧是卡卡，神情有些落寞。

夏陌看着他勉强地冲自己挤出一丝笑意，然后转身上了阁楼，背对着自己坐下，旁若无人地拼着城堡的拼图，却总是拼不好，城堡像一个扭曲的劣质工程，还没完工，就让人觉得糟糕至极。

“卡卡，怎么了？你妈妈不在家，你是不是不高兴了？”夏陌在卡卡面前蹲下。

卡卡摇了摇头，眨了眨眼睛，大颗的泪水掉下来：“不是的，妈妈每天都回来得很晚，我知道妈妈有自己的事要做。”

“那为什么哭啊？”夏陌擦去他脸上的泪水，没想到他却哭得更凶了。

他哭着站起来，踮起脚尖从书柜上拿下故事书，然后翻到《白雪公主》那一页，更伤心地哭起来：“陌陌姐，你说白雪公主是不是很善良，很漂亮？”

夏陌点了点头。

“我跟妈妈说，陌陌姐就是白雪公主，很漂亮。可是妈妈说，妈妈说……”男孩说着又呜呜地哭了起来。

“妈妈说什么？”

“妈妈说，故事都是骗人的，白雪公主其实是个残暴的人，而王子也是个有着不良癖好的坏孩子，妈妈说，不要相信别人，不要相信故事书。”男孩带着哭腔，“是真的吗？”

“不是的，白雪公主真的很美丽很漂亮，她的继母是个狠毒的女人……”夏陌说着把卡卡揽在自己怀里。看来卡卡的妈妈真的是个狠心肠的女人，她怎么可以告诉孩子这些呢？好在她没有说白雪公主是个虐待小矮人、卑鄙狠毒的人，而王子是个恋尸癖，所以才会爱上水晶棺中的公主。

童话美好得一塌糊涂，现实残忍得乌七八糟。

夏陌想着眼里湿热起来，整整一个晚上，她都陷在成人版《白雪公主》残酷的情节中。也许现实就是这样，只是自己一直不愿意接受而已，夏陌面对那些带着酒气、相貌猥琐或者外表俊朗、内心肮脏的言语调戏者，面无表情地机械工作。

她突然想起了李小小版的白雪公主，也许那才是真实的。

大一后半学期大家彼此熟识了，便凑在一起组织演一场话剧，算是本班级自娱自乐。按照约定随手翻一篇童话故事出来，却没想翻到了《白雪公主》，大家都扫兴至极，只有李小小兴奋异常。她说：“我们演一出成人版的《白雪公主》怎么样？”大家立刻换上了娇羞或兴奋的表情。

夏陌记着李小小演的白雪公主是一个心计很深的女人，她故意与王后吵翻，然后来到森林里，每日欺负小矮人，作威作福，在得知王子的英俊时，故意制造了毒苹果一案，最终得到王子，那天她还试图强吻王子的扮演者王子轩，却在最后一刹那，被王子轩变出的一张黑桃K纸牌阻隔，然后两个人跳了一段拉丁舞，完美落幕。

自己也许太过规矩了。夏陌想着眨了眨眼睛。

大家都收拾东西离开的时候，夏陌才神情黯淡地换好衣服往外走，一阵夜风吹过，夏陌身上的汗毛一根根地竖起来。

原来夏天也是会冷的。

夏陌正想着，猛地被一个人堵住，她抓起夏陌的领子就是一个耳光。

“你个骗子，假惺惺的。”

“我没有。”夏陌脑子反应有些迟钝，“我骗什么了？”她抬头看向女人。

第二十五章

李小小拿竹签扎着炸臭豆腐吃得津津有味。王子轩双手插在裤兜里，低着头踢着路边的小石子若有所思。

“和你一起放荡的感觉真好。”李小小吃的过程中不忘深吸一口夜晚清凉的空气。

李小小说完，王子轩却没有接茬和她斗嘴，这让她觉得有些不适应。

“喂，原生动物，你还在为夏陌的事郁闷呢？”李小小问。

“没有，我相信夏陌，她不是那种人，何况她在那只是收银。”

“哦，那你又钻进哪个旮旯里面自找苦闷呢？”李小小咬着竹签笑着伸手捏了捏他的鼻子。

“别动我，男女授受不亲，没听说过吗？”王子轩一本正经地说，“要是假如，当然我说的只是假如啊，假如一个女孩很喜欢你，又设计和你发生了关系，结果就有了，怎——么——办？”

李小小笑得更厉害了：“你神经啊？”

“我只是说假如。”王子轩挤出一丝笑意，“万一你什么时候爱我爱到不能自拔了，说不定想出什么主意呢。”

“美死你，我就是和你在一起图个舒坦，没压力，没事还能在你身上找点乐子。”李小小笑着去揪王子轩的耳朵，“我要吃烧烤。”

王子轩耸了耸肩，转身向烧烤摊走去，李小小蹦蹦跳跳地跟在后面，她听见王子轩小声嘟囔道：“没心没肺的傻丫头。”

没心没肺才是获得快乐生活的硬道理。

李小小想着自己又傻乐了一会儿，她不怕也不在乎王子轩怎么想她，也没必要在他面前扭扭捏捏装腔作势，反正他喜欢的是夏陌，而自己就是他忽略性别的一个哥们。

李小小心里有点酸，又连忙摁住。她抢过王子轩手里刚烤好的羊肉串，一咬，就被烫得嗷嗷叫，王子轩一边叫她小馋猫，一边掏出纸巾递给她。

李小小边往嘴里扇着气边说：“看在你请我吃烧烤的份上，你有什么郁闷的，说出来，姐帮你分析分析。”

“没事，就是有些事超出了我能控制的范围，害怕拿出来被你一肢解变得更一塌糊涂。”

李小小龇着牙对王子轩摆出一副傻笑的模样。

后来，她又拉着王子轩在路边的水果摊上买了些荔枝，两个人在黄河边，一边吃烧烤一边吃荔枝。这个夜晚的风很大，霓虹在黄河中映出漂亮的色彩。

“你相信不相信，我很快会有一栋别墅？”李小小抢过王子轩手里剥好的荔枝，仰起头，一松手，让它准确地掉进自己嘴里。

“你发烧了，还是做梦呢？这做梦的点也没到啊，不如你想想，有我这么位大帅哥晚上陪你在这里吹‘黄河风’，很有意境，很浪漫，这还比较实际。”王子轩说着甩了甩头发。

李小小弯腰做呕吐状：“见过没脸的，没见过你这么没脸的。”

李小小转头看见一个熟悉的身影，是阎东山，他旁边是一个女人，是的，一个女人，李小小腾地串起一股怒火。

上去大吵大闹讨个说法？上去拳打脚踢？显然这些办法都不可行。

李小小在王子轩的喊声中回过神来，她把手里装荔枝的塑料袋塞给王子轩，快步向阎东山走过的方向追去。

“小小，你干吗？你不吃了？”王子轩在后面喊道。

“傻啊，不知道那都是上火的东西吗？我可不想变成香肠嘴。”李小小没好气地说着又快走了几步，留下王子轩傻愣愣地站在那里。

李小小在离阎东山200米的距离外拨通了阎东山的电话。

地狱？

好奇怪啊！

我混迹在这个城市也有300多天了，怎么就不知道有这么个地方。

李小小正想着，阎东山发短信说他在地下一层叫作“贪欲”的包间等她。

“有点意思。”李小小推开了这家叫“地狱”的餐馆的门。

结果很奇怪，这扇门里面还有一扇门。紧闭。

李小小伸出食指轻轻点了点，头顶就传出了电脑程序般的声音：“您好，您是本店第20 031位顾客，请问您确定要进入本店吗？”

李小小听完，按照电脑的指示在右侧的按钮上选择了——是。

火树银花。流光溢彩。金碧辉煌。

反正李小小觉得里面不像地狱更像天堂，要多赏心悦目就有多赏心悦目。

这个地方有点意思，阎东山这暴发户还真有点情调。李小小在音乐声中，顺着玉石般的旋转楼梯走了下去。

李小小走了一半的时候发现下面是让人恐惧的绿色荧光灯，跟盘丝洞一样诡异的入口。她停了下来，心跳得厉害，她突然想转身回去。

但这时电话响了，是阎东山的声音："喂，宝贝，怎么还没来，快点，别墅的转让协议还有房产证我都准备好了，迫不及待想呈献给宝贝呢。"

李小小还没来得及说话，电话就断了。

她吸了口气，咬了咬牙，一口气跑下去。过道的地板很烂，斑斑驳驳缺损得厉害，还散发着让人恶心的奇怪气味。每个包间都有客人，门是透明玻璃的，里面的人看起来让人浑身发颤，无论你怎么看都看不清楚他们的脸，唯一能看清楚的，就是心，那么突兀地露在外面，黑色的、青色的、紫红色的、花的，残缺的、破损的、血淋淋的。总之，各式各样的，就是没有一个正常的形状。他们抽着8500元钱一条的纯手工制作的限量版黄鹤楼香烟，喝着拉菲红酒，手上戴着祖母绿的宝石戒指，但他们浑身在溃烂化脓，他们的"心"的样子让人恶心不堪。

李小小弯腰干呕了几声，飞快地向前跑去，她却在包间门口被什么东西扯住了，层层的线，乱七八糟地把她包裹起来，黏糊糊的一张大网，让她无法呼吸，而她的心正在往外顶，同样是让人无法接受的色泽。

李小小恐惧地大叫起来。

……

她坐起来，喘着气，眼睛瞪得大大的看着前面。

“小小。”

“小小，你怎么了？”

王子轩和夏陌的脸在她瞳孔里逐渐清晰。

“我在哪？”

“图书馆啊，我们趴着午休来着。”

李小小拉过王子轩的手臂咬了一下，王子轩叫了一声，她才长长地吐了口气：“看来就是个梦，把老娘吓坏了。”她嘴上这么说着，心却依旧跳得厉害，真是个不好的预兆，该死的破梦。

“我们继续看书吧。”夏陌接了杯水放在李小小面前。

说来还是李小小的主意，她心里很烦，就想找点事情打发时间，于是就约夏陌和王子轩到图书馆看书，趴着睡午觉，充分感受校园文化的魅力。

“没心情了。”李小小站起来。

别墅难道要被那个女人抢走？她是那些密得像网一样的线？

不！

李小小加快脚步向校外走去。

李小小拨通了阎东山的电话，这家伙睡意正浓，李小小都可以想象他流着口水的邋遢样。

“山哥，晚上你有空吗？”

“没！”阎东山笑了两声，然后传来了吐唾液的声音，“那是不可能的！晚上我给你打电话，下午我还有个会。”

李小小的心疼起来，别墅那么好的地板，沾上他这么黏糊糊的唾液，天啊，他简直就不是人。但是没办法，谁让这别墅目前还属于她呢。

“我亲爱的别墅，你先坚持坚持，我立马来拯救你！”李小小脑子里突然又跳出一个镶金边的痰盂，对呀，也许吐痰盂里了。李小小揪着的心放了下来，觉得自己真是傻得可爱。

李小小回过神来，电话已经断了，看来阎东山对自己越来越冷淡了，这让她觉得事态相当的严重。

她又回想了一下昨晚的画面，她和王子轩在黄河边吃荔枝，然后无意中看到了阎东山，他和另一个女人很亲密的样子，李小小追了两步，就站住了，当然是底气不足。

我还不是他阎东山的什么人，他也没必要对我讲什么忠贞。于是李小小让自己冷静下来。

李小小拨通阎东山的电话时候，他一副气定神闲的语气，毫不隐瞒地告诉她他所在的具体位置。

真是个诚实的娃！李小小换了一种极其温柔的腔调问：“和谁在一起呢？”

“美女秘书。”阎东山简单地回答。

李小小挂了电话心中甚是不自在，但半个小时后阎东山把电话又打过来了，电话里很安静，没有嘈杂的声音。

阎东山好像什么事都没有发生一样，李小小说话却硬邦邦的，心里的不满和愤怒突突地往外冒，无法控制。

“看，不成熟了不是，别心里想什么都表现出来，这样不好，不好。”阎东山的腔调语重心长。

“你怎么可以这样呢？你太欺负人了。”李小小说着，声音就变得湿漉漉的，随时有下雨的可能。

“没有啊，你也知道，我身边很多女人，我可以为你忍一时，但不能忍一世吧？说白了，我们就是生意伙伴，各取所需，既然你不愿意交换，我当然可以转换对象，这是我的权利。”

“你无耻！”李小小对着电话喊道。

“你这句话过时了，亲爱的。”阎东山说着突然笑起来。笑过，他陡然间又换了语气，软言软语地哄她开心，甚至在那边学狗叫猪地哼哼，说其实他和那个女人之间没什么，是那个女人非要缠着他一起吃饭，他说他喜欢小小，心里只有小小。

阎东山说着说着竟然在电话那头抽噎起来：“你知道的，我这个人很缺乏安全感，我告诉过你的，我总是害怕你会欺骗我，所以……其实我自己也很矛盾……”

李小小心里一软，立马说：“我不会骗你的，我对你是真心的。”

李小小这么说的时候，似乎阎东山真是她的“菜”了，似乎她真的愿意去守候。

现实和幻想有时候就是很难区分，模糊了就显得微妙，就让人觉得——嘿，有点意思了。

“我爱你。”阎东山这么说的时候，李小小突然有些喜极而泣。

姐在人生低谷期，少惹。

李小小把纸条贴在床头旁边，自己靠在床上，把手指甲上深咖色的指甲油一点点地抠掉。夏陌回来正要和她说话，她抬起眼皮，指指身后的纸条。夏陌皱了皱眉头把换下来的衣服扔进盆子里转身去了水房。

黑猫Eva和那只白猫欢快地跟在夏陌后面嬉闹着。

“小小2号，你个吃里爬外的叛徒。”李小小对着白猫的背影做了个鄙视的手势，然后用双手抱着头继续发呆。

外面传来吉他声和歌声。

用脚趾头想想，就知道王子轩那家伙又在下面发情了。李小小不满地嘟嘟嘴，用手捂住耳朵，她需要安静。今天晚上她决定和阎东山在一起，一栋别墅意味着的东西太多了，如果拒绝掉她会觉得自己是傻子，虽然这样的决定不正确，但这个社会是允许这些东西存在的——“交换”“心甘情愿”，没危害任何人。

李小小想着就觉得心安理得了很多，但心里还是很不舒服，说不出什么感觉。她拿卸甲水把指甲油擦掉，又重新涂上蓝色的指甲油，在面前晃着吹了吹，差不多干了的时候，李小小才起身换衣服。

夏陌洗完衣服，坐在床边，拿着一本《博尔赫斯全集》看得心不在焉。

李小小就和夏陌有一句没一句地聊起来。

“你在‘上帝’工作怎么样？”李小小一副无所谓的语气。

“工资很少，我得尽快再找一份工作。”夏陌托着下巴若有所思。

“切，你工资少不会想办法赚外快吗？你再找份工作，24小时上岗，你以为你是咸蛋超人啊？”

夏陌抬眼看看她，惯有的表情，冷冰冰的没有温度。

“算了，你怎么会有我这么灵活、超级聪明的脑袋瓜子呢。放心吧，姐妹一场，我回头会帮你的，等姐们有一天发达了。”李小小说着又补充了一句，“这一天很近的，一抬脚就到了。”

夏陌左手抱着黑猫，右手抱着白猫，淡淡地说："太聪明的人，往往会把自己绕进去，不是自己的东西别碰，记住。"

李小小刚刚好了一点的心情，又被这句话惹得毛躁起来。

"无聊。"李小小说着，趴在下面找到自己的平底布鞋换上。

她平时很少穿这样的平底布鞋，除了上体育课。

她是入学两个月后开始穿高跟鞋的，看着那些打扮鲜亮的师姐，她突然觉得自己都成了丑小鸭了，原来这个世界如此美好，除了妈妈的唠叨、厚厚的书本和无尽的习题外，还有那么多有趣的东西。

于是她拿出自己的积蓄去买了第一双高跟鞋，粉色的，细细的鞋跟，纤巧细腻。怪不得书上说，没穿过高跟鞋的女人就是不完美的女人，穿高跟鞋的女人总有一种特别诱人的气息。

但美丽是要付出代价的。

李小小在两个女生的搀扶下，颤颤悠悠地走了会，还是不小心崴了脚，脚脖子肿得跟发面馒头似的，但她依旧坚持穿高跟鞋走路。这个时候，她常常想起来那个在女巫那里获得了一双脚的美人鱼，她一走路就会脚疼，大概也和她那时的感受差不多吧。

现在她已经能穿着高跟鞋随意地跑跳了，反而觉得穿上平底鞋有些不适应。

但是现在她要去做一件严肃的事情，必须"脚踏实地"一步步地走过去，以表示自己的虔诚和敬畏。

李小小虽没有三跪九叩，但内心也是盛满了虔诚，不管神灵存在与否，都给人心灵上带来了敬畏和希望。

几个月前李小小还傻兮兮地发问：天上真的住着神吗？道教、

佛教、伊斯兰教，还有那一堆不知道什么教派的家伙，都有自己的神，那天上岂不是比人间更拥挤？他们是不是也每日算尽心机争夺地盘呢？

但现在李小小不会这么想了，此刻，她相信神灵的存在。

神灵总在人们需要的时候才出现，这样才能显示出他们的能力和普度众生的胸怀。

白云观门口算命的先生，争抢着招呼她。

“姑娘，算一卦吧，一看姑娘你面目清秀……”

“姑娘，来看看吧，你命运不错，但最近有点不顺，我给你破破。”

李小小冲他们腼腆地一笑，抬头看了看，蓝色匾牌上“白云观”三个金色大字，下面雕着“升云得路”四个小字。

她看见束着长发、穿着黑色道袍的道士从回廊上匆匆走过。绿色的树木，古香古色的建筑，幽雅清静。

李小小走过琉璃照壁、七彩牌坊，在山门处停下来，看着汉白玉石浮雕小石猴，忍不住伸手去摸，还笑嘻嘻地说，“亲，你也算是仙兽吧？我实在太喜欢你了，太可爱了，你也要保佑我啊！要是我完成心愿，一个月后我给你买很多好吃的桃子，一言为定。”她笑着摸摸小猴子光溜溜的脑袋继续往里走。

她看到了一座单孔石桥——寓风桥，桥洞口悬有直径1米的金漆大“铜钱”，李小小从口袋里掏出硬币向着铜钱的钱孔扔去。

进了！

天啊！看来自己真的要心想事成、财运亨通了。

李小小虔诚地祈祷着进了后面的大殿，太上老君、玉皇大帝、关公等各路神仙，她挨个拜过，才去摇签，她记下签号，到前面换了签文。

然后她把那张黄色的纸紧紧攥在手里，神情肃穆地走出了白云观，她没让老道解签，不是心疼用来解签的10元钱，而是相信签文一定是好的预言，不须解读，时间会把一切都呈现出来。

“你信这个？什么时候的事？”

李小小被突如其来的声音吓了一跳，抬头见王子轩笑嘻嘻地站在她面前，拿着一根雪糕，剥开递给她。

“喂，你是幽灵吗？这么不声不响地冒出来。”李小小瞪了他一眼，接过雪糕咬了一口。

“你这两天怎么了？好像有心事噢，神经兮兮的。”王子轩一脸猜透人家心思的得意样子。

“去，去，去，我哪能像你，没事自找牛角尖乱钻，我没那个嗜好，本姑娘心‘宽’，体‘不胖’。”

王子轩笑着去拉她的手，李小小甩开：“切，你想占我便宜。”

王子轩不好意思地挠挠头：“晚上一块吃饭吧，我请你吃大盘鸡，你陪我喝酒，最近心情很糟。”

李小小看着王子轩有些发愣，和他共进晚餐应该是很美妙的事情吧，李小小看着他想起了插着蜡烛的蛋糕和香香的玫瑰花。

该死，这孩子总让人想起美好的东西。李小小把视线从他脸上移开，她害怕自己会中了他的咒语。

他是来阻止我的？那就是阻止我的美好前程，阻止我拥有那栋别墅，不，不能！面包比爱情实在得多，何况我还不确定爱情是否存在。他现在心里只有夏陌。

李小小思索着低下头看着自己的脚尖：“我不去，我晚上有事。”

“我都安排好了，去吧。”王子轩语气近乎哀求，软绵绵的，让人听着心都要化了。

李小小吸了口气：“说了，有事，你自己玩吧，别瞎闹。”

她转身要走，王子轩一把拉住她的手，李小小一根根地掰开他的手指，把手抽出来，大步向前走去。

脸上被湿热的液体所覆盖。

“这是什么事！”李小小在心里骂着抬手抹了抹脸。她不敢回头，不敢看见王子轩的脸，她害怕自己会改变主意。

走吧，去别墅，拿到别墅的房产证后，彻底与阎东山断绝关系，然后在那里开场Party（聚会），盛大的狂欢。

李小小花了一个小时把自己打扮得美貌无敌、活力无限，才对着镜子嘟着嘴，“啵”地亲了一口。

“小小，晚上你有事吗？”夏陌推门进来边往里走边说，“子轩叫我们晚上一起吃饭。”

“不去！我可没当电灯泡的嗜好。”李小小酸酸地说。

“你别胡说，我和子轩就是普通的朋友。”

“普通的朋友之间总能发生不普通的事。”李小小说着拿着10厘米的高跟鞋往脚上套。

“小小！”

“好了，好了，不说了，知道你开不起玩笑。我今晚有事，不回来了。”李小小说着往外走。

“你去哪？”夏陌追问。

“无——可——奉——告！”李小小说完这四个字，甜甜地一笑，关上了门。

李小小走到张掖路的时候在一家大型超市门口停下来。她突然想起该准备些东西，于是转身进了超市，超市的一位胖陀螺一样的年轻店员屁颠屁颠地跟在她后面，笑得眼睛都看不到了。

“美女，你找什么呢？我帮你拿。”男导购一脸献媚。

“女人用品！你好意思吗？”

“没什么不好意思的，这是我们的工作，客户满意是我们的职责。”男导购搓着手站在那一副赴汤蹈火的表情。

“对不起，您的客户现在需要的是自由挑选商品，你可明白？”李小小说着冲他做了个远离的手势。

男导购只好讪讪地离开。

李小小从洗化区转到食品区，最后看了看四下无人，才在一个角落里停下来。

包装琳琅满目，果真比校园里那些绿色包装的TT（套套）好玩得多，还有浮点的，震动的，水果味的……嘿嘿，好奇妙啊。她拿了一盒水果味的扔进购物篮里。

又盯着货架上看了半天，又拿了一盒震动的，想了想心里就紧张起来，于是手就不停地往篮子里扔。

“嗨，美女，这可是男人用品噢。”

李小小被这声音吓了一跳，回头见那个男导购站在她身后坏笑。

“没女人，男人用得着吗？”李小小说着绕开男导购往收银台走去。

“您好，一共158元。”收银员声音甜美，笑容暧昧。

“这么多？”

这时男导购又挤过来，满脸热忱：“我可以帮您筛选一下，保证找到您想要的。”

“不需要！”李小小说着掏出钱包，把钱递给收银员，然后把那些不同牌子的TT（套套）一股脑地塞进包里，逃出了超市。

一家中西结合的餐馆，阎东山傻兮兮地在靠窗的位置上坐着，喝着一杯大麦茶。

李小小抱着鼓鼓囊囊的包在他对面坐下。

“宝贝，你包里塞了什么好东西？”

“没，没什么，我去趟洗手间。”李小小说着把包抱得紧紧的，向洗手间跑去。

在别人诧异的目光中，她迅速进洗手间找了个位置，把门从里面插上，然后拉开包，把TT（套套）一盒盒地拿出来，拆开，盒子扔掉，只留下TT（套套），刚才被撑得棱角分明的包，形状变得柔和起来。李小小好像取得一场什么胜利，面带笑容拎着包走了出来。

李小小回到餐桌，阎东山已经点了一份罐罐鸡，一盘回锅肉，一份米饭，一瓶红酒。

阎东山把菜单递给她，她翻了翻，要了一份木瓜牛排——三分熟，一份比萨饼，一份蓝色妖姬冰激凌。

不一会儿香喷喷的菜肴便摆满桌子。

李小小端起冰激凌看了看，淡粉、淡蓝、淡黄，好看的颜色。上面还插着一片柠檬片和一把玫红色的工艺小伞，这就是冰激凌贵族的范儿。

李小小把上面的伞拽掉，舔了舔，味道果真比大街上的冰激凌好吃得多。

阎东山倒了两杯红酒，和李小小碰杯，各自说着祝福的话，心里却打着各自的算盘。

不能把阎东山灌晕，否则又去不了香榭街，或者去了又被误认为是小偷。李小小漫不经心地吃饭，她既渴望去香榭街，又想拖延去的时间，毕竟阎东山这个人本身并不是她想要的“菜”。

至于阎东山，他好像也在尽量拖延时间。他的意思，李小小有些不明白，反正像他这样长相不怎么明媚的人，思维偶尔短路一下还是很正常的，如果他猴急猴急的，李小小还真不知道怎么招架。

李小小拿刀划拉着牛排，纹理分明的肉丝里渗出血迹。

“你什么时候改吃生肉了？”阎东山笑着说。

“没有，就是想找不同的体验，好不好，试过了才知道。”李小小说着又去切牛排。

阎东山端起盘子，把回锅肉的菜汁倒进米饭里，拌了拌，扒了两口。

李小小停下来，从口袋里拿出一片口香糖，卷了卷塞进嘴里。

阎东山叫来服务员要求把牛排重新回炉，被李小小拒绝了，她吐掉口香糖，把牛排送进嘴里，笑着说：“不是你的嗜好，你的菜，但有时候也要尝尝，说不定感觉会很好呢。”

李小小嚼着夹生的牛肉就觉得满嘴腥气。当她赌气地把一块带血的牛肉塞进嘴里嚼了一阵，最后捂着嘴直冲卫生间，把嘴里的食物吐掉，干呕了两声，对着镜子擦了擦眼角渗出的泪，自言自语道，看来这夹生的东西真不能吃。在镜前站了一会儿，她突然想给王子轩打个电话，但她知道不能这么做。

她把手机关机，塞进包里，又重新回到位置上。

两个小时后，面对满桌子狼藉，李小小提议回去，阎东山点燃一支烟抽了一口说：“不急，坐着聊会吧。”

这让李小小相当困惑，看来自己的吸引力还真是有限，连阎东山都搞不定。

她开始让自己的声音变得柔软、热忱起来。

第二十六章

上帝KTV。

“72元钱，两个小时。”夏陌说着伸手接过摩登女孩手里的粉红钞票。

旁边的女孩拽拽夏陌，小声提醒说客户开的是中包。夏陌才反应过来，连忙说：“对不起，你们的是中包，112元钱。”

“切，你以为姐姐我是三岁孩子啊，你一会儿一个价钱，蒙谁呢？”女人高傲地瞥了她一眼，伸手点了根烟，冲着夏陌吐了一个烟圈，“姐就这么多钱，小妹你收着吧，甭找了，剩余的是小费。”

女人说着迈着软绵绵的猫步离开了前台，旁边的几个女孩，连忙过去搀着她，她们回头对夏陌娇媚地一笑，做了个飞吻的手势，推门离开。

“她们给的钱不够。”旁边的女孩提醒夏陌，她却像没听见似的，神情涣散。

“还真是花瓶级的老仙。”女孩小声嘟囔了一句转身对夏陌说，“少的钱你自己补上啊，跟我没关系，我提醒过你了。”

夏陌面无表情，低头从口袋里摸出一把零钱，展开，铺好，只有11元钱。夏陌又伸手从屁股口袋里摸出一个硬币，把钱沓好，一声不吭地放进收银柜里。

“呵，真服了你了。”旁边的女孩没好气地撇撇嘴，转身对着刚进来的客户用特别嗲的声音问好。

回头见夏陌依旧一副失魂落魄的模样，只好自己跟客户交涉，夏陌只是机械地输入201小包，就又直直地立在那。

“喂，你不想干了吧？”客人离开后，女孩没好气冲她嚷道。

夏陌看了看女孩依旧不说话。

眼前巨大的水晶吊灯，散发着柔和的光芒，雾气一般，柔软且飘忽不定。

夏陌听着从包间里挤出来的男男女女声嘶力竭的吼声，怎么都觉得像是损坏人们听觉神经的噪声。从她面前闪过的每一张笑脸，都是固定虚伪的人皮面具。这就是“上帝”，尽情挥霍情感，尽情放纵，抱着麦克风哭、笑、喊的地方。

这个世界一点都不好玩，简直就是严重失衡的天平，而自己总是处在最低的那端，随时可能滑下去，摔得稀烂。

夏陌苦笑了一声。她的思绪一直陷在不幸的遭遇中。自己就那么莫名其妙地挨了一巴掌，莫名其妙地丢了家教的工作，真是戏剧化，像是谁故意导演的，目的就是耍她。

那天夏陌刚刚走出“上帝”，就被一个女人甩了一巴掌，本来从KTV出来，脑子有点昏昏沉沉的她猛地惊醒了，她又惊又气，一抬头，面前满嘴酒气的女人竟然是卡卡的妈妈。

她升腾起的怒气就消了些，女人喝醉了，她想也许应该送她回家。

夏陌想着就去搀扶女人，女人一把推开她。由于用力过猛致使自己跌坐在地上。

夏陌伸手去扶她，没想女人却一把拽住夏陌的头发骂起来——什么骗她儿子了，心术不正了，对那么小的孩子下毒手了……

听得夏陌一头雾水，夜归的行人停下来，饶有兴趣地围观。

夏陌羞得满脸通红，她一挥手一个耳光便扇在女人脸上，女人这才停下来，愣愣地看着夏陌。

“你喝完酒，别拿我发酒疯行不？我什么时候欺骗你儿子了，我下什么毒手了？你给我说清楚。”夏陌瞪着女人，女人又咆哮起来，从她断断续续的言语中，夏陌才明白是怎么一回事。

夏陌觉得自己还是很善良的，没有什么虐童癖，也没欺骗祖国花朵的爱好，何况是卡卡这么乖巧的孩子。

错就错在她傻乎乎地跟一个孩子坐在落地窗前谈心。她一直以为卡卡是一个幸福的孩子，却没想他如此寂寞，她的妈妈带着他离开爸爸，然后跟着另一个男人到了另一个城市，他常常给卡卡钱，让他出去玩，然后在里面把门反锁。

“妈妈也在里面，可从来都不管我。”卡卡说着伤心地拭泪，“我知道，妈妈有妈妈的生活。”

卡卡说后半句的时候，又装得像个小大人似的。

“你妈妈也那样吗？”卡卡抹着眼泪水，吸了吸鼻子问。

“我妈妈，我妈妈没有自己的生活，她的生活是别人的，她现在在医院。”

“她生病了？”卡卡吃惊地问，“姐姐不去陪着她吗？我妈妈输液的时候，我会在旁边给她讲故事。”

“姐姐要挣钱给她交住院费，还要挣钱上学。”

“没人给你钱吗？”他仰着脑袋一脸吃惊。

“没有啊，所以你应该开心才对，起码有人给你钱。”

后来他们又说了很多，卡卡稚气的话，让夏陌感到温暖而可爱。

卡卡说：“姐姐我给你钱，让你给阿姨治病。我有很多钱呢。”他说着搬出存钱罐就要摔，夏陌慌忙拦住。夏陌说：“里面的钱太少了，住院要很多钱呢，你再存些，等你真有很多了再说。”

夏陌当时只不过是为了阻止卡卡摔存钱罐，没想到这孩子当了真，回去缠着她妈妈要钱，还理直气壮地跟她妈妈说：“我要夏陌姐姐当我媳妇呢，我媳妇没钱花，你怎么能不管？”

卡卡的妈妈就那么认定夏陌是个很有心机、很坏的女孩，才会这么骗着卡卡跟她要钱。

夏陌想解释，女人却指着夏陌大喊：“你滚，别靠近我儿子，别再让我看见你。”

夏陌看着愤怒的女人，转身离开，她知道她失去了这份工作。希望还没升到半空就坠落了，就这样。

夏陌被一个声音吵醒，她回过神来见一只手在自己眼前不停地晃：“陌陌，陌陌，你怎么不说话？”

夏陌把自己涣散的目光收回来，放在眼前这个人身上。

“你是？”夏陌看着眼前的人十分吃惊，自己朋友少得可怜，这么个性的人显然不可能被自己划入朋友的范围。

她的视线把面前的人扫了一遍，他戴着两个硕大的金属耳圈，脖子上的饰物和耳坠是配套的，像变形的紧箍咒；上身穿着亮蓝色开衫，没有系扣子，下面系在一起；胸前是三个夸张的骷髅头文身。

“陌陌，请个假跟我们一起唱歌走。”

夏陌半张着嘴，愣了半天吐出五个字：“我们认识吗？”

男人用手拍了拍额头一副崩溃的模样：“亲，你怎么又把我忘了，失败啊。”见夏陌依旧没有反应，他又接着说，“我是‘妖孽’啊。”

夏陌突然笑起来，在自己的意识里自己好像从来没有这么大幅度地笑过，但此刻她需要释放，需要释放心里浓重的阴云，如果此刻不能哭，那就大笑吧。

她真的请了假和妖孽他们一起去了包间，连她自己都觉得不可思议。管他呢，“人生得意须尽欢，莫使金樽空对月”。

夏陌接过妖孽倒的红酒，在震耳欲聋的音乐声和迷幻的灯光下晃了晃高脚杯，宝石红的液体飘出淡淡的清香。

夏陌举起杯子和妖孽及其他几个人碰杯，好在除了妖孽，其他人看起来举止打扮都还正常。

她端起红酒轻轻地抿了一口，酸中带甜，还带着微微的苦味，当那股液体顺着舌尖下滑直到喉部，香味渐次升腾，浓郁厚重。夏陌突然眼里就涌出了热气。

“陌陌，你在这干什么呀，那么点少得可怜的工资。”妖孽说着伸出小指头比画着，“你明天跟我混，保证让你的生活‘翻天覆地’。”

“是焕然一新吧。”旁边的男人接道。

“你为什么带两只耳环？”夏陌答非所问。

“对称啊！”妖孽笑着说。

“男人戴耳环不是有讲究的吗？说明性别取向……”夏陌举着红酒和妖孽碰了碰一饮而尽。

“对头！”妖孽趴到她耳朵旁说。

夏陌伸出大拇指咯咯地笑起来：“你厉害。”

她开始羡慕妖孽，可以不管不顾地这么洒脱，就算别人的目光把他鄙视死，他也依旧“自以为是”，“自得其乐”，自认为帅气无敌。

“你在这工作那么晚，可是对皮肤不好噢。”妖孽从口袋里掏出一支烟，夏陌伸手抢过来叼在自己嘴里。

妖孽高兴起来，也许他想不到夏陌还会抽烟。

“我是生活必须，如果可以，我也很愿意喝个小酒，谈个小恋爱什么的。”夏陌这么说的时候，觉得说话的根本不是自己，自己从来没说话这么“淘”过，管他呢，我们又不熟，我也不在乎他对我的印象怎样。

“这样吧，你到我们公司当平面模特，收入是这儿的好多倍，你这样的美人胚子，一准能选上。”

“拍裸照不？”夏陌弹了弹烟灰。

“什么裸照啊，放在我们那儿都是艺术，知道艺术吗？”妖孽眯着眼睛讲了半天。

夏陌摇了摇头，大笑了几声：“我还是愿意这么实实在在、勤勤恳恳地工作。”

“你怎么知道我们那儿就不是实实在在地工作？”妖孽仰起脸，有点不高兴。

“好了，唱歌吧，先不说这个了。你知道，我接受不了你这么前卫的东西。”

“你应该洗脑，你应该像我这样，一抬头就觉得满是金光闪闪的希望，然后继续奋斗。”

“也许吧！”夏陌耸了耸肩。

接着妖孽强拉着夏陌上去唱歌，她那种与陌生人接触的不适，就又涌上来。她拿着话筒，等歌词过半的时候才发出声音：

蓝天越来越近越来越温柔
心情就像风一样自由
突然发现一个完全不同的我
跟着感觉走
让它带着我
希望就在不远处等着我
跟着感觉走
让它带着我
梦想的事哪里都会有
跟着感觉走
紧抓住梦的手
……

后面的事夏陌不太记得了，她好像抱着话筒不放，唱了很长时间，妖孽还抢着和她一起唱，后来还喝了啤酒。

她从“上帝”出来的时候歪在妖孽身上，然后……

然后来了两个熟人和妖孽打了一架，把她抢走，再然后她就失去了意识。

夏陌感到头昏昏沉沉，胃也有些不适。她翻了个身，努力把眼睛睁开，一片白，阳光透过淡黄色的窗帘把屋里照得一片明媚，夏陌用手撑着床坐了起来。

白色的床单，白色的枕套。夏陌揉了揉太阳穴，好像做了一个冗长的梦，昨晚的歌声和妖孽这个人都只是幻影。

夏陌低头看见了床头柜上的纸条，一共三张，她拿起白色的陶瓷杯下面的纸条：

丫头，你怎么喝那么多酒，还跟小混混在一起，幸亏我及时赶到，醒来后，给我打电话——高尚。

小混混？谁啊？我不认识什么小混混的。夏陌想着拿起第二张纸条：

好好睡一觉吧，以后离那些人远点，想喝酒的话，我陪，还陪聊，怎么样？考虑一下，绝对绿色无害。——王子轩。

夏陌笑着无意识地一伸脚，感觉软软的，热乎乎的，接着是一声猫叫。夏陌一惊，床的那头竟然卧着一只黑猫，它跳起来，看了看夏陌，然后跑过来跳到夏陌怀里。

这是宾馆？

好奇怪啊！

自己怎么在这？黑猫Eva竟然也在。夏陌正想着又跑出来一只白色小猫，是小小2号。

夏陌拿起第三张纸条：

不能喝干吗逞能喝那么多，大半夜的把人家找来陪你，好意思啊？我有急事，让黑猫Eva它们在这陪你吧，嘿嘿，记得吃早餐的时候给它们分点——超级美丽无敌的李小小殿下。

夏陌摇了摇头，把纸条放下，她想先洗个脸让自己清醒一下，事情好像有点乱。

夏陌收拾好东西，抱着黑猫Eva和小小2号去了前台退房。

收银员把押金退还给她。

“麻烦问一下，昨晚谁送我过来的？”夏陌问。

收银员是个很热情的胖女人，她想了想说：“一个男人和一个小孩，一个很有味道，一个很帅。”

夏陌点了点头，推开宾馆的玻璃门走了出去。

一抬头见高尚站在那里，神情凝重。

“我饿了。”夏陌冲着高尚说。

“走吧，回家给你熬粥喝。”

夏陌点点头，乖巧地跟在高尚后面。

“昨晚，你怎么不去给卡卡补课？”高尚问。

“你怎么知道我没去？”夏陌有些吃惊，“你又是怎么知道我喝多的？你跟踪我？”夏陌试探地问。

“碰巧而已，昨晚7点多，我在公交车上见你一个人在黄河边走。”

夏陌想了想，的确是。

当你刚刚被炒鱿鱼，不知道干什么时，溜达是最好、最有效、最经济的办法。

据高尚说，他那么晚去“上帝”是因为不放心，想去接她下班，但又怕她生气，所以就在马路边待着没进去。

高尚是在那时遇到王子轩的，他好像是和朋友在附近玩，正准备回去，他们俩还没来得及打招呼，就见夏陌倚在一个“非正常人”身上，笑着、喊着唱着歌。

据高尚说是他先动的手，他一拳打在那个男人脸上，那个人嘴里就流血了，然后王子轩也来帮忙，两个人把那个本来就醉醺醺的、不男不女的男人揍了一顿，就带着夏陌离开了。然后呢，就送到了宾馆。

“为什么不来你这儿？”夏陌边说边接过高尚煮好的粥。

“你那个同学不信任我，最后我们觉得谁留在宾馆照顾你都不合适，所以一致决定打电话叫小小来照顾你。”

夏陌扑哧笑出声来：“你们俩还真可爱，好了，给我这两个小乖乖也弄点吃的吧。”

高尚点了点头，转身找了个塑料盒盛了点粥，放在地上，两只小猫叫着跑了过去。

“以后别去那种地方工作了。”高尚在她对面坐下来。

夏陌顿了顿，吸了口气：“那个不是小混混，是我一朋友，没那么多坏人。”

夏陌没敢说他叫“妖孽”，她害怕高尚会跳起来。

“对动物学家来说，人类是没有尾巴的猿，脑容量还大得不行，他们最突出的特征在于他们取得的成功，那堪称进化论上的奇迹。当其他猿类还畏缩地躲藏在丛林中，忍受着自然母亲的拨弄时，数以亿计的人类已经蔓延到地球的各个角落，他们扩散的速度是如此之快，扩散的范围是如此之远，就像一场浩浩荡荡的蝗灾，大地的景色都为之发生了戏剧性的改变。”

夏陌用双手保持着平行，沿着笔直的道沿边走边念着。

这是一本叫《裸女》的书，她是从图书馆的书架上看到的。她停下来，看见一栋破旧的写字楼，门口一个年迈的老者坐在老年推步车上，兴致盎然地看着风吹着白色、蓝色的塑料袋在地上打着旋飞舞。

夏陌吸了口气走了进去，这里今天有一场小型的招聘会，大多是本地的用工者。夏陌想来这里试试运气，正如书本上所说，人类本来就是有着超强适应能力的物种。夏陌决定把这一优点发扬下去，毕竟眼睛睁开，就会有或强或弱的光线照进来。

招聘会在二楼大厅，一个老式的空调嗡嗡地响着，众多人的体味、汗味混合着说不清道不明的气体在屋子里发酵。窗户大开着，外面的风裹着沙粒从窗户进来，沾在人们淌满汗液的脸上。

招聘单位设施简单，一张破旧斑驳的老式课桌，上面放着几张纸和一支样式普通的圆珠笔。

夏陌猫着腰，低着头，从体格强壮的应聘者中间的缝隙里挤过去。这是一家私人的公司。夏陌看着面前的景象有些吃惊，桌子后面是一个瘦小的男人和一个正撩着衣服给孩子喂奶的女人。

“请问你们招聘文员是吗？我是××大学的学生，可以应聘吗？”

女人瞟了她一眼：“你行吗？”

“行，我是汉语言文学系的。”

“噢，我们需要个文员，打字要快，要会写相关的文件和广告策划，要会开车，能喝酒，有联系业务的能力……”

“您牙上有个青菜斑。”夏陌眼睛大而明亮，脸上依旧没有任何表情。

女人慌忙伸手去抠，夏陌转身离开。幽默，这女人一点都不懂，她应该接着说：“你要吗？抠下来给你。”

夏陌又跑了好几个招聘的地方，除了一个要临时粘书工的有来者不拒的热忱外，其他的，对她来说都没任何兴趣。

粘书，不需要什么技巧，可粘一本才5分钱，夏陌真的不敢保证，自己一天的工钱够不够吃碗牛肉面。

夏陌耷拉着脑袋，回到宿舍，不料撞在一个人身上，很熟悉的气息，是高尚。

高尚笑着摸摸夏陌的头：“丫头，干吗去了？怎么无精打采的？”

“没事，自寻打击去了。”

“怎么了？一点小事别想不开，你要知道世界还是有很多光明的，阴影毕竟都是块状，光明可是大片的……”

“好了，唐僧哥哥，我是去寻打击，又不是去寻短见。”夏陌哭笑不得，“我死不了，你不知道我是弹簧吗？压得越低弹得越高，人类本来就是一个不可思议的物种，我就是不可思议的物种里的超级抗压物种，绝对的优良！”

“你今晚怎么回来这么晚，不去补课？”高尚试探地问。

“噢，那个啊，那个小孩出去旅游了，这几天休息。”夏陌说着抬头看看还未亮起的路灯，她不想告诉高尚，毕竟有些事情只有她自己才能解决。

“噢，我知道了。”高尚的语气和表情都很奇怪，好像他知道什么似的。

夏陌没有和高尚去吃饭，她一点都不饿，只想回宿舍，靠在床上听听音乐。

她刚刚走到宿舍门口，就听到尖利的叫声和痛苦的呻吟从隔壁宿舍传来。

夏陌使劲推门，门从里面反锁着。里面的喊声和呻吟声越来越大。

“你怎么了？开门。”

“救我。”里面传来微弱的声音。

夏陌用尽力气向门上撞去，大声喊着：“快来人啊。”

第二十七章

阎东山的清醒让李小小觉得有点不好意思，好像自己是一个情调很低的人，要不怎么能拜倒在阎东山这种满身铜臭、没有情趣，也没“脸面”的人前面呢？

为什么不把阎东山灌醉呢？那样起码能逃避开阎东山那暴红而充满欲望的眼神。李小小稳着步子向前走着，却觉得怎么走都走不直，腿僵硬且不听使唤。身后传来的汽笛声差点把她吓得魂飞魄散。

此刻是深夜12点，李小小拖延时间是想让自己做好心理准备，不至于在关键时刻神经质地找把菜刀向阎东山砍去，她的身体本能地对阎东山有着强烈的排斥。

她跟在阎东山后面走过了一条又一条街道，像只可怜兮兮的小猫。阎东山伸手揽住她时，她推开他，依旧跟在阎东山后面。终于到了一个陌生的街道，李小小的心紧紧地揪起，他要干吗？

李小小突然想起了网上所说的器官贩卖者，不禁打了个寒战。

“我们去哪？”她停下来。

“我带你去一个地方，我自己的地方，我从来不曾带任何人去过。”阎东山一脸忧伤。

李小小摇了摇头，向后退了一步。阎东山的电话突兀地响了，吓得两个人都颤了一下。阎东山按断电话，发了个信息。然后在道沿上坐下，示意李小小过去。

他的手轻轻地在李小小脖子上滑过，李小小脊背僵直：“我想回去，说不定会突击查寝室呢，我要是不在的话，你知道……那个……”

“我不会勉强你的，但是这两天我正让人办理别墅房产证的事，我真的很希望它属于你。”

李小小听到这句话，把自己语无伦次的解释咽到肚子里。

“我们去哪里？”

“你想去别墅？”阎东山叹了口气，“我知道你想要的只是那栋毫无用处的空房子。”

“很有用的。”李小小脱口而出，自知失言连忙闭嘴。

“是啊，我一直都在教育你现实，看来我的教育卓有成效。”阎东山笑着拉过李小小的手放在自己膝盖上。

“以后那所房子，就是你的了，我还是喜欢我刚到这里时租的那间民房，那里总是让我觉得很踏实，你知道的……我只是想让你到那里看看，我是真心对你，虽然我知道最后你不属于我。”

阎东山又讲述了自己的恐惧，拥有得越多就越害怕失去。接着他又讲述了自己苦难的童年，悲惨的少年和惨不忍睹的青年时代，以及自己的血泪发家史，还配合眼睛里点点的泪光。

这让李小小觉得自己把目标放在阎东山身上简直就是毫无人性。

她握着阎东山的手真心实意地劝慰了半天。

阎东山才抬起头说：“答应陪我七天行吗？七天后我把办好的房产

证交到你手上。”

李小小点了点头，出于“人道”和“利益”，她好像没有第二种选择。

看着阎东山依旧忧愁的面孔，李小小突然觉得应该表示一下自己的诚意。

她拉开包呼啦一声把满包的安全套倒在地上：“你喜欢用哪一种？我都买来了。”

阎东山哭笑不得地扒拉了一下：“真服了你了，你喜欢哪一种？”

李小小的脸腾地红了：“我没用过，我不知道。”

阎东山伸手摸摸她的头说：“我知道你是个外表开放，内心纯洁的好姑娘，但也许我们哪个都用不着。”

两个人刚刚升腾起的一点暧昧，猛地被身后传来的一声大呵驱散了。

他们看见一个穿制服的人向这边走来。

阎东山身体僵硬，脸部煞白。

李小小惊恐迷茫，她伸手去拉阎东山的手，却被阎东山推开。

“你们大半夜的在这干吗呢？”巡夜的民警问。

“没干吗，真没干吗。”阎东山点头哈腰地说。

“这是什么？”民警看看下面的避孕套。

“我开的夫妻用品店，就在附近，缺货了，让她送过来点。”阎东山的腰弯得已经看不清他的脸了。

民警又转身问李小小，她脑子一片空白，只是点头。

“这样吧，你们跟我回去说清楚。”

阎东山一听腿忽地就软了。

远处突然传来了歌声。

他们循着歌声看去，一个身材很好的人向这边走来。

越走越近，他们终于发现这个身材很好的人，就是最近传说中的裸奔男。

“喂，你站住！”民警喊着追了过去。

阎东山转身拔腿就跑，李小小愣了愣连忙追过去……

李小小被一阵闹铃声吵醒，她闭着眼睛伸手按了一下手机，却发现是夏陌的闹铃。

“喂，夏陌，你闹铃响了。”

夏陌按掉闹铃，翻身下床，边穿衣服边说，“喂，小小，起床吧，今天有个招聘会，我们一起去看看吧。”

“神经！我才不去呢。”李小小说着拉着被单捂住脑袋。

“走吧，也许有工作的机会，你别这么消极好不好？”

“你让不让人睡觉，你以为你是菩萨，想普度众生呢？你先管好你自己的事吧，就那一个月几百元钱的工资够干吗呀？”李小小说完后继续蒙头睡觉。

夏陌做了个OK的手势，快速地洗漱收拾好，出门。

李小小却怎么都睡不着了，她抱着膝盖对着窗户坐着。

刚好7：15，李小小拉开窗帘把橘色的阳光放进来，翻出手机拨阎东山的号码，这已经是第21遍打阎东山的电话了，依旧是无法接通。

李小小生气地把手机摺在床上。

真不知道是自己命运不济还是“交友”不淑，阎东山就这么生生地从人间蒸发了。已经两天了，依旧没有音讯。

自从前天晚上被警察盘问，他转身跑了后，就失去了联系。李小小当时追了，可是没追上，他那样的体型，竟然能跑出那种速度，还真是不可思议。

李小小翻身下床，喝了一大杯白开水，就去了学校门口的网吧，刚好王子轩也在，拉她打CS（反恐精英）。

李小小没玩过这个游戏，刚一出来，就被人打死了，心里觉得更堵。

他戴上耳机把声音开到最大，晃着脑袋。

晃着晃着，一个对话框就自动跳了出来。

是她的男人。妖孽。

李小小这么想的时候觉得自己有点吃亏。

李小小："妖！孽！你在干吗呢？去开个房间跳劲舞吧。"

妖孽："不行，我在修炼呢，你说做男人好还是女人好？"

李小小："什么好玩的游戏，分享一下，我都快郁闷死了，急需发泄。"

妖孽："算了，不说这个了，我带你去个地方！"

李小小："网址发来！"

妖孽："切！你先把思维拉回到现实中，然后去××大道的健身房，找于教练。"

妖孽说完头像就暗了下去。

又耍我。李小小去前台要了罐冰镇啤酒，咕咚咕咚地喝着走出了网吧。

无处可去。为什么不快点开学，我认输还不行吗？李小小觉得事情坏就坏在自己太死心眼，就盯着那一棵歪脖子树，结果最后成了一场空。早知道这样，就该全面撒网、群体捕捞了。李小小抬了抬胳膊，一点肌肉都没有，算了，还是省省力气吧。

她在路边买了根冰棍边吃边往前走。

不知不觉就到了妖孽说的健身房，她推开门走了进去。

果真有一位姓于的教练，留着寸头的女人。于教练递给李小小妖孽留下的纸条：

亲，很抱歉，我临时有点急事，我安排好了，自己先玩会吧，开心哦!

您是李小姐吧，您请这边走。于教练说着带李小小在旁边挑选了一身运动服，白色的V字领背心，红底带绿条纹的短裤。

李小小换上后跟着于教练进了一个房间，里面放着节奏感很强的音乐，屋顶被射灯打得像璀璨的星空，正前面是一个液晶的大屏幕，屏幕显示着白色盘山路，两旁风景秀丽，鸟语花香。

这就是传说中的动感单车。

李小小把红白相间的毛巾挂在脖子上翻身上车，跟着教练的指导和音乐的节奏快速地蹬着，越来越快，越来越快，冲上了一个坡，她屁股离开车座，左右摆动着用力地向前蹬，汗液泉水般地往外冒，好像所有阻塞的毛孔都瞬间通透了。

一个小时后，李小小拿毛巾擦掉额头上的汗，拿起矿泉水喝了半瓶，然后去更衣间冲了个澡，觉得浑身异常顺畅。走的时候李小小在粉色的印着维尼熊的便笺纸上写道：

多谢，妖孽兄！回头请你吃牛肉面哈，我给你多抓一把香菜。

李小小写好，把便笺纸折了折交给于教练。

走出健身房，李小小又成了流浪者，心灵的流浪者。

李小小把手机从包里掏出来，一个未接电话，阎东山的，25分钟前。

李小小慌忙打过去。

却一直都无人接听。

这孩子的天职就是诱惑无辜少女，瞧他那得瑟样。李小小拨开人群挤了进去。

王子轩依旧站在中间，浑身的每个关节都随着音乐声有节奏地抖动着，周围那些女生围着他傻兮兮地惊叹，尖叫，眼睛里充满了喜爱和憧憬。

李小小迈着舞步，围着王子轩转了个圈，然后一脚踏在王子轩脚上。王子轩“哎哟”一声，就引来无数女生为他愤愤不平。

“喂，你干吗？不会跳就别在这儿显摆啊。”

“你是‘火鸡’啊，人一般，舞也跳得不怎么样嘛！”

李小小腾地蹿起一股怒火，手刚抬到半空中就被王子轩抓住了。

那个女孩竟然梨花带雨地哭起来：“子轩，你看，你看，她那么凶，还要打人。”

这时音乐声响起，化装舞会正式开始。

“好了，好了，大家一起跳吧。”王子轩说着拉着李小小往外走。

“不好意思啊，刚才硌着你的脚了。”王子轩笑着说。

“没关系。”李小小噘着嘴仰起头。

“下去一块跳舞吧。”

李小小转头看了看同学们手拉着手围成圆圈，跟着音乐欢快地奔跑，摇了摇头：“我不去了，我要回去睡美容觉。”

“好了，你个夜猫子，在我面前还装，请你去西门口吃烧烤。”王子轩说。

“靠谱。”李小小说着转身向西门口跑去。

王子轩在后面追过来：“等等我啊。”

他们在学校西门口的烧烤摊前停下来，热情的维吾尔族大叔招呼着他们。

“我要一串茄子，一串金针菇，一串里脊，一串土豆片……”李小小边拿边念叨。

“怎么都一串，我吃什么啊？”王子轩站在旁边问道。

“自己动手丰衣足食。”李小小说着，又补充了一句，“一会儿结账你自己动手，咱俩丰衣足食啊。”

王子轩笑了笑挑了一大把递给维吾尔族大叔，然后他们在摊位后面的小桌子旁坐下来。

“你天天神出鬼没的，干吗呢，谈恋爱了？”王子轩笑着问。

“你管我呢。”李小小瞪了他一眼，冲维吾尔族大叔喊道，“多放点孜然和辣椒，再给我烤个饼。”

维吾尔族大叔应着又哼起了小调，她跟着维吾尔族大叔的调子摇晃着身子。

“喝一杯吧，我陪你，你请客。”李小小笑得一脸灿烂。

维吾尔族大叔把烤饼切成四份，放在一个变形的金属盘子里端过来。

李小小刚刚拿起一串，还没送到嘴边电话就响了，她慌忙掏出手机冲王子轩喊：“我有急事，先走了。”

“那这么多东西怎么办？”

“带回去，放被窝里，饿了就吃点。”

李小小不顾王子轩在后面喊，一边接通电话，一边快步向永昌路走去，她想阎东山一定是要叫他吃饭。

“你这几天去哪了？急死我了？”李小小说着就成了哭腔，眼里还闪出了点泪花，她确实煎熬，找到阎东山，她的别墅就触手可及了。

“宝贝，别哭。我这几天老家有点急事，回家看看，手机也没电了，也没法跟你联系。”

“我哭了吗？”李小小眨巴眨巴眼睛，没掉出泪来，但语调成了更加忧伤的调子。

“你在哪里？我去找你。”

“现在，公司还有点事没处理完。明天吧，明天我给你打电话。”

李小小挂了电话，对着天空挥了挥拳头，恨不得一拳把阎东山打得脸部肌肉高频率震颤。

真衰。是黎明前的黑暗吗？

不怕！成大事者必要经历一番考验的。

不就再多等一个晚上吗？

七天。除去阎东山消失的两天，还有五天，哇哦，世界光明无限。

李小小掉头往回走，她决定把王子轩打包带走的食物再抢回来，顺便敲诈他一瓶饮料。

第二十八章

半夜夏陌突然惊醒，她抓着被单梦魇般地呻吟，那单薄的躯体，大片鲜红的血渍，和滴在地上滴滴答答的声音，让她浑身颤抖。她大口大口地喘着气，缩在墙角，终于发出了一声尖利的叫声。

几盏灯渐次亮起来，女生们的叫声，议论声，吵吵嚷嚷的。宿舍楼热闹起来，夹杂着疼痛和恐惧。

白天的一幕，像刀子一样在她们心上深深地划了一道口子。

今天，夏陌刚刚走到宿舍门口，就听到隔壁宿舍的叫声和呻吟声。

她询问，拍门，但只是越来越沉重的喊声。

她咬着牙狠狠地向门上撞，门却纹丝不动，相当尽职。

楼管阿姨李嬷嬷闻声而来，她变魔术般从口袋里掏出一根铁丝，捅进锁眼，她的利落和技术都让闻声赶来的女生惊叹。

门开的那一刻，夏陌惊恐地看着眼前的一幕，女孩面色惨白，手死死地抓着被单，微弱地喘着气，身下的床单已经被浸成了红色。鲜血滴滴答答地顺着床单滴在灰色的水泥地上，变成一片黑红的色泽。

女孩直起头，张了张嘴，没有发出声音，她眼里充满了绝望的怨恨。

李嬷嬷跑过去抱女孩的时候，她已经没有了呼吸。李嬷嬷张开的手臂，无力地垂下来，脸上的忧伤和一些更深层次的表情紧紧地拧在一起。

夏陌站在她旁边，就那么站着，那一声微弱的呼救像是强有力的手，揪扯着夏陌的心脏，夏陌张开的嘴久久不能闭上。

“你怎么了？”夏陌本来想这么问的。

可是，女孩再也没法回答。

夏陌是跟着医护人员去的医院。最后，只听穿着白大褂的医生神情惋惜地说：“通知家属吧，吃打胎药，流血过多致死。”

天空没有雨滴，夏陌却觉得自己被淋了个通透，从头到脚都湿漉漉的，浑身松软无力。她步行走了很久才到高尚那里，中间她停下来休息过两次，每次都有种想一头栽倒在地的感觉。

“你怎么了？”高尚打开门时，夏陌软软地栽倒在他怀里。

“我生病了。”她抬头看看高尚。

高尚扶着夏陌在沙发上坐下，伸手摸摸她的额头，一点都不烫，没有发烧的迹象。

“你怎么了？哪不舒服？”

“哪儿都难受，我身体的每个器官都被病毒侵占了。”夏陌说着端起水一口气喝完，然后站起来，走到卧室，倒在床上闭上眼睛。

高尚跟过来，看着夏陌细瓷般的皮肤，他忍不住弯下腰，手指轻轻地放在夏陌颈上，他低头在夏陌脸颊上轻轻一吻，夏陌睁开了眼睛，泪水滚落下来。

“你知道吗？我们隔壁宿舍一个女孩死了。”

“怎么会死？”高尚吃惊地问。

“吃打胎药，流血过多导致死亡。”夏陌疲惫地眨了眨眼睛，歪在高尚怀里睡着了。

半个小时后，夏陌猛地睁开眼推开高尚，边穿鞋边说：“迟到了，我还要上班呢。”

高尚伸手抓住她的手臂：“陌陌，你等等。”

高尚从抽屉里拿出一个牛皮纸信封，信封上是卡卡画的一个长发如瀑布的美女，下面歪歪扭扭地写着一行字：“姐姐，你怎么突然走了？妈妈告诉我你去别的城市上学了，我很伤心。”

后面还画了一个泪流满面的小男孩。

夏陌看了看挤出一丝苦笑：在这里自己都不能很好地生存，去别的城市，有用吗？

她打开信封，里面竟然有2000元的现金。

这么大方！

这不像卡卡妈妈的风格！夏陌本以为1分钱都拿不到。

“你现在不用去‘上帝’上班了，这两天我再给你找个家教的活。”高尚拍拍夏陌的肩膀。

“你……”夏陌满是疑问。

图兰朵音乐咖啡，白色的欧式建筑，深咖色、浅咖色、金黄色的装饰富丽堂皇且散发着深厚的文化底蕴，夏陌想到了“品味”“优雅”四个字。

对于平民阶层，这地方就是天堂，妖孽究竟是何方神圣，竟然能如此挥霍。

夏陌在拒绝妖孽的N次邀请之后终于同意和他出来见面。

并不是不好意思拒绝，而是对于上次妖孽无辜被高尚和王子轩暴打一事，她觉得该亲自道歉。

灯火辉煌。咖啡的醇香加上钢琴美妙的旋律，让人有一种置身世外的美妙幻觉。

夏陌正准备打电话，抬头见妖孽坐在靠窗的位置向她招手，动作优雅有范儿。

“你今天很男人耶！”夏陌看了看妖孽没戴任何饰品，穿着黑色短袖T恤，浅色牛仔裤，深蓝色运动鞋。

“那是，和美女约会嘛。”妖孽挥手打了个响指，服务员立马出现在他们面前。

夏陌把点餐的权利统统推给了妖孽。对于咖啡和西餐，她还真是知之甚少，何况上面的价格一定贵得能让她吐血。

妖孽接过服务员手里的笔记本大小的电脑样的东西，一顿乱按，然后递给服务员做了个OK的手势。服务员弯腰退下。

“你为什么请我吃饭？”夏陌白痴地问道。

“喜欢呗，喜欢看到你。”

“我们不太可能，你知道我……”

“你什么？你有男朋友？”

夏陌的脸腾地红起来：“不是的，没有，但是……”

妖孽笑起来：“别想那么多好吗？就吃个饭而已，正如你所说，我们不可能，我现在的情况和任何人在一起都是不可能的，所以我才会这么挥霍。”妖孽做了个无奈的手势。

绝症！夏陌的第一反应是这样的。但她没有继续追问，没人喜欢总被人戳中痛处。

“你经常来这里吃饭吗？”夏陌看着桌子上银质的天鹅蜡台，精巧异常，盈盈烛光让人心情舒畅。

大厅里钢琴的旋律像一只无形的手，把你皱巴巴的心情抻平再镀上美丽的色彩。

弹钢琴的是一位优雅的女性，二十七八岁的模样，绝对的气质型美女。大厅的屏幕上有她的介绍，公务员，喜好旅游、绘画、音乐……

男士给她送的花，都放在白色的钢琴盖上。

妖孽说这里每天会有不同的人来演奏，各行各业的，今天是公务员，明天就是白领，后天可能是一个街头卖艺者……

“你会弹钢琴吗？” 妖孽问。

夏陌快速地摇了摇头，这种奢华的爱好是目前她不能有，也不允许有的。但她很爱这琴声，她想，等有钱了，一定要买架钢琴放在客厅的落地窗前，就算用来当摆设、观赏也行。

夏陌这么想的时候就又觉得自己思维有些变态。

她低头端起咖啡杯轻轻地啜了一小口，苦苦的，她一勺一勺地往杯里放糖，丝毫不理会妖孽张大的嘴巴和诧异的目光。

“神啊，好东西就这么被你毁了。”妖孽看着她的咖啡杯说。

“我害怕苦的东西，真的……”夏陌一抬手咖啡杯碎落在地上，咖啡色的汁液溅在她脚上，热热的。

夏陌走进宿舍楼，到处都有叮叮当当的声音。她在一个宿舍门口停下来，一个扎马尾辫的女生，正在和一个包裹严密的同学在那里换锁。

“你们在干吗？”夏陌好奇地问。

他们回过头来，夏陌才搞清楚，那个包裹严密的人是一个短发的男生。

“你怎么进来的？”夏陌吃惊地问，要知道女生宿舍是禁止男生入内的。

女孩连忙拉住夏陌做了个“嘘”的手势：“我们集体掩护把他偷渡过来的。”女孩子说话间又跑过来几个女孩，一边催促男生快点，一边转头对夏陌说，“你不觉得我们现在很危险，随时都可能暴露在众目睽睽之下，没有一点隐私权吗？”

夏陌听得一头雾水。

“那个死去的女孩？”女生提示道。

“这个世界上没什么鬼魂的，你们不要这么害怕。”夏陌说。

“所以说嘛，活着的人更可怕。”女孩们见夏陌依旧不明白，只好直接说，“李嬷嬷啊，那天她怎么开的门你忘记了，用一根细铁丝，也就是说，她随时可以捅开任何一扇门，站在我们面前，你换衣服的时候，或者你睡觉的时候，天啊，简直太可怕了。”女孩耸耸肩，表示如果夏陌想换锁的话，可以让那个男孩效劳。

夏陌笑了笑转身走了。

李嬷嬷却一跃成了校园里的传奇人物。有人说她口袋里的铁丝是她的剔牙棒，有人说是用来挖鼻孔的，也有人说她以前是开锁公司的，还有人说她有半夜捅开门、偷看人家睡觉的嗜好，甚至有人说她就是本地那个突然消失的大仙级神婆。

这些夏陌不感兴趣，她感兴趣的是高尚。

她和高尚并排走在黄河边，正午过于热烈的阳光，让她觉得脸颊发烫。

“你有心事吗？”夏陌面无表情地问。

“当然，没心事的人就可以晋升为神了。”

“你为什么跑来这里？我们是什么关系？”

“师生、朋友、知己。”

“那你和卡卡他们的关系呢？”夏陌认真地问。

高尚脸上闪过复杂的表情，然后又露出充满成熟男人魅力的微笑：“我的学生刚好认识卡卡的妈妈，所以托我把补习费转交给你。”

“撒谎的级别很低，在这方面你是个技术拙劣的人，有待继续修炼。对了，我去给卡卡补习的时候，你干吗跟踪我？”那个夜晚，夏陌虽然没看清楚跟在她后面的人，但凭感觉她认为那个人就是高尚。

她本以为高尚是为了保护她，但现在看来还有别的原因。因为有一次，高尚并不是跟踪她而去的，她去给卡卡补课的时候，高尚已经在小区花园里一个隐蔽的角落了，像是在等什么人。

“我很乱，我想自己静静。”高尚说着快步向前走去。

“你的钱。”夏陌把高尚那天给她的信封放在身边的石凳子上，转身向另一个方向走去。

高尚停下来，走过去拿起凳子上的信封。

夏陌拿出手机发了一条短信：我一直以为你来这里，是为了我……

“我以你的人格保证，我是个善良的人，纯粹的人，为了自己的未来和理想踏踏实实奋斗的人。”夏陌把右手举在耳侧，一本正经地说。

妖孽差点笑翻过去，车也随着他身体的抖动晃动了一下。

“我不想坐碰碰车。”夏陌转过头来。

“那咱坐跑车。”妖孽说着猛踩一脚油门，车哇哇地向前冲去。

“你这么做，Police（警察）会惩罚你的。”夏陌转身抱着靠背喊道。

“随便，不是我的车。”妖孽看着她惊慌失措的样子，笑得前俯后仰。

夏陌看着妖孽今天穿的细跟凉鞋，露腰的丝质衬衣和精致的耳钉，禁不住冒出一句话：“你的性别很扑朔迷离，难以确定啊。”

妖孽猛地一脚刹车，车屁股向上跃起又平稳落地，夏陌抱着座椅，闭着眼睛尖叫了一声。

妖孽愣了半天说，“你的眼光很毒啊，这都被你看出来了，我自己也不确定。”

夏陌这会儿正为刚才那么刺激的刹车而心跳加速，根本没注意妖孽说什么。她郑重地说：“虽然至今为止，我的人生坑坑洼洼，好风景不多，但我还不想闭上眼睛，不见天日。我要下车，我可不想拿生命让你寻找刺激。”

妖孽大笑着说：“你现在还真得下车了，我们到了。”

夏陌看见一家叫“五号线”的摄影策划公司。

门头是一个巨大的眼的形状，大胆撞色的应用，充满了活力和个性。

“五号线”三个字是亮蓝色。

据妖孽说，因为老板创业的时候经常坐五号线地铁，所以起名叫“五号线”。

那自己经常步行，是不是应该叫十一号线呢？夏陌想着，推开了宽大的玻璃门。

左手边是一个升降电梯，没有楼层的号码，只有并排的三个色块：

玫红、蓝色、白色。

“选一个自己喜欢的颜色。”妖孽站在后面认真地说。

夏陌轻轻地按下白色键，里面铺着白色的天鹅绒地毯，周围是纯净清透的紫罗兰色。夏陌正出神，电梯已经关上了，里面没有任何按键。

“妖孽。”夏陌喊了一声，但已经来不及了，电梯开始上升，夏陌还没来得及整理思维，电梯已经停了下来。

夏陌走下来，进了一个特漂亮的房间，房顶上满是白色的贝壳，周围是天蓝色的落地窗，白色的鹅卵石通道，墙面上挂着一幅幅摄影作品，里面的每个女孩都纯洁得像精灵。

“有人吗？”夏陌喊了一声没有人回答。

夏陌走到左边拉开高大的白色镶着金色图案的衣柜，里面是一排漂亮的白色礼服，柜子大得像一个房间，夏陌从里面关上门，铁艺的吊灯就自动亮起来。

夏陌挑了一件手工缝制的礼服，白色的丝绸上用粗粗的麻线缝制。她光着脚走了出来。

房间里吹起了风，淡蓝色的窗帘、粉色的窗帘，飘动着，夏陌踮起脚尖转了个圈，瀑布般的长发散开，在空中划出优美的弧度。

一定是在做梦。夏陌停下来，在胳膊上咬了一口，竟然很疼。

妖孽。夏陌想着慌忙冲进衣柜换上自己的衣服，然后掏出手机，找出妖孽的电话。

但手机连一格信号都没有。

夏陌快步走出来，看了看四周，没有门，全是漂亮的纱帘。连电梯都找不到了。

她沮丧地在地上坐下来。

本来是要气气高尚的，这下把自己掉进去了。

夏陌想起刚刚高尚暴跳如雷的模样和那种失望沮丧的神情，胸口微微颤动了一下。

也许真的不该相信妖孽。

漂亮的陷阱?

也许。

夏陌站起来。如果是陷阱起码在丑陋的东西冒出来之前就好好享受美好的东西。

夏陌又拉开巨大的衣橱，走了进去。

她从来没见过这么多漂亮的衣服，她要把所有的衣服都试一遍。臭美一把，也没什么大不了的。

夏陌嘟着嘴昂着头，一副不满的神情。

高尚焦急地在她面前比画着："说不让你跟这类小混混玩吧，掉进去了吧。"

"哪有，这里有很多漂亮的衣服，我心情很好的。"夏陌抓起从角落里发现的绿色紧身丝绸短款礼服套上。

高尚凝着眉头一副苦大仇深的样子。

"陌陌，你要有自己的理想和目标，更要有对事物的鉴别力，妖孽这样的人真不适合当你的朋友，你们就不是一个世界的。"高尚压着怒火，语重心长。

"可现实是——我们就生活在同一个世界上。"夏陌赌气地扭过头不看他。

"陌陌，你怎么这么不听话。"

“百分百听话的是机器。”夏陌转过头，“谁让你不说实话，你说你来这里是完全为了我吗？”

“我一直在努力让你过得好。”

“这点我不否认，但我想知道你隐藏的秘密，也就是另一个目的。”

高尚紧抿着嘴，不再说话。

……

夏陌刚要站起来，却听到了另一个声音在叫自己。

好像是妖孽。

夏陌努力地睁开眼睛。

自己穿着绿色的礼服，躺在一堆白色纱裙中，原来试衣服累得睡着了。

真没出息。夏陌想着脸上泛起红晕，她抬头看着站在自己面前的妖孽和一个气质与美貌并存的美女，不好意思地笑笑。

“亲，你表现太出色了。”妖孽感叹道。

夏陌一脸雾水地看着他。

“你被录取了呀！”妖孽补充道。

“什么录取了？”夏陌从地上爬起来。

“小脑袋瓜子睡糊涂了，你来干什么来了？”妖孽提醒道。

夏陌突然想起自己是来应聘平面模特的。虽然当时很大一部分原因是用来气高尚的。

“我被录取了？你又耍我，我还没见面试的人呢。”

夏陌看了看妖孽旁边嘴角一直保持15度上翘的美女，鞠了一躬说：“这是你们的衣服吧，很抱歉我弄乱了，太漂亮了，所以……我会收拾好的，放心，很快的。”夏陌说着去拿地上的衣服，却被妖孽拉着进了另一个房间，原来白色的墙壁上有一个蓝色的按钮，那就是门的开关。

里面是一个放映室，一排橘色的座椅，前面是一个巨大的屏幕。

妖孽拿起遥控对着屏幕一按，屏幕上出现了一个精灵样的女孩，穿着白色的拼接的拖地公主裙，浓密的头发在半空中飞扬，长长的睫毛，如宝石般的琥珀色眼睛。

第二张是穿着带着大蝴蝶结的丝绸裙坐在地上，托着腮帮子发呆。

第三张一只脚跳起，一副俏皮的模样。

这么一张一张地放下去，妖孽脸上满是微笑，不时地说：“亲爱的，你的美应该属于更多的人，你应该唤醒更多人关于美的视觉神经。”

“这不是我。”夏陌看着屏幕上那么美丽的女孩，小声说。

“真的是你，亲爱的，也许连你自己都没好好看过自己的样子。”妖孽依旧是兴奋的语调。

“不！不！她不允许我长这么漂亮的，她会生气的。”夏陌突然站起来向外跑去。

……

第二十九章

“你试没试过，你正兴高采烈地走在路上，突然射来一支箭？‘呜哇’一声，你倒在地上，虽然不至于结束，但无法躲避巨大的恐惧。”李小小靠在墙角抱着膝盖，嘴里喃喃地说，“怎么会这样呢，怎么会这样呢，死了。”

她抬头看了看天，灰蒙蒙的，像是一块沾染了厚重尘土的抹布。

本来还想着阳光会在天空中划道口子，进而占领这个世界。看来今天是不可能了。

李小小走出宿舍，隔壁宿舍的两个女孩，站在门口靠着墙浑身颤抖、牙齿打战，眼里含着泪水。

“你们别难过，不是送校医院了吗？也许没事的。”

那个女孩绝望地摇了摇头，靠着墙蹲在地上。另一个女孩也弯下腰和那个女孩紧紧地抱在一起。

“我说了，会没事的。”李小小喊着，泪水却喷薄而出，她伸手抹了把泪，转身见夏陌幽灵般地飘过来。

李小小和另外两个女孩满怀期待地看着夏陌，她却像谁也没看见一样，推开门进了宿舍。

隔壁宿舍的两个女孩蹲下来抓着头发痛苦地哭喊。李小小转身推开宿舍门，拿起包直冲楼下，她要去找个暖和的地方。

李小小和阎东山约定了见面的时间后，哼着歌回了宿舍，本打算休息会，去洗个澡，却看到一张张充满震惊、恐惧、疼痛的面孔。大家围在隔壁宿舍门口，很快从里面抬出一个人，护士和医生还有楼管李嬷嬷匆匆忙忙地跟着担架下楼。

“恐怕不行了。”医生说。

“是呀，我刚看都没气了。”李嬷嬷接道，“真是可怜。”

“她只是昏过去了，真的。”

夏陌的声音很低，却很坚定，李小小只看到人群中她的背影。

死亡。爱情。生命。

就这样紧紧地连在了一起，李小小下楼的时候从大家的议论中得出以下结论：那个女孩怀孕后，因吃了过量的打胎药，导致流血过多死亡……

李小小大口地吸着气，空气好像突然变得稀薄了。她是冲进网吧的，好在这里有很多人和很多台电脑散发热量。

李小小走进去，路过空调出风口，不禁打了个寒战。

“网管，麻烦你把空调关掉一下……”李小小刚喊了一半，所有埋头在电脑前“用功”的人就都抬起头，目光噌噌地往外摞刀子。

李小小连忙把后面的话咽下去，顺势找了台电脑坐下。

她打开校网园的BBS论坛，点开了这样一个题目：《高手破解死亡女孩日记》。

李小小吸了口气点开，里面只有一句话：我爱他，我愿意有个他的孩子，就算最后不能要，只要有过也算是一种幸福。

李小小啪啪地敲着键盘，在后面跟帖：你真是蠢货，十足的神经病！

李小小直起身子，女孩似乎笑着在向这个世界挥手告别，可谁都知道，她流了很多血才导致死亡的，她是痛苦的。

李小小觉得嗓子干疼，她费力地咽了口唾液。

手机在口袋里震动了一声，吓得她打了个寒战。

是阎东山的短信，他说，宝贝，晚上一起吃饭吧……

李小小对着手机点点头又摇摇头。

阎东山的嘴在李小小面前张张合合，她却一个字都没听清楚。

“真傻。”她自言自语地说。

阎东山眉头微微皱起，神情有些不爽。

“不是说你，我是说我们隔壁宿舍那女孩。”李小小连忙摆手解释道。

阎东山凑过来那张硕大、毫无美感的脸，让她想起了传说中的肥螳螂，他正举着钳子，把她一点点地夹碎。

李小小低头一口气把可乐喝完，然后拿起杯子把冰块倒进嘴里咔嚓咔嚓地嚼碎，又要了两杯冰镇雪碧，一杯冰柠檬，一杯橙汁。

看着阎东山惊讶的目光，李小小无所谓地说：“我渴。”

李小小正说着抬头看见了夏陌，她就坐在斜对角的桌子上，她长长的睫毛下亮亮的眼睛，似乎一眼就能把她看穿。

她呛了一口，那种充满气泡的液体从嘴角、鼻子里流出来。

李小小拿起餐巾纸掩住嘴，咳嗽了两声。

“我们走，换个地方。”李小小说着抓起包快步向门口走去。

阎东山无奈地跟上来。

“我没拿别墅的钥匙，忘在办公室了，如果你不想去我上次说的地方的话，这附近就有家不错的宾馆……”

李小小愣在那，神情有些恍惚，直到阎东山大声叫她，她才回过神来。

“宾馆？”李小小摇了摇头，“我讨厌那种地方。”

李小小想着，抬头看了看天空，一坨鸟屎啪嗒一声落在道沿上。

真是倒霉，和阎东山在一起竟然让夏陌那家伙碰上了，估计这会她正在那得意地大笑吧，一定在说，李小小这家伙也太没素质了，真是太丢人了。她想着回头看了看阎东山，恨不得给他一拳头。为什么他就不能顶着一张英俊潇洒的脸呢？起码美化大家的视觉，既然那么有钱为什么不去韩国做个彻底整容？

李小小脸上虽然笑盈盈的，但心里恨不得把阎东山一脚踹飞，当然那是不理智的想法。

她回头看了看，好在夏陌那家伙没有跟来。

她转头却看见夏陌站在离阎东山不远的地方。

真是“神级”的人物，服了。李小小压住自己乱跳的那颗心，不自然地冲夏陌挥了挥手，说：“这是我表哥，我姨家的。”

李小小说完又悔恨不迭，我妈妈他们那边哪有这么糟糕的遗传基因，造出阎东山这样的人物？李小小想着她妈妈拿着拖鞋在她后面追赶她的样子。

夏陌走到他们面前，脸上是惯有的冷漠。

“你路过？”李小小傻乎乎地问。

“姑娘怎么称呼？”阎东山一副魂不守舍的样子。

“我们回学校吧。”夏陌说着就拽着她的胳膊往回走。

李小小回头对着阎东山挤出一堆难看的笑容说：“我们今晚查寝室。”

——我们走得太快，连灵魂都跟不上了。

——那是因为灵魂贪玩呗。

“你找你的灵魂，我可没兴趣陪你。”李小小不悦地拉开门向外走去。

“贪玩的不是灵魂，而是我们自己。”夏陌的声音在空荡荡的楼道里显得异常清晰。

李小小用手堵着耳朵向楼下跑去，真是冤家，当时把我和她分到一个宿舍的时候我就应该“以死相谏”，好像没那么严重，总之就是不该和她一个宿舍。

李小小站在宿舍楼前的路灯下，看着自己的影子在自己旁边缩成一团，她蹲下来试图把自己放进影子里。她看着手机愣了很久，才拨了阎东山的电话。

但他挂断了，她再打就成了关机。

阎东山生气了，一定是这样。李小小想着攥了攥拳头，都是夏陌这个克星。她给阎东山发了一条长长的短信，充分表达了自己对今晚意外的歉意和自己对阎东山的“深情”。

李小小想着站了起来，突然看见一个人低着头，拖着大行李箱，急匆匆地走着，好像故意要躲避别人的视线。

她快步跟了过去，面前的情景让她忍不住尖叫了一声。

竟然是王子轩，不，他根本就不像那个光彩夺目的子轩。他胡子拉碴地站在她面前，皮肤苍白粗糙，眼神黯淡，头发凌乱地附在脑袋上。

“子轩？你这是？”

王子轩垂着眼睛看着自己红色的运动鞋：“我回家呢。”

“现在？怎么突然要回去啊？”

“我有事。”王子轩说着拉着行李箱走了。

李小小愣愣地站在那。

“对了，你们隔壁宿舍那个女孩，她说什么了吗？她死的时候……”王子轩语无伦次地问道。

李小小摇了摇头：“你要知道她男朋友是谁，麻烦告诉我一声。”

“干吗？”

“我要把那杂碎阉了。”李小小咬牙切齿地说。

“我怎么会知道？”王子轩说着掉头快步走了。

李小小一脸困惑，看来每个人都很“奇怪”，也许他家里出了什么事，着急赶火车吧。

她正想着，王子轩又拉着箱子走了回来：“陪我喝点酒吧。”

李小小愣了愣，笑嘻嘻地说：“你请噢。”

王子轩点了点头，神情忧郁而严肃，似乎身体里充斥着苦苦的汁液。

“装什么酷啊，笑一个。”李小小一拳捣在王子轩肩膀上，王子轩挤出一丝难看的笑容。

她走在前面，王子轩拉着大皮箱走在后面，他们始终保持着一两米的距离，她停下来，王子轩也停下来。李小小只好倒退着走，边走边说些笑话，可王子轩依旧闷闷的，走了一路一句话也没说。

李小小本来提议去酒吧，王子轩却要去黄河边，说是那里视野开阔。

李小小抓着一瓶啤酒坐在王子轩的大箱子上，不远处撑着一把把太阳伞，人们坐在下面打麻将。卖杏皮茶的小贩吆喝了两声，就被老板赶走了，他们那饮料、啤酒一应俱全，自然不想被别人抢生意，但依旧有客人伸手吆喝着买杏皮茶。

小贩就又赔着笑脸折了回来。

“其实世界还是很美好的，总体来说。”王子轩说。阳光从树的缝隙里洒下来，变成斑驳的光点打在他脸上。王子轩眨了眨眼睛把头转过来。

“就是嘛，阳光还在，我们就什么都不怕。”李小小拉着箱子往他面前挪了挪，“干杯，干杯，让不愉快的事都见鬼去吧，都扔进黄河里，埋到泥沙下面。”

李小小拿着啤酒瓶和王子轩碰了碰，自己话还没说完，王子轩就拿着啤酒瓶咕咕咚咚地喝起来。李小小看着他不停抖动的喉结和随着嘴角淌下的啤酒，轻声问：“子轩，到底出什么事了？”

“我就不是人。”王子轩把啤酒瓶砸在地上，碎裂的声音吓得她趔了趔身子尖叫了一声。路过的行人投来诧异的目光。

王子轩拾起一块玻璃片在自己手腕上比画着。

李小小吓得脸色煞白，“子轩，你放下，有什么事，好好说。”

王子轩却没听见似的继续比画着。

“放下！”李小小拿起啤酒瓶在地上砸碎，然后对着自己的手腕说，“你放下！”

王子轩愣愣地看着李小小，他眼睛红红的蓄满了泪水。他站起来一甩胳膊把玻璃片扔进黄河里。

李小小舒了口气放下啤酒瓶："你以为自己是3岁孩子呢，有一点事就成这样了。"

"我杀人了！两个！"王子轩低下头。

李小小张大嘴巴愣在那里。等她再问时，王子轩却一句话都不说了。

今天要打工了，给阎东山，嘿嘿，感觉相当好。李小小趁阎东山下去的时候，自己伸着头对着后视镜补了一下妆。

阎东山拿了几瓶矿泉水扔在车座上，然后伸手递给她一个牛皮纸信封，示意她坐到后面去。

李小小刚把信封打开抽出里面的人民币，就有另一个人长相很凶的男人拉开车门坐到了副驾驶座位上。

李小小连忙把钱塞进去，抱在怀里。

"怎么样，宝贝，这是你今天的酬劳。"阎东山回头冲她挤挤眼。

"那我具体要做什么？"李小小说着拿出笔准备记录。

阎东山又把前面说过的话说了一遍，他请李小小来做文秘，因为他的秘书阑尾炎住院了，他要开发化妆品市场，所以要招女店员，今天就刚刚招了一个，一会儿李小小要负责给那个女孩讲解工作的内容和注意事项，还有工资什么的。

李小小拿出化妆品的资料翻了翻，觉得心里舒服极了，面试别人，自己这么快就成领导了。可奇怪的是为什么面试的地点是在车里，不是在办公室呢？

阎东山说是因为着急用人，不必那么苛刻。面试完就直接送去培训。

他们是去火车站接的人，女孩来自一个名字很奇怪的村子，反正李小小是记不住，但她还是相信自己的交际能力和口才的，她很快就把女孩说得对这个工作充满了憧憬和热忱。

但她觉得女孩过于内向不适合做化妆品的推销工作，她把阎东山拉下来，说了自己的想法，“只要是女的就行。”阎东山说完又补充道，“放心吧，宝贝。我们请的培训师都是一流的，什么样的人都能调教得出来。”

然后阎东山那个没脸的家伙，就把她撂在火车站，他们两个带着那个女孩走了，说是直接去培训基地。

李小小本来要去的，但是阎东山不让，说他还要去办点别的事。

她只好往回走，但这会一点都不郁闷，她有钱了啊，可以去买衣服把自己打扮得漂漂亮亮的。

李小小笑着把信封从口袋里掏出来，边走边数，刚刚数了三张，就被一只手拽走了，李小小愣了愣，抓着自己手里的半张红票子拔腿就追。

“你站住。”

那个人飞快地向马路对面跑去。等她追过去的时候人已经不见踪影了。李小小又往里走，这是老式的居民楼，里里外外都黑乎乎的，楼道里残缺不全的玻璃上挂着碎纸片和蜘蛛网。

李小小又往前走了走，看见了几条大大小小的胡同，只能停下来了。

远处传来一声猫叫，让她浑身的汗毛都竖了起来，李小小咽了口唾液，转身往回走，她爱财，但更爱惜生命。万一那个小偷情急之下跳出来捅她一刀怎么办。

李小小顺着马路往回走，心里又悔又痛，虽然嘴里一直念着“破财消灾”这四个字来安慰自己，但心里依旧很不爽。

她拨通阎东山的电话：“我的钱被小偷抢走了，我不管，你要赔我，谁让你把我自己一个人扔在那。”

“知道了，知道了，正忙，回头再说。”

李小小把电话使劲地按在耳边，里面除了有阎东山的声音，还有一个女人的声音，还有叫声和扇耳光的声音，和一个男人的断喝声。

“你……”李小小正要问，那边电话已经断了。

李小小想了很久总觉得女人的哭泣声和喊声很熟悉。

阎东山的美女秘书，是的，李小小可以肯定，虽然只见过她一面，但对于她的人和声音李小小记得都特别清，李小小一直觉得，她是她的敌人，那个女人一定在想办法勾引阎东山。

如果那个女人成功的话，那她的别墅岂不是泡汤了。

李小小晃了晃脑袋，觉得思维有些乱，她继续给阎东山打电话，却成了暂时无法接通。

她正沮丧地看着手机，母亲大人四个字就跳了出来，在屏幕上一闪一闪的。

“喂，妈，我上班，正忙呢。”李小小按通电话没好气地说。

“那怎么有汽车声？”

“哎呀，我去送文件呢，回头再说啊。”李小小说着要挂电话。

“小小。”妈妈喊了一声，“我和你爸想去看看你，我们把学费给你送去。”

“好了妈，你别添乱了，你们跑来不够费事的，回头再说啊。”李小小说着按断了电话。

她突然听到一阵吉他声和歌声，很熟悉的吉他声和歌声。她走过去，拨开人群，看到了一张熟悉的面孔，王子轩，是王子轩，他怎么成流浪歌手了？

第三十章

夏陌梦魇般地向前走着，似乎又回到了夏小月身边，那时她还没疯，很强悍，而夏陌很瘦弱。夏小月总是抓着夏陌细细的胳膊把她拽向不同的方向，夏陌觉得自己就是一个玩偶，破旧的玩偶，烂得千疮百孔。

夏陌抬头，阳光晃得她眨了一下眼睛，她用指甲轻轻地在胳膊上画着那个牙印的轮廓。

“有些东西你真的那么在意吗？”夏陌抬头见高尚神情凝重地站在她面前。

“是的，我会记一辈子。”夏陌激动地喊道，眼里蓄满了泪水，“不是说母爱是最伟大的吗？可她给了我什么？无尽的厌恶和伤痕累累的心吗？她凭什么这样对我？凭什么？”

高尚看着她动了动嘴唇，那么多透明的液体从她眼睛里冒出来，覆盖在脸上。

他伸手拉住夏陌，夏陌甩开他把脸背了过去。

“她厌恶的不是你，而是她自己，你不明白吗？她经受的苦难比你更多。”

夏陌冲高尚摆了摆手，制止他说下去。

高尚一把抓住她的手：“你为什么不让我说，你为什么不接受现实，不接受你自己，你的灵魂总是飘在身体之外，厌恶它、拒绝它。不是噩梦在缠着你，而是你一直抓着噩梦不放……”

夏陌伸手抹掉脸上的泪，她耳边又想起了夏小月的声音：“你没有爸爸怎么办？你没有爸爸……”

夏小月心里一定也很痛吧，她为一个男人生了孩子，却连这个男人是谁都不知道，她只知道一个没有月亮的夜晚，一个看不清面孔的男人，把某些东西遗落在了她的体内，然后就那么不可抑制地茁壮成长起来。

她也只能带着这个伤疤，在别人的嘲笑、讽刺中寻找自己的立足之地。

夏陌突然笑起来：“好开心，原来夏小月比我更痛苦，可她有什么理由把她的痛苦加在我身上呢？说到底我还是一个不吉利的妖怪。”

“你醒醒吧，一切都过去了，你叫夏丑丑又怎么样？有这个伤疤又怎么样？都已经过去了，为什么你要抓着不放？”

“我想静一下。”夏陌吸了口气，闭上眼睛。

高尚点点头转身离开。

夏陌在原地抱着膝盖蹲下来，透明的液体啪啪地砸在地上。不知道过了多久，反正天色已经暗了下来，夏陌整个人都疲惫不堪。她拿出最后一点力气给“上帝”KTV的老板打电话请假，但老板很生气，他说：“太不敬业了，我会扣你工资的。”

“谢谢。”夏陌这么说的时候，教材在电话那边愣了愣说，“没事，没事，你有事就先忙。”

突然这么客气的语气倒让夏陌有些不适，她挂了电话，觉得自己像个重症患者，虚弱无力。

“当你张开双臂拥抱生活的时候，你才会发现生活很美好。陌陌，你要相信。”——是高尚的短信。夏陌还没看完，短信就接二连三地发过来。

高尚：你不是一直都想知道我的秘密吗？卡卡是我的儿子，你丢掉那份家教的工作，是因为我，真的很抱歉。

高尚：我希望看着你笑，看着你开心地生活，一直都希望……

夏陌坐在床上抱着膝盖发愣。李小小推门进来，把一个信封和一张表格样的东西放在桌子上认真地说：“这是高尚让我交给你的，说是你的补课费，这个是王子轩让我交给你的，是大二助学贷款的申请表。”

夏陌保持着固定的姿势一动不动，听李小小絮絮叨叨地说了很多不着边际的话，什么王子轩好像出事了，最近精神不正常之类的。

见夏陌依旧没有反应，“噌”地拽掉自己床头上挂着的巫毒娃娃骂道：“都不正常，老娘自己也正常不到哪去。”

“注意用语文明。”夏陌机械地说。

“服了！你真是大仙级的人物。”李小小说着关上宿舍门离开。

夏陌把信封装进包里，边往外走边拨通高尚的电话：“我饿了。”

他和高尚约在一家穆斯林餐馆见面，要了两份炒拉条和两个凉菜。高尚把自己盘子里的肉都挑到夏陌碗里。

“你是谁？”夏陌梦魇般地问道。

“你高中的语文老师。”高尚摊开手笑道。

“还有呢？”

“你的大哥哥，你的朋友。”

夏陌摇了摇头：“我喜欢你，喜欢高尚同志，不想让高尚同志仅仅是我的老师和朋友。”

“傻丫头，喜欢不能等同于爱，你还小，很多事情不明白。”高尚说着冲着夏陌举了举酒杯。

“我不小了，现在大学允许结婚的。”

“那我们做个约定吧，我们可以试恋爱，一年的时间，如果一年后你还坚持的话，我会觉得自己很荣幸。”高尚顿了顿，“一年之中你如果改变想法，或者喜欢上了别人，我会祝福你，任何情况下我都会在你身边，我保证。”

“那你岂不是很吃亏？”夏陌笑道。

“吃亏也是一种幸福。”

夏陌拿起筷子抢过高尚刚刚夹起的薯条喊道：“我要吃。”

吃完饭，夏陌挽着高尚的胳膊蹦蹦跳跳地从餐馆出来，阳光洒在他们充满笑意的脸上。

“试恋爱的内容都包括什么？”夏陌伸手摸摸高尚滚烫的面颊。

“牵个小手，吃个小饭。”高尚笑着说。

“要不要打Kiss（吻）？”夏陌仰起头问道。

“这小丫头，脑子里都想的什么啊？”高尚笑道。

“什么小丫头啊，我现在是你女朋友啊，我是小丫头，你就是小小子。”夏陌笑得很开心，“一年的时间，我保证把你拿下。”夏陌说着做了个奋斗的手势。

经过十字路口的时候，夏陌拽着高尚，把他拉了回来。

“干吗呀？”

夏陌向旁边的邮政储蓄所努努嘴，“给夏小月汇钱啊，她要是被人家赶出来流落街头那岂不是显得我很无情，毕竟……”

高尚一脸微笑地看着她。

“反正就是那意思吧。”夏陌说完转身进了储蓄所，她在心里叫了声“妈妈”，她看到了夏小月笑着冲她招手。

王子轩失踪了，当这个消息在学校里疯传的时候，夏陌才如梦初醒。

校园里的传言基本一致，大概是说死的那个女孩怀的是王子轩的孩子。

夏陌一边拨李小小的电话一边在心里念叨：“不可能，不可能，那个女孩喜欢王子轩不假，可王子轩和她根本就没什么关系，怎么可能……”

“王子轩在哪？”夏陌焦急地问道。

“我怎么知道！你现在才想起子轩，你跟你高尚哥哥你情我浓的还管他干吗，真是枉费他对你的一片深情。”李小小说着砰地挂了电话。

妖孽打电话来的时候，夏陌说了句有急事正忙，就匆匆挂了。

李小小是晚上12点回去的，夏陌披着头发冲过去，一把拽住她：“出什么事了？王子轩呢？”

李小小推开她无力地在床上坐下：“不知道，我最后一次见他是两天前，他神情萎靡地抱着吉他在路边唱歌，他只是让我把助学贷款的申请表带给你，然后就跑了。”李小小说着摇了摇头，“真是一失足成千古恨。”

“他们真的那个了？”夏陌的心突然揪扯了一下。

“应该是吧，那天我们聚会一起喝酒，你不是也在吗？”

夏陌随着李小小的那句话思绪飘了回去。

王子轩、李小小和一帮同学走进“上帝”的时候，夏陌刚刚换好衣服开始上班，那个女孩微醉，挽着王子轩的胳膊傻笑，李小小在后面噘了噘嘴，一脸的不屑。

因为没有了大包间，只好要了一个小包间和一个中包间。

王子轩在中包间，就算他喝得失去了意识，也不至于……

夏陌一脸困惑地看着李小小。

“所以嘛，事情是发生在小包间的，王子轩说，女孩是一周后的一个中午找到他的，还拿着他遗失的挂坠，她说他们在那个小包间发生了关系。”李小小耸了耸肩，“他确实离开了我们半个小时，不知道他去哪了。”

“你说的是什么时候？”夏陌追问道。

“凌晨1点左右。”

“凌晨1点。”夏陌重复道。

指针指向凌晨1点的时候，王子轩抱着大把玫瑰出现在收银台前。

“陌陌，做我女朋友吧，我会对你好，对你好一辈子。”

夏陌慌忙从收银台后面出来，王子轩踉跄地栽倒在她的怀里，玫瑰花散落了一地。

夏陌把他扶到一楼的包间，给他倒了杯水，他喝完突然握着夏陌的手眼睛里闪出了泪花："夏陌，我真的很爱你，我把你藏在心底，我不敢追求你，我害怕你会拒绝，害怕你会躲避，害怕你会离我越来越远……"

"你喝醉了。"夏陌把手抽出来。

王子轩趁她不注意的时候在她脸颊上亲了一下，然后呢，夏陌很生气地推他出去，他去了哪里夏陌就不知道了。

想到这，夏陌叹了口气。

"我真害怕，这娃娃会干傻事。"李小小招呼白猫过来，拿出饼干给它。

"不对！真的不对！女孩死的时候医生说是怀孕一个多月，可那次聚会到现在才两周啊。"

李小小听到夏陌的话从床上跳下来。

夏陌在咖啡小镇托着下巴，咬着一根牙签发呆，再有一周就开学了，王子轩依旧没有音讯。李小小整日早出晚归的，不知道在忙些什么。

夏陌伸手要了杯加冰的橙汁，刚喝了一口，就看见妖孽穿着蓝色牛仔裤和粉红色条纹T 恤在她对面坐下来。

"你选的地方真别致，我很喜欢，让我觉得自己恍然年轻了许多。"妖孽说着伸手向服务员要了一杯咖啡。

"你会弹吉他吗？"夏陌咬着指甲问。

"不会，怎么了，你想学？"妖孽问。

"一个朋友弹吉他弹得很好，许久不见了，有些想念。"夏陌用吸管拨着一块冰块填进嘴里，“不说这个了，杂志你带了吗？”

妖孽把一本印刷精美的杂志推到夏陌面前，是五号线公司签约的一本时尚杂志。

“我可以上杂志吗？”

“哟，小丫头还挺急功近利的。”妖孽笑着说。

“不是的，我想杂志毕竟是全国发行的，我想让我的那个朋友看到。”

“看来不是一般的朋友。”

夏陌低头咬着嘴唇，王子轩俊朗的面孔浮现在眼前，吉他声和歌声仿佛在耳畔萦绕，她害怕王子轩出事。快点回来吧，夏陌在心里默默地祈祷着，眼里闪出了泪花。

“冰姬，冰会融化啊，弹吉他的男孩一定不一般吧，是校儒王子轩？”

“你怎么知道，你见过他？”夏陌的心不禁紧紧地提起，等待妖孽的回答。

但妖孽只是在他们学校的论坛上见过他的照片。妖孽答应帮她协调上下期的杂志，但在这之前必须去公司进行一系列的策划和包装，比如说艺名和关于她的特点，美丽的东西很多，要在人们脑海里留下印记，毕竟要美得别致。

夏陌点了点头，又看向妖孽。

“你为什么叫妖孽？”

“因为我本身就是妖孽，妖孽有时候只是与众人不同。”

“是呀，你很个性，我一直都这么认为。”

“无可选择，这种个性是身体本身的。”妖孽摊开手做了个无奈的姿势。

接着他又问到了火姬——李小小，他谈论起她的时候两眼都是清澈明媚的光。

“你们认识吗？”

“目前来说还不算认识。”妖孽把喝空的咖啡杯捏扁，“我想成为一个真正的男人时，再出现在她面前。你不会懂得，就像我不懂你，每个人都有秘密。”妖孽说着拿起背包对夏陌抛了个飞吻，招了招手。咖啡小镇的门口，一群群的学生从门口亮白的阳光中说说笑笑地走进来。

夏陌趴在桌子上拨通高尚的电话：“喂，高尚哥，你会不会有一天也突然失踪掉……”

夏陌一句话还没说完就见一个女孩慌慌张张地跑进来叫着夏陌的名字。

“快！出事了，小小被公安局带走了！”

“小小？公安局？”夏陌抓起电话跟着女孩冲了出去。

第三十一章

李小小在日历上画了个圈，又在旁边画了朵鲜红的笑脸。

今天是第七天，应该是别墅手续正式交接的日子，却不见阎东山的影子，应该说最近一段时间阎东山一直都是神出鬼没的。

最后一次和阎东山见面是在两天前，李小小打了成千上万个电话，在近乎绝望的时候阎东山才探头探脑地出现，他们约在一个小而偏僻的小吃店见面。

李小小要了一杯老酸奶和一碗炒面片，边吃边问："出什么事了，你资金链断裂了？"阎东山笑着摇了摇头："财不外露，我这个人一向很低调，从不在公众场合露面，很多事情都是我的副总和秘书出面打理的，最近不知道怎么回事，《财经报》和《商界》的记者打探出了我的消息，到处围追堵截我，想要采访我，害得我手机都不敢开。"

李小小看着阎东山心惊胆战的样子笑起来："看你那点出息，出名说不定有利于公司的发展呢，你躲什么呀？"

"你不知道，一出名事情就多，你看那些领彩票的，谁不是把自己捂得严严实实的……"阎东山边说边警惕地看了看周围，示意李小小说话小声点。

李小小捂着嘴在那儿傻乐呵，阎东山说他过两天出趟远门，问李小小是否愿意同去，李小小点点头又摇了摇头。

“去哪啊？我们快要开学了。”李小小笑眯眯地问，“是想休假吗？那为什么不到别墅去？”

李小小终于找了个牵强的理由把别墅说了出来。她想提醒阎东山，别墅是要给她的，可是她又不好意思张口要，毕竟她除了跟阎东山混吃混喝的，什么都没付出。李小小的心紧紧揪起等待阎东山的回答时，短信响了，是妖孽，这家伙还真不是一般的妖，这么紧急的时刻竟然发来条空短信。李小小想着连忙把手机关机，她可不想在这时候去影响阎东山的情绪。

阎东山笑得有些奇怪，她心里毛毛的。

“我们都是很实际的人，我知道你喜欢那幢别墅，喜欢漂亮华丽的东西是人之常情，但是……”阎东山顿了顿。

李小小咬着嘴唇，抬起头看着阎东山说：“我知道，我会答应你的要求，你选时间……”

阎东山伸出食指在面前摇了摇，说：“我不喜欢勉强，你不喜欢我，何必这么委屈自己呢？”

李小小刚想解释，却就被阎东山打住了，说：“别墅的事从长计议，手续有点难办，我给你张卡你先用着。”阎东山说着掏出一张金色的银行卡在李小小眼前晃了晃，“这里有20万，你只需要帮我做一件很简单的事。”

“很简单的事？”李小小伸手去接卡，阎东山却把卡又塞进了自己钱包里，然后趴在她耳朵上耳语了几句，又是那种奇怪的笑。

阎东山伸手从口袋里掏出1000元钱递给她："去买套像样的衣服。"

李小小点了点头。

阎东山站起来走了，李小小突然觉得自己该再说点什么，但她拨阎东山的电话时已经又成了无法接通。

"管他呢，有钱人都行为怪异。"李小小想着把钱拿起来数了数，决定先去商场挑身喜欢的衣服。

李小小穿着黑色蕾丝低领小上衣，粉色包臀裙，拿着金色的手包美滋滋地走在大街上时，突然收到了妖孽的短信。

"衣服真的很漂亮，但不适合你，我们都一样，不知道自己想要什么。"

"无聊！"李小小打了两个字发过去，然后从包里拿出太阳镜戴上，却找不到刚才的那种近乎膨胀的美好感觉。真如妖孽说的那样，她觉得自己的身体和那身衣服之间总在互相对抗、排斥，无法贴合。

李小小叹了口气，发短信给妖孽："你绝对是人中精品，妖中典范。"

妖孽："谬赞，谬赞。"

王子轩失踪后，妖孽就频繁地出现在她的生活里，当然是虚拟生活。两个人在电话里、网上胡侃海聊的。

他们还交换过一个秘密。

他们约在晚上12点在网上见面，然后彼此都说出一个自己认为最值得被称为秘密的事。

当然说之前。他们还都喝了瓶啤酒，这样可以增加说真话的胆量，反正李小小是喝了，妖孽在电脑那头喝了没，她就不清楚了。

大多时候女士优先，但特殊的时候男士优先，就显出了男士的风度和礼仪。

妖孽的故事有点“悬”，“悬”得让人觉得不真实，李小小很长一段时间都在相信与不相信之间徘徊，最后的结论是管他呢，在网上有个人能把酒言欢毕竟是件惬意的事。

妖孽真名李聂，李小小叫他妖孽聂儿，他从一出生就跟常人不一样，是男女的混合体，家里没钱给他做手术，他就跳上了火车跑了出来，后来迷上了摄影，混迹江湖很多年，饱尝辛酸血泪，成了一名收入不错的摄影师，但等自己有足够的钱可以做手术时，自己却迷茫了，他不知道该做男人还是女人，两者之间的优劣，让他很难选择，就像有两个人在撕扯你的心，痛得稀里哗啦的，但还是很难选择，所以他就拼命地花钱，花钱就像麻醉剂一样，会让你觉得，哦，一切好像好一点了。

轮到李小小说的时候，她就对着电脑开始洒泪，想想自己确实不容易，费尽心思与阎东山这家伙周旋了这么久，却还没见点能拿得出手的实际的东西。这么想的时候李小小就在心里暗暗下决心，我一定得研究出一套快速拿下阎东山这类货色的技法，以供广大姐妹们参考学习。那晚李小小和妖孽说完，就又开始发疯似的给阎东山打电话，关机！关机！一直都是关机！

李小小掂着啤酒瓶子向香榭街走去，阎东山的别墅黑洞洞的。李小小就沿着路往回走，走着走着就浑身松软，只好在马路边坐下来暗自垂泪。

保安过来拍拍她的肩膀说：“姑娘，节哀吧，现在的男人都靠不住，特别是这些大款。”

李小小扑到保安怀里就哭，边哭边捶他，保安脸上浮现出一脸的惊喜，大半夜的白捡个大美女也是人生一大乐事。

李小小哭了会，就直起身子推开保安：“你占我便宜。”

保安慌乱地挥着手：“没，真没，姑娘，我什么都没干，这不是你……”

李小小抹了把脸上的泪水仰起头噘着嘴说：“不管，你就是占我便宜。”

保安一副捶胸顿足的模样：“你就是我的灾星，劳烦姑娘别太高看我，我就一保安，一个月工资也就一两千元钱。”

“给我10元钱，我要打车回去。”李小小伸出手拽过保安的钱包，抽了10元钱，摆了摆手扬长而去。

李小小看着阎东山把那张金灿灿的卡放在自己手中，就激动得有些发抖，20万啊，对她来说还真不是一个小数目，李小小伸长脖子不停地做深呼吸，好让自己镇定点。

阎东山交代她办的事还真是很简单，和上次的一样，就是他新招聘的员工，让李小小以一个老资历员工的身份通过语言来让这些新人对自己的工作充满憧憬和希望。

新招来的员工有三个，都是刚刚下火车的打工女性，除一个相貌平平外，另两个还有点姿色。李小小是个交际能力不错的人，几句话就和人家姐妹相称了。当然，为了出色地完成工作，她还对阎东山提前给她说的内容进行了升级，说阎东山的这个培训公司，不光培养五星级月嫂、家政人员，还给影视公司输送人才，虽然培训是封闭式的，有点苦，但出来那就是金光大道，他们公司的员工，月薪都在5000元以上，你知道现在的那个当红明星××吧，其实就是从我们公司走出去的，只不过她拿钱封锁了这个消息……

李小小越说越带劲，说得自己都飘飘然了，效果自然不用说，这些穷地方出来的姑娘，就跟看到了美好的未来一样，两眼发光，然后呢，然后她们就被阎东山安排的车拉走了，去培训基地。

李小小把卡塞进包里，笑眯眯地看着阎东山。

阎东山拍了拍她的肩膀，说："你的能力还真是大大的好，出乎我的意料。" 阎东山顿了顿像是下了很大决心似的说，"不瞒你说，这次我出去是跟一个很大的外企谈业务，我想让你跟我一块去，以你的魅力和无敌的口才绝对OK！"

"可是我们马上就要开学了。"

"不耽误，两天就回来，事成后给你这个数。"阎东山说着伸出五个指头晃了晃。

两天50万，我的神啊，李小小又深吸了口气，使劲点了点头。

李小小和阎东山分开后，心情无比舒畅。她整夜都在翻来覆去地看那张卡，恨不得跑到楼顶大叫几声。明天晚上走，跟阎东山出差，50万啊，我妈妈累死累活挣一辈子也挣不了这么多钱。李小小想着妈妈抱着她开心大笑的样子。

妈妈说："小小啊，你真是个宝。"

李小小拿起金卡亲了一口，真想明天上午先取点钱挥霍一下。可阎东山说，里面的钱先别动，最近那些记者正发疯地找他，还启用了王牌的私家侦探，他可不想露出半点蛛丝马迹。

李小小想着想着阎东山就成了一只缩成一团的小金猪，后来不知道怎么回事，那只金猪就变成了魔鬼。

李小小是在短信的声音下醒来的，她抹着头上的汗，打开妖孽这没心没肺的家伙半夜发来的骚扰短信："我是你的男人，你包养我的，你还记得吗？"

"当然，你是姐的人。"李小小回道。

"我决定了，我要做男人，一辈子都做你的男人，你会嫌弃我吗？"妖孽问道。

"怎么会呢，我觉得和你说话总是很舒服，你是我的男人，我会罩着你的。"李小小回完就用被单把头蒙上，试图重新睡去。

不知道妖孽是个什么样的人，他要真是自己的男朋友应该也挺好的。她想着想着意识就模糊起来。

李小小醒来的时候天已经大亮。她伸了个懒腰，突然发现手里的卡没了，猛地从床上跳起来，把床单、枕头一股脑地翻过来，最后在床边的地上看到了那张卡，才拍着胸口长出了口气。

她把卡放进钱包里，开始收拾东西，就两天也没什么好带的，李小小把新买的那身成熟、性感的衣服塞进包里，就不知道接下来该干什么了，于是她又掏出那张卡亲了一口，又亲了一口，越亲越看就越忍不住想看到卡里那几个可爱的数字。

我就查查，我先不取，李小小这么想着，把卡装进包里，快速地换好衣服出门。

她走着，脑子里想象着漂亮的手包，在商场里那些大牌子的漂亮鞋子，还有整排整排的漂亮衣服，李小小边想边傻笑，一不小心撞到了树上，摸摸额头接着傻笑，这个世界咋这么美好呢。

到银行的时候，李小小搓了搓手心的汗，深吸了口气，才走到自动取款机前，她看着取款机的屏幕心狂乱地跳着，20万！20万啊！李小小突然觉得有点像做梦，好像今天才是放假的第一天，今天同学们才背着书包傻呵呵地冲出校园；今天她才和夏陌打赌说，看谁这个暑假赚的“米”多；今天她才认识阎东山，那个肥腻腻的毫无美感的胖子。

“金来吧，银来吧，带来烫手或冰冷的钱币给我，我需要钱，现在就要，让它快快来，别问我怎么得到的。”李小小双手合十念完，从包里拿出湿巾把手认真地擦了一遍，才小心翼翼地从钱包里拿出那张卡插进取款机，她手颤抖着输完密码，屏幕上终于出现了数字。李小小揉揉眼睛，又揉揉。她费力地咽了口唾液，把卡退出来，又重新放进去，仍然是一样的数字。

李小小感觉喉咙发干，眼前发黑，她连忙用手支在屏幕上，那个数字在她的手边，令她心灰意冷：—2500.00。

负的！负数！

李小小眼里闪着泪花，用尽全身的力气走到旁边的大厅里，找到工作人员说：“你们那个自动取款机坏了，真的！显示的数据不对！”

工作人员耐心地对机器进行了检查，最后微笑着告诉她，取款机一切正常。

李小小开始发疯地拨打阎东山的电话，又是无法接通。她绝望地把手机摔在地上，手机瞬间便四分五裂。

她不知道自己怎么走回的宿舍，她只知道她很累，真的很累。她躺在床上，梦见了妈妈，梦见了妖孽，梦见了王子轩，还有阎东山那个张牙舞爪、丑陋无比的家伙。

她是在一阵很大的敲门声中醒来的，她打开门，看到了几个警察神情威严地站在她面前，他们说：“请跟我们走一趟，关于阎小龙犯罪团伙的一些情况，请你协助调查。”

李小小嘴巴张得大大的，半天没说出话来。

“我不认识阎小龙，我不认识。放我回去，放我回去，我们要开学了。”李小小喊着，泪流满面。当她抬头看见被警察架着戴着手铐的阎东山时，才恍然大悟。

“阎东山，阎小龙的堂哥，你们很熟吧？”警察说着带着她向另一个房间走去。

李小小摇头，拼命地摇头。

“代孕”！她第一次听说这个词。而阎东山是这个团伙非常重要的人物。他们在火车站骗那些出来找工作的女性，然后以培训的名义，把他们放在偏僻的地方监禁起来，胁迫她们为别人生孩子。

警察把一张照片扔在李小小面前，说：“认识吗？”

李小小看了看，照片里的人正是阎东山的美女秘书。

“她因为想要退出，阎小龙无法说服她，就把她绑架到郊区，肢解了，现在尸体还在一个冰箱里。”

李小小开始反胃，胃里的东西拼命地往上涌，眼前开始变得黑暗，然后她就栽倒在桌子上。

她醒来的时候躺在医院里打着点滴，一位女警察坐在旁边。李小小流着泪讲述了她和阎东山认识的过程，以及他们之间鲜为人知的故事，包括那栋别墅。

但女警察说，那栋别墅根本不是阎东山的，是他劫持的一个女人的，女人已经帮五个不认识的男人生了孩子，第六个的时候，她带着肚子里的孩子撞墙死了。

李小小眼睛睁得大大的，大颗的泪水顺着眼角流下来。

“知道他为什么一直没对你下手吗？他一方面想占有你，一方面又想在适当的时候把你卖个好价钱，因为你是处女……”

李小小笑了起来，笑得满脸泪水，阎东山这次约她出去谈生意，交易的东西竟然是她。

李小小背过身，捂着脸放声大哭。

夏陌和高尚推开门冲进来，大口地喘着气：“小小，小小，你没事吧？”

李小小依旧只是哭泣。

夏陌走过来揽着她的肩膀说，“没事了，真的没事了，一切都过去了。后天就开学了，一切都会是新的……”

“小小，你的电话不通，阿姨着急坏了，我没走到宿舍就听到电话一直响。阿姨说她和叔叔明天就到了，给你把学费送来，还给你买了几身衣服。”

“我妈妈？”李小小含着泪询问。

夏陌握着她冰凉发抖的手点点头。

“别告诉我妈妈，好吗？”

夏陌点了点头，李小小伸出小拇指和夏陌的手指勾在一起。

第三十二章

夏陌和妖孽一起走进五号线摄影公司。

“我们明天就开学了，公司会不会拒绝用我？”夏陌笑着问。

“不会，我已经跟公司协调好了，你可以周末来，不过酬金会相对少些。”妖孽替夏陌拉开玻璃推拉门。

“那倒没事。”夏陌感激地冲妖孽笑笑，“谢谢你，我现在才想明白，应该做自己，真实的自己，只要你认为是对的，就应该去努力实现。”

妖孽笑了笑做了个加油的手势，然后问：“你那个弹吉他的同学，有消息了吗？”

夏陌咬着嘴唇摇了摇头，说：“我已经在学校BBS论坛上替他澄清了，希望他能看到，尽快回来。”

夏陌走进一间装修成热带海滩风格的工作室，见到了负责她形象策划的阿兰，阿兰很热情地和她握手。

“你叫什么名字。”

“丑丑！夏丑丑！”夏陌微笑着郑重地回答。

“好的！这名字本身就是绝好的艺名，和你的外貌结合起来，绝对让人过目不忘。” 阿兰兴奋地说道。

“不过我想还是得有点别的、个性的特点，与众不同的特征。”阿兰食指托着下巴沉思着。

夏陌捋起白色短袖，露出深黑色的牙印：“这个可以吗？”

“完美！”阿兰拍手叫道，“你还真是这一行的人，你应该早点出现。”

“只要有心，任何时候开始都不晚。”夏陌脸上浮现出明媚的笑，阳光透过窗帘的缝隙打在她脸上，一片明媚。

李小小在学校门口和爸爸、妈妈拥抱在一起，满眼泪水……

妖孽去北京做手术了，他要做个男人，真正的男人。他说等他回来就开始正式追求火姬李小小。他拿出了厚厚的相册给夏陌看，都是李小小的靓照，当然都是偷偷抓拍的……

高尚依旧做着冰姬夏陌的实习恋人，王子轩依旧没有音信……

2012年5月6日完稿